THE CLOCKWORK CURRENT

星《せい》籠《ろ》の海 上

島田荘司
SOJI SHIMADA

講談社

星《せい》籠《ろ》の海 上

THE CLOCKWORK CURRENT

SOJI SHIMADA

RK CURRENT

THE CLOCKW

鳥取県
鳥取市
京都府
兵庫県
岡山県
山陽新幹線
神戸市
岡山市
大阪市
大阪府
内
海
淡路島
高松市
和歌山市
香川県
徳島市
和歌山県
徳島県
太平洋
0
50
100km
1:1,900,000

N
松江市
島根県
広島県
広島市
福山市
山口県
呉市
戸
瀬
能島
松山市
興居島
愛媛県
高知県
高知
大分市
大分県

装幀　坂野公一 (welle design)

写真　Rob Broek/Getty Images
Jimmy Anderson/Getty Images
Krystian Nawrocki/Getty Images

地図制作　東京カートグラフィック

第1章 chapter 1

第一章

chapter1

1

ノートに書いている簡単なメモを見ると、瀬戸内海《せとないかい》を舞台にしたこの事件は、印象深かった「ロシア幽霊軍艦事件」の直後だったようなので、一九九三年の、夏が終わりかけた頃だったのだと思う。

瀬戸内海という時計仕掛けの海で起こったあの一連のできごとが、ロマノフの皇女の数奇な運命にも劣らないくらいに印象が深いのは、むろん事件そのものの風変わりさ、スケールの大きさにも起因する。日本史の重要な一断面が、あの印象深い海の、潮の香りとともにあったというロマンに負うところも大きい。けれどなにより、御手洗《みたらい》がまだ横浜《よこはま》にいて、二人で列車に乗り、飛行機に乗り、船に乗り、ヘリコプターにまで乗って謎を追いかけた、あれが最後の事件になったからではないかと思う。

事件が始まった日、横浜はまだ蒸し暑かった記憶だ。そしてあの年、私はまだ多少は若かったせいか、妙に数多くの女性が周囲に現れた。もしもファンレターと言ってもよいなら、そういう類《たぐい》の便りが何通も届いて、そのうちのいくつかは、会ってくれるようにと私に要求していた。

言うまでもなくそれは、私にとっては心躍《おど》るできごとで、なんらの異存もない。しかし御手洗にとってはそうでもないらしく、私の胸の高鳴りを見抜いてはあれこれと皮肉を言ってくるので、女性と横浜の街で会うことを、私は友人の目からは懸命に隠さなくてはならなかった。

　八月後半のあの日、私は山田《やまだ》リセという女の子と馬車道《ばしゃみち》のハンバーガー屋で待ち合わせ、開港資料館前の広場を、いそいそと案内して歩いていた。彼女と会うのはその日で二度目だった。モデルのように派手な顔つきの女性だったので、私はひと目で心を奪われた。だから二度目のデートも、楽しみでならなかった。

　広場には噴水があり、日本で最初の下水道工事の遺構が、ガラス越しに覗けるように造られた一画もある。私にとってはいつもの散歩コースで、知り尽くした場所だったから、自慢げに彼女を連れ歩き、ガイドよろしくそれらを逐一《ちくいち》説明していた。

　顔つきは派手だったが、彼女はとても性格のよい子で、私の説明にいちいち感心してくれていた。私は大いにご満悦だったが、知的な印象という点では、もしかすると御手洗などの目には今ひとつだったのかもしれない。そこで彼女のことは特に、御手洗には秘密にしていた。

「ここ、黒船来航のペリーとね、幕府が『日米和親条約』を結んだとこ」

　広場の端にかかったので、私は解説した。そこに、条約締結の記念碑があったのだ。ペリーたち黒船の一行が、隊列を組んでここに上陸してきた日の絵は、教科書にも載っている。その頃、ここはまだ砂浜だった。横浜自体、さびれた漁村にすぎなかったのだ。

「ほんとにぃ。すごーい。江戸時代？」

　とリセは訊《き》いた。何がすごいのかよく解らなかったが、

「え？　そりゃそう。ほらここに記念碑あるでしょ？」

　と私は石碑を指差して言った。

「きゃー、ほんとだー、石の球なんだー、占いの館みたい」

とリセは言った。

「ね、ここに日米和親条約締結の地って」

「書いてあるー」

「ここいらは昔、砂浜だったんだ。今はこんなふうに、石を敷いて公園になっちゃったけど。江戸時代はこのへんまで波が打ち寄せていてさ、ここらは砂浜で、あの開港資料館の中庭に、今も生えてる玉楠木《たまくすのき》が、そばで日米の遭遇を見ていたの」

「石岡《いしおか》センセー、よく知ってるー」

「え、こんなの常識じゃない。幕末は、この事件から始まったんだ。さてリセちゃん、タイフードが食べたいんだよね？」

私は訊いた。この日、リセは開口一番にそう私に言った。

「タイフード好きー。私、カライもの好きなんですー」

リセはかん高い声で言った。

「この先にさ、いい店あるんだ。ちょっと暗い店内でさ、奥はテーブルごとにカーテンが下がっていて、なんか怪しい雰囲気」

私が言うと、

「キャー好き、そういうの！」

とリセは言った。その天真爛漫《てんしんらんまん》さが、何とも言えず、私には可愛《かわい》らしかった。そこで思わずリセの二の腕をとり、私は歩きはじめた。信号を待ち、目の前の車道を横切ろうと思ったのだ。その途端、ぎくりとして立ち停まることになった。忙《せわ》しく往来する車の群れの向こうに、危険なものを見たのだ。

通りの向こうに薬局があり、雑誌を挿したスタンドが店頭にあったのだが、その前に立ち、雑誌を立ち読みしている御手洗の姿があった。

「またよりによって、やばいやつがいた」

思わず私は言った。

「こっちへ避難だ、廻り道して行こう」

言って、私はリセの手を引いた。


タイフード店の店内の、一番奥まった席に落ち着き、私はほっとしていた。薄物のカーテンで仕切られたテーブルは薄暗く、顔を寄せ合ってひそひそ話をすることに向いていた。だから私はそうした。

「なんとなく個室の雰囲気でしょ？　少しくらいなら、いけないことしても解らないね」

上体をかがめ、私は言った。むろん実際にそんなことをする気があったわけではない。ただそういう冗談を言ってみたかったのだ。リセは、あははと言って、屈託なく笑った。その瞬間、悲劇は起こった。

右手のカーテンが、ばさっと勢いよく開いて、ぞっとするような御手洗の顔がのぞいた。彼の顔は、極上の獲物を見つけた蛇のようなにやにや笑いが浮かんでおり、私は心の底からうんざりした。

「いけないことというと？　何だい石岡君」

と彼は言った。しかし、傷ついた私の心とは裏腹に、

「きゃー御手洗先生。お会いしたかったです！」

とリセは、かん高い声をあげるのだった。

「どうして解ったんだ、ここが」

私は言った。

「さあね、いけないことをしている君が見たくてさ」

言いながら隣から椅子を持ってきて、ずうずうしくも彼は、私たちの間に腰をおろすのだった。

「だからトムヤムクンを呑むことだよ。ここのは本格的で、すごく辛いから」

「じゃぼくもそのいけないものにしよう。トムヤムクンだ」

「君は、タイフードなんか好きではなかったろう」

私は言った。

「大好きだね」

「私もなんですー」

リセが言う。

「聞いたこともない」

「そしてグリーンカレーはみんなでシェアだ。何故なら、石岡君のおなかにはもう入らないからだ。みんなで助けようじゃないか」

するとリセは、眉を曇らせて訊く。

「石岡先生、おなか減ってないの？」

「減ってるよ」

私は急いで言った。

「ハンバーガーを食べたばかりなのにかい」

「え？　やっぱり食べたんですか？　石岡先生」

　私は沈黙していた。

「一目瞭然だね」

「頭脳明晰な御手洗先生、私のこと、何か解ります？」

「石岡君のことならね。馬車道でハンバーガーを食べた。いつもよりうんとあわてて食べているし、靴が一番のお気に入りだ。携帯の着信音もゆうべ替えていた。『コンペイトウの踊り』に」

「あの、それにはどういう意味が？」

　リセは真剣な表情で訊いている。

「この人はね、好きな人ができたら、着信音を『コンペイトウの踊り』に替えるんです。さっきハンバーガー食べたばかりなのに、もうまたタイフードなんてね、こういう取り乱し方も、最高のお気に入りと会った際の、彼のいつものパターンなんです」

　リセは、放心したような顔でうなずいている。

「ああ、私たち、ハンバーガー屋の前で待ち合わせたんです。でも、ハンバーガーは食べなかったって……」

「それは君がタイフードが食べたいって言ったから。顎《あご》にソースが付くくらいに夢中になって食べたばかりだってのに、腹ペコのふりをして、いいともぼくも腹ペコなんです、さあ行きましょう、奥が暗いタイフードの店へ。だからグリーンカレーも、ぼくが食べる分はある。顎の拭き忘れだぞ、石岡君」

　それで私は、友人のご高説の語尾にかぶせるようにして言った。

「御手洗君、君は仕事があるって言ってたじゃないか。こんなところでタイフード食べてていいのか」

するとリセが言った。

「でも私、御手洗さんにもお会いしたくて。だから嬉しい」

「ぼくの胃は、ハンバーガーひとつで腹いっぱいになんてならない！」

「鉄の胃だね。それじゃ来年の今頃は、おやどちらさまでしたっけって、みんなに言われるぞ」

「どういう意味だ」

するとリセが、控えめに言った。

「太るって……」

「ああ」

「野毛山《のげやま》公園の坂は、転がった方が早くなる」

「一年でそんなにはならない」

「推理自慢なんですよね？　御手洗先生。本読んでます。私にもやって見せてください、何か解ります？」

リセが言った。

「ああ、君のことは解らないな。最近アメリカの東海岸に行ってきて、ジャーマンシェパード好きのお兄さんがいて、ネイル仲間の妹がいて、星占いが本格的に好き、二人の星座はさそり座にふたご座。今朝はちょっと早起きしたこと、くらいしかね」

「えー、どうして……」

言って、リセは唖然《あぜん》とした。

「そこらでやめておいた方がいいよ。この男に調子に乗らせると、どんどん失礼なこと言うから。ここの暗がりでキスしたろうとかね、平気でそんなでたらめも……」

「まだだ」

御手洗は言った。

「え？」

「キスはまだだよ」

「どうして解る」

私は言った。

「君の顔にそう書いてあるんだよ」

平然と彼は言う。

2

山田リセは帰っていき、馬車道の駅まで彼女を送ってから私と御手洗は、馬車道沿いの喫茶店の、テラスの席に落ち着いた。

私はぐったりと虚脱して椅子にかけ、手すり越しに、夕闇の迫る通りを眺めていた。

「つき合う気かい？　彼女と」

御手洗は訊いてきた。

「そうできたらいいって思うけどさ。でもあんな可愛い子だからな、ライヴァル多いよ、きっと」

すると御手洗は、ぽつんとこう言う。

「煙草《たばこ》吸うぞ、彼女」

私はびっくりして、背もたれから身を起こした。

「ヘヴィースモーカーだな、あれは。一日ふた箱ってとこかな、いや三箱かもしれない。一緒の部屋にいたら、副流煙で肺ガンにまっしぐらだよ石岡君、お気の毒」

「どうして解った」

私は訊いた。すると御手洗は、自分の鼻を押さえる。そして言う。

「風邪をひいているのか？　君。ああそうか、恋の病で鼻が故障か。煙草を吸う女性だけは駄目だって言ってたろ？　あと一時間ぼくが現れるのが遅れたら、さすがの君も気づいていた」

「どうして」

「それは解るさ、山下公園でキスすれば」

言われて、私は黙ってコーヒーを飲むことにした。確かにここ数日、そういう夢を見ていた。

「レモンのキス？　いやいや、ニコチン味のキスだ。したがって、キスはまだだ」

私はうんざりした。

「ジャーマンシェパードは」

「特徴的なこの犬の毛が、彼女のスカートに付いていた。普通ああいう子なら小型犬だろ？　ジャーマンシェパードは散歩させるのに体力がいるぜ。若い男向きの犬だ。だが父親の可能性は低い」

「兄じゃなく、弟かもしれないだろ」

私は反撃を試みた。

「そうなら女性軍がマルチーズで押し切るさ」

御手洗は鼻先でせせら笑っていた。

「所詮この世は政治の力学さ」

「アメリカ東海岸は」

「CB2という、東海岸にしかない店のメイク用のハケが、胸ポケットに透けて見えていた」

「ネイル好きの妹の件は？　星占い好きで、二人の星座はふたご座にさそり座だっていうのは」

「推理、ちょっとやってみてくださいなんてね、占いと間違えている。フォーチュン・ブレスレットをふたつしていた。色が爪と共通していて、ふたご座とさそり座のラッキー・ストーンで作られてる。イミテーションだけど、翡翠《ひすい》とパールのもの、そしてルビーとオパールだ。彼女の小指の爪から、銀のネイルが少しはみ出ていた。これは妹がやったことさ。だから彼女の星座はふたご座だ」

聞いていて、私はなんとはなくむなしさを感じた。簡単に説明がつくような世界の中で、私は必死であえいでいるのだ。

遠くを見つめてしばらく沈黙していたら、馬車道を一人行く女性を見つけた。彼女を指差し、言ってみた。

「ほら、あの女性。眺めていると、なんだか胸を締めつけられるような感じがする。とてもさみしそうだぜ」

若い女性が、歩道に沿ったレストランのガラスケースを、ひとつひとつ覗いて歩いている。

「お腹が減っているのかな。最近、何か傷つくことがあったように見える。なんだか、往年のチャップリン映画を思い出すな」

私は御手洗を振り返ってみた。しかし彼は、例によってシニカルな表情をしていた。

「彼氏と別れたのかなぁ。ちょっと声をかけたら、詩的な哀しい言葉が聞ける気がする♪」

すると御手洗はこう言った。

「ああ、あの歯医者帰りの女性か？」

「歯医者帰り？」

「傷ついているのは歯茎《はぐき》だ。行って声をかけてみたら？　話が通じたらだけれど」

「どういう意味だ？」

私は言った。

「それに何て声をかける？　ちょっとお嬢さん、歯が痛いんですかってか？」

「あの先の角を右に曲がって三軒目に、サーティワンがありますよって、そう教えるんだ」

「な、なに？　サーティワン？　なんのことだ」

ますます意味が解らない。

「アイスクリーム屋だよ。彼女、アイスクリームを探しているんだ」

私は絶句した。しばらくして、事態を察した。口から出まかせで、私をからかっているのだ。

「また出まかせか？　なんでよりによってアイスクリームなんだよ、歯痛なら、薬屋教えた方がいいだろう？　ははあ、ぼくが確認しないと思ってるな。よし、ちょっと行って確認してくるぞ」

すると御手洗は、少しも動じず、こう言った。

「どうぞ。電話番号も聞いたら？」

右手のひらを広げ、彼女に向けて伸ばす。それで私は立ちあがり、歩道に出ていった。駆けだして車道を横切り、歩道に跳び乗って、私は彼女に追いすがった。

「あ、あのう……」

と私は彼女に向かって言いかけた。今ならこんなことはとてもできないが、この年、周囲に女性の影が多かったせいなのだろうか。なんとはなく、女性に対して心やすい気分になっていた。

彼女は振り返った。そして怪訝《けげん》な顔をして、私を見た。その表情にある種の違和感があり、私は戸惑った。何が違和感なのかは、とっさには解らなかった。

「あの……、変なことうかがいますけど、歯が痛いんですか？」

とっさに、私は自分の頬のあたりを押さえていたのであろう。おそらくそれで、彼女は話す気になったのだ。彼女の唇から、堰《せき》を切ったように流れ出てきた言葉は、外国語だった。私はびっくりした。

それで私はあがってしまい、御手洗に催眠術でもかけられたようになって、

「サーティワンアイスクリームが、あの角を曲がったところにあります！」

と叫ぶように言っていた。

歩道を行く人々が、変な顔をして私を見た。それで、というのも変だが、私は同じ台詞《せりふ》をもう一度繰り返した。すると彼女はにっこり笑った。そして、

「サーティワンアイスクリーム」

と本場流の、見事な発音で言った。

それで私は目的を達した気になって、ぺこぺこと、何度もお辞儀をした。彼女はサンキューと言い、日本流の深々としたお辞儀をして、前方のコーナーに向けて去っていった。

私は何だか敗北感いっぱいのような、そのくせさわやかな充実感に充たされたふうの混乱した心持ちになって、御手洗の横の席に、すごすごと戻ってきた。

私が席に復すと同時に、御手洗はこう言ってきた。

「詩的な、哀しい言葉が聞けたかい」

私としては、

「英語だった」

と言うほかなかった。そして、

「知っていたのか？」

と訊いた。すると御手洗は、したり顔でうなずく。

「むろんだ。彼女は、ずっと痛んでいた歯を、たった今抜いてきたんだ。頬にわずかに痛みの跡」

「腫れかい？」

私は訊いた。

「近くでならよく見えたろう？」

御手洗は言う。

「うん」

私は言い、ただおとなしくうなずくほかはない。事態は、御手洗が見通した通りだったのだ。私に何が言えるだろう。彼女の表情に浮いていたわずかな違和感、それは、まずそれだった。片側の頬の、わずかな腫れだ。

御手洗は言う。

「歯茎に大きな穴が開いて痛んでいれば、なかなか食事の気分にはなれない。チョコレート好きの君には、覚えがあるだろう？」

「まあ……」

私は力なく言った。すると御手洗は、勝ち誇ったように言う。

「そういう時、顎にソースをまぶして、ハンバーガーにかぶりつく元気はないだろう？」

私は意気消沈して、言葉が継げなかった。ずいぶん沈黙していたが、かなりして、ようやくこう言う気になった。

「それでアイスクリーム？　また大胆な判断だな」

すると御手洗は言う。

「虫歯のもとなのにかい？　日本の歯医者さんは、日本人のそういう行儀常識に配慮してあまり勧めないが、アメリカの歯医者は、歯を抜いた時、積極的にアイスクリームを勧めるのさ」

「はあ。つまり彼女はアメリカ生活者だと」

「英語生活者だということだ」

またうなずくほかはなかった。彼女の表情に感じた違和感のその二は、それだった。表情の動かし方が、日本語を話す女性のものとは違っていたのだ。いたずらっぽく、いっぱいに目を見開くあの感じ、積極的に面白がろうとして、唇に浮かんだ能動的な笑みなどが、日本語の導くものとは違っていた。

「……君は、なんでもお見通しだな」

私は悄然《しょうぜん》とそう言った。

「で、教えたかい？　アイスクリーム屋」

御手洗は訊いた。

「うん。あの角を右に曲がった先に、サーティワンがあるよって。日本語でだったけど、解ったみたいだった。つらそうにしてたけど、にっこりしてくれたよ」

御手洗はうなずく。そしてこんな警句を言う。

「世の中ってやつは、散文的なものでできあがっているんだよ石岡君。軽々《けいけい》な期待は禁物だ。詩的な感動、心を動かされる美しい謎なんて、なかなかありはしないのさ。さっきの彼女が言ってた謎が、超常識的で、面白いものだといいんだけどな」

私も、これにはうなずいた。

「刑事事件だって言っていたよね。難事件みたいなことを言っていた」

すると御手洗の唇に、どこか鼻先で笑うような気配が、また浮かんだ。

「ふふん、難事件ね。ま、アイスクリーム屋はこの先だ、みたいにはいかないだろうが」

それで私は、さっきのタイフード屋で、山田リセが言った言葉を思い出した。彼女は、私たちに向かってこう言ったのだ。

「私のお友達なんですけど、御手洗さんに相談したがっているんです。春山《はるやま》さくらって子なんですけど」

「春山さくら？」

聞き咎《とが》めて、御手洗は言った。

「はい。お巡りさんの娘なんです。なんか大変な事件が起こってるみたいで、彼女の実家のある田舎で。すごく困ってます」

「本当にむずかしい事件ですか？」

警戒するように、御手洗は言った。

「絶対だって、あの子は言ってます。わけ解らない事件だって。あの、石岡さんの携帯の番号、彼女に教えてもいいですか？　彼女今、横浜にいるんです。会ってもらえますか？」

リセは言った。

3

翌日の午後一番で、春山さくらは馬車道の、私たちのささやかなオフィスにやってきた。山田リセほど派手な顔立ちではなかったが、さくらもまた、魅力のある娘だった。色白で、太ってはいないがちょっとぽっちゃり型で、抜けるような白い肌をしていた。リセが洋風なら、さくらはその名が示す通り、日本ふうの外観をしていた。

私が紅茶を淹《い》れ、運んできて彼女の前に置くと、彼女はぺこんとお辞儀をした。ひどくかしこまっていて、どちらかというと、口数は少ない印象だった。だがそれは最初のうちだけで、徐々にうち解けてくると、多くの娘たちがそうであるように、割合ずけずけと語りはじめた。

御手洗の分と彼女の分、そして自分のものも置きおわると、私は御手洗の横に腰をおろした。

さくらは言う。

「あの、すいません石岡先生。私の分まで紅茶、淹れてもらっちゃって」

「え、そんなことないよ」

と私は言った。

「いつものことだから」

「あ、やっぱりー」

「は？　で、相談って何？」

するとさくらは、なんとなくこちらを覗き込むような表情になり、おずおずと私に言った。

「あのう私、お金なくて……、それでもお話を聞いていただけますか？」

すると御手洗が快濶《かいかつ》に言った。

「ここに来て、お金払った人なんていませんよ春山さん。まあ、夫の浮気調査なんて言われたら別だが。そうなんですか？」

「よかった。あ、いえ違います。私、まだ独身です。結婚すると、そういうこともあるんですねー」

「そうですとも、結婚なんてくだらないトラブルだらけです。嫌ならしないことです」

「御手洗先生、結婚するなら犬の方がいいんですよね」

御手洗は黙り、私は思わず笑った。女の子たちはみんな、御手洗のその台詞が大の気に入りなのだ。

「あ、みんな言ってますし……」

「犬以外はごめんだが、あなたの場合、早く人間と結婚したいと？」

「はい、私取り得ないから……。え？　どうして解るんですか？」

「今日のは、その相談じゃないでしょうね」

「いえ、違います」

「じゃ、その話はまたいずれ。さあご相談をどうぞ」

御手洗はせかした。彼は時間の無駄を、なにより嫌うのだ。

「石岡先生の本に書いてあったから、お金のこと。そうだとは思ったんですけど、心配で。ああよかった」

それから彼女は、足もとに置いていた箱を持ちあげ、膝に置いた。

「それであの、お土産持ってきました。これ、うちの庭で採れた桃と、ビワです」

彼女は、ボール箱の蓋《ふた》を開けながら、テーブルに置いた。

「お二人で、食べていただけたらと思って」

「うわあ、おいしそうだな」

と私は思わず言った。

「庭で桃とビワが採れるんですか？　いったいどこです？　お故郷《くに》は」

「あ、島なんです。興居島《ごごしま》。興味の興に、居るって字書きます」

「興居島……、どこにあるんです？」

「瀬戸内海です。四国の、松山《まつやま》の沖です」

「ふうん」

私は箱の中に手を入れ、並んでいた桃やビワを手に取っていた。すると、不思議なものが目に入った。太いロウソクだった。これを摘《つま》み出し、私は掲げた。そして、

「これは？」

と訊いた。果物に混じり、どうしてこんなものも入っているのかと首をかしげた。

「ロウソクです」

とさくらは答えた。

「それは見れば解ります。でも、こんなにいくつも、どうして……？」

「これ、部屋にいっぱい置いたら、すっごいロマンチックなんですよ」

さくらは言い、そして段ボール箱に自分も差し手を入れて、リボンのついたエプロンを引っ張り出した。

「これ、エプロンです」

彼女は言ったが、それも見れば解った。

「可愛いでしょ？　石岡先生、お料理なさいますよね」

「あの、ちょっと君、勘違いがあるようだけど、ぼくらは……」

と私が言いはじめると、御手洗がうるさそうにそれを遮《さえぎ》った。

「その島で何か事件が？」

それでさくらは、ロウソクやエプロンを急いで箱にしまいながら、

「興居島に、小瀬戸《こせと》って湾があるんですけど、アイナメやカレイの釣り場です。そこに、最近いっぱい死体が浮くんです。龍王《りゅうおう》神社って、神社の下あたりの入江に」

「ええっ？」

私は思わず言った。

「はい、どこからともなく現れて」

「いっぱいって、何人くらいです？」

御手洗が訊いた。

「これまでに六人です」

「六人……、いつから？」

「去年の十月くらいからですね」

「一年弱の間に。少しずつですか？」

「先月は固まって二人です。今月は一人」

「殺人ですか？　それとも島の誰かが身を投げている？」

「最初はお父さんもそう思ってたんですけど……、あ、父はあの、駐在所の巡査なんです」

「ふむ」

「でも興居島って、割と大きいけど、七百世帯しかないんです。すぐ調べられます、島全体。島の人で、亡くなってる人なんていないんです、一人も。それに、事件なんて全然ない平和な島ですから。でもどこからか、死体が湧いて出るんです。だからみんな困っちゃって……」

「怪談だね、そうなると」

私が言った。

「はい。それで不思議で。島は今大騒ぎなんです。松山から新聞社の人とか、テレビ局の人も来ていて」

「別の島の人かなあ」

「はい。それか四国の人。島に来て、自殺しているのかなって。でもそれだと変なんです」

「どうして？」

御手洗が訊いた。

「だって、死体はみんな、三日か四日経っているんです、死後」

「傷んでいる？」

「はい。手足がちぎれているものも多くて。それにみんな裸なんです。それから、釣りで島に来る人は、フェリーの港の人とか、釣り宿の人とみんな知り合いみたいで、来た人で行方が知れなくなった人とか、松山に帰らなかった人はいないみたいなんです、父の捜査では」

御手洗はうなずく。

「それで、島の釣り船とかが、みんなで協力して船出して、沖合で見張っていたんです、ずっと。どこからか船で来て、小瀬戸に死体を投げ込んでいるんじゃないかって思って」

「だけど怪しい船は見つからず、しかし死体だけは現れる」

「はいそうです。解りますか？」

「だって死体はみんな三、四日経っているんでしょう？　釣り客で人気の湾の中に、三日も浮かんではいられないでしょう、発見される」

「そうですねー。でも、じゃどうして沖合で、船なんかが発見されないのかなって。絶対船から棄ててると思うから」

「でもどうして、興居島ばっかり狙って棄ててるんだろう」

私が言った。

「うん、はい。解んない」

「ほかの島には？」

「全然出ない」

「興居島って、何かあるの？　死体が出るのに具合のよい何か」

言うとさくらは、うつむいてしばらく考える。やがて顔をあげ、顔を左右に振った。

「ないって思う」

「何か大きな工場とか、製材所とか」

「全然。何もない。ただ釣り宿ばっか」

「ふうん」

言って私はうなずき、腕を組んだ。

「手足がちぎれている……、何かに食いちぎられているのかな」

「うん、そう。なんかそんな感じもあるって。大きな魚に食べられたのかなぁって、みんな」

「鮫《さめ》とか」

「鮫……」

「いる？　興居島に」

「いない、そんなの。瀬戸内海にはいるよ、ホオジロザメとか。すごい危険。それから、スナメリって、小型のクジラもいるんですよ」

「えっ？　クジラ？」

「うん、はい。でも、これは可愛いの。イルカみたいなの。哺乳類」

「じゃそういうのがさ、水中でくわえて興居島の湾に入ってきて、ぱっと放す、死体を」

「はい。そういうのかなあって、みんな言ってる、不思議なんです。みんな、すごく困っていて。このまだと、島に来る人いなくなる」

「でも、潜って調べらんないよなあ、ぼくらも」

「悪い評判がたったら、釣り宿は痛手ですね」

御手洗が言った。

「そうなんです。だからもう死体、出ないで欲しいんです」

「水死体と一緒に釣りはしたくないものね」

「はい。なんとかならないでしょうか。このままじゃ、島の観光、終わりです」

「死因は？　解剖とか？」

私が訊いた。

「もう傷んじゃってて、無理みたいです。くずれちゃってるから、解剖とかも。着衣がないから、身もとなんかも、全然解りません」

「性別は？」

御手洗が訊く。

「みんな男の人です」

「ふうん」

とこれは私が言い、みな黙ってしばらく考え込んだ。

4

翌日、私たちは羽田から空路、松山空港に飛んだ。空港のロビーに歩み込むと、ここからはフェリーなんです、とさくらは言った。

彼女に導かれてフェリーに乗り、甲板のベンチに三人でかけて、しばらく潮風に吹かれた。フェリーがかなりの速度が出ていることと、海上を渡る風が強いので、髪がみるみるべたついてくるのが多少気になる。強風が耳もとで鳴り続け、船のエンジン音さえ消してしまう。

けれど、視界を広々とさせてくれる海原は、本当によいものだ。天候もよく、海の色が美しい。こういう開放感は、久しぶりだった。山下公園からの、限定された海の眺めとは全然違っている。目を少し閉じ加減にして、薄目で眺めていれば、自分が海面すれすれを飛ぶ、カモメになった気分だ。


「ああいいなあ」

思わず私は大声を出した。

「瀬戸内海、この辺はきれいだねー、地中海みたいだ」

するとさくらが言った。

「先生、地中海行ったことあるんですか？」

「ないけど」

「この人、外国嫌いなんだ」

御手洗が横から言った。

「えー、日本から出たくないんですねー、やっぱりー」

さくらが言い、私は黙っていた。私は日本人なので、ずっと日本語で暮らしたいだけなのだ。するとさくらは訊いてくる。

「石岡さん、どこなんですか？　ご出身」

「田舎？　山口。だからあっちの方角かな」

と私は、見当をつけて海の彼方を指差した。

「そっちは神戸だよ」

と御手洗がそっけなく言った。

「じゃ私たち、瀬戸内海仲間」

さくらは言う。


興居島の港に着き、上陸すると、歩きながらさくらが言った。

「あの二人、新婚さんかなー」

「うん、そうかも」

顔をあげて見てから、私が同意した。私たちの数歩先を、手をつないだ若いカップルが歩いていた。

「いいなー、楽しそー」

と言ってから、さくらは御手洗に向かって問う。

「ねえ御手洗先生、私が早くお嫁に行きたがっているって、どうして解りました？」

その問いには答えず、御手洗はこう言った。

「じゃあ、あそこの黄色いシャツの人とは結婚しない方がいいよ」

「え、どうしてですか？」

さくらはまた訊く。

「さっき名前が聞こえたんだ。梅宮だって」

「あ、梅宮……」

言ってさくらは口を開け、しばし放心した。

「梅宮さくら、か。はあー……」

「あ、そういうことね。苗字変わりたいんだ」

ようやく気づいて、私は大声を出した。

「春山さくらから梅宮さくらじゃ、あまり変化はないね」

「なんか、もっとおめでたいですねー」

さくらは、悲しそうに言った。確かにそれでは、事態に大差はない。

御手洗は、こういう問題になると、妙に相手の心理がよく理解できるようだった。

「でもおうおうにして、そういう人を好きになるんだよね。桃井なんてのもやめた方がいいね」

「桃井さくら……」

聞いて、さくらはつぶやく。

「花原とか、山上なんて苗字も要注意」

「山上さくら……、駄目。日本昔話みたい。絵が見える」

「見えるね」

今や完全な理解ができたので、私もうなずいた。

「桜田なんてのはむろんまずいし……」

「桜田さくら、くどいーっ！」

「花園なんて苗字はもってのほかだ」

「普通は、喜ばれるよね、きれいな苗字で」

私が言った。

「おとうさん、なんでもっと考えてくれなかったのかなー。なんか私の人生、すっごく不自由ですね」

「御手洗も、自分の名前にコンプレックスあるから解るんだよね」

私が言った。

道なりに歩くうち、小瀬戸が見わたせる浜辺の道に出た。左手に、砂浜が広がる。

「ここか、死体がたくさん浮かぶの。なかなか広い湾だね。おっ、あそこにテレビカメラがいる」

「あ、やっぱりー」

「島民に、くだらない質問をしにきているんだ。まごまごしていると、死体がいっぱい湧く島になりましたね、どう思いますかって訊かれるぞ」

御手洗は、避けるように速足になった。歩きながらつぶやく。

「ふうん、こんなあっさりした湾とは思わなかった。地形が入り組んでいない、ただだだっ広くて、丸いだけだ」

「死体がいっぱい浮かぶの、どう思いますかって、私訊かれました」

さくらが言った。

「へえ、なんて答えたの?」

「とっても嬉しいです、なんて答えたら、島を追い出されるかな。龍王神社というのは?」

御手洗が問う。

「あれです。あの岬の上の、繁みの中にあります」

さくらが、前方の左手を指差した。

「湾の左右に突き出した岬の、右側か」

「はい。あれ、戸《と》ノ浦鼻《うらはな》っていうんです。伝説もあります」

「どんな?」

私が訊く。

「この島に立ち寄った異国のお姫様に恋した若者が、彼女が去ったのちに、あの崖から身を投げたって、そういうの」

「へえ、だから死体が湧くのかな」

「若者の祟《たた》りかな。死体はいつもあの下に?」

「いえ、こっちの、左の方にも浮かびました。それから、戸ノ浦鼻の先の方にも。神社の崖の下にいたのは二体かな」

「よし、あの上にあがってみよう」

御手洗が言う。

道は、岬の森の中にも分け入り、右左する坂道になって続いた。それをたどり、しばらくの忍耐を続けると、徐々に急になっていく坂道に、あきらめたように道は石段になった。あがると、古びた神社の社《やしろ》の前に出た。石敷きのちょっとした広場があり、その脇には、黒い土がむき出した場所がある。

土に歩み込み、立ちつくせば、周囲にはうっそうとした木々が折り重なり、薄暗い。足もとの土は湿って黒く、苔が生えている。湿りけのある空気が体を包み、悪くない気配だ。

前方の木々の間を見ると、かなりの眼下に青い海と、それがゆっくりと寄せていく白い浜が見える。特有の潮の香りと、新鮮な緑の気配が混じり合い、体によさそうだから、私は深呼吸した。

鼻腔に心地よい、植物と自然のたてる匂い。緑と、そして潮の香りだ。何千年もの間ここはそういう香りに包まれていて、変わっていないのだろう。

都会にいては、なかなか味わえない圧倒的な自然。海のただ中に浮かぶ島だから、この感じが維持されてあるのだろう。はるばる旅をしてきたかいがあったと思う。命の洗濯をしているつもりで、私は深呼吸を繰り返した。できることなら、体中の空気を入れ替えたい思いだった。

しかし御手洗はというと、そんな感傷には興味がないらしく、木立の間の小道を、いそいそ海の方におりていく。

「御手洗先生、気をつけて」

さくらが言った。うん、という御手洗の声が戻った。

さくらと私は二人になった。

「ああきれいだなあ、木の間から、白い渚と海が見えてるよ」

感動して、私は言った。

「きれいでしょう？」

さくらも、ちょっと自慢するように言う。

「うん、ぐるりは海。空気もいい。汚れていないよ。高いから見晴らしもいい。いい散歩コースだね、ここ」

するとさくらはこう言う。

「デートコース」

「あ、やっぱり？」

私は言った。するとさくらは、うなずいてから、これまでで一番不可解なことを言った。妙にあまえたような、鼻にかかった声になり、こう言う。

「先生ー、私、いてもいいんですか？」

「え？　なんで」

私はびっくりして言った。

「いえ、お邪魔じゃないかなーって」

私はあわてて言った。

「あのね、君」

するとさくらは言う。

「いえ、いいんですよー、最近多いし。無理しないでー」

「してないよ、してない！」

するとどこからか、御手洗の大声がした。

「今日は死体、浮いてないねー」

「大丈夫みたいですかー？　ああよかったー」

さくらも、私の横で大声を出した。

「さっきのテレビ屋はカラ振りだろうけどさ」

言いながら、御手洗が小道を登ってきた。

「手ぶらで帰すのは気の毒だね。ここから飛び込めば、確かに死ねそうだ。高いよ」

顔を覗かせ、土の広場に歩み込んできて、御手洗は言う。

「そう思うんだったら先生、何か推理を話してあげたらどうですか？」

「お断りするよ」

御手洗はぴしゃりと言った。

「ま、そう言わずに」

私は言った。

「ところで石岡君、ヘリコプターに乗ったことは？」

御手洗が唐突に訊いてきた。

「はあ？　な、なんだい藪《やぶ》から棒に」

「あるかい？」

「ないよ」

「あれは独特の動きをするんだ、頭上のローターの反動でね。座席はこんなふうに、絶えず回転しそうになる」

御手洗は、右手を使って動きを説明する。

「ぐいぐいと、回転しそうな力を絶えず感じるんだ。それを後ろのプロペラが抑えてる。楽しいぜ。乗ってみないか?」

「はあ……、まあ、機会があれば」

と言うほかない。

「御手洗先生、この島、ずっとあっちの、島の反対側には、御手洗鼻っていう岬もあるんですよ」

さくらは言った。

「ふうん、君はこのあたりの出なのかな」

私は言った。

「ここはもういい、おりようか」

御手洗は言った。

5

波打ち際におりてくると、西の空に、陽が少し傾いているのが解った。これは、今日はこの島に泊まることになるかもしれない。

さくらが、いきなり砂浜を走りだした。そして、おとうさーんと大声で呼んだ。走りながら、こちらを振り返って言う。

「おとうさんです！」

それで私と御手洗は、制服姿の警官に向かって、ゆっくりと砂浜を歩いていった。

「御手洗先生、石岡さん、おとうさんです」

と彼女は、私たちに向かって言った。そして父親に向かっては、

「こちらが有名な、御手洗先生と石岡さん、知ってるでしょ？　私がいつも言ってるから。この島の変な事件について、先生たちに相談したんだよ。そしたら、わざわざ来てくださったの」

私たちは揃って頭を下げたのだが、警察官の制帽は、微動もしなかった。そしてせせら笑うような表情になり、こう言った。

「また酔狂《すいきょう》なこったよな、よっぽどヒマなんか、あんたら」

すると御手洗も微笑して、

「似た者同士ですな」

と言った。

「どういう意味だ！」

と警官は、たちまち気色《けしき》ばんだ。いつものことながら、私はうんざりした。

「おとうさん」

とさくらは言い、私も、

「おい御手洗」

と口をはさんだ。しかし警官は、うやむやにことをおさめる気はないようで、またこう言った。

「なんでわしがヒマじゃ」

「いや、さっきテレビ屋の質問に、応じてらっしゃったようだから」

御手洗は言った。

「それがどうした。それがなんでヒマじゃ。職務じゃないか」

「テレビのインタヴューに応じるのが？」

「別にそればっかしじゃあないが、たまにゃよかろう」

「ではインタヴューの前は警察のお仕事を？」

「むろんだ」

「庭の桃の木に、水をやっていらしたようですが」

すると警官は、ぐっと言葉に詰まった。

「見ていたのか？」

「お宅がどこにあるのかも知りません。で、ここに死体が浮かぶことをなんとお答えに？」

「そりゃ、みんなが困っとると」

「ははあ！　さすがに専門家らしい、第一級の情報ですな」

御手洗は、感心して言った。

「なんだと？」

「そういう会話をすることを、世間ではヒマというんです」

「なにを言うか！　世間はみんな心配して、知りたがっているんだ」

「死体が浮かんで、興居島の島民が困っているかいないかを？」

「そうだ！」

「普通解りませんかね、そういうの。死体がいっぱい出て、喜んでパーティを開く人もいないでしょう」

「なに言うか！」

「みんなが知りたいのは、この死体漂着事件の理由です。何故こんなことが起こるのか、犯人は誰か」

「それもそうだ、むろんだ」

「ではそれもお話しに？」

「それは捜査の途中段階だ。話すことはできん」

「なあるほど。能ある鷹は、爪を隠す」

「そうだ、そういうことだ」

「まあ隠す事柄をお持ちなら、それもよいですな」

「おい御手洗、もうやめろよ」

私は言った。

「娘に言われて、君らの本は読んだ」

さくらの父親は続ける。

「あんたは頭脳自慢だそうだが、ありゃとてもそんなものじゃない。プロならとても言えん、危ないハッタリばっかりだ」

「本は現実より、かなり控えめに書かれているんです」

「調子のよい作りものだ。ああいう類はホラだ、頭脳自慢とは言わない」

「ほう、ではなんと」

「テングと言う」

「ああなるほど！　しかしテングというのは、なにも解っていないのに、解ったふりでカラ威張りしているような人のことを言うのでは……」

「御手洗、もうやめろよ」

もう一度、私は言った。

「まったく身のほどを知らん人間じゃ。それで、なんか？　あんたはわざわざ東京からここに足を運んできた。ご苦労にも」

「あなたのお嬢さんに言われましてね」

「あれも常識を知らん、父親が専門家じゃいうのに、なにを馬鹿な考え違いをしよる。親に恥をかかそう思うちょる」

「まだ恥はかいてはいませんよ」

「そりゃそうだ、当たり前じゃろが。プロのわしが恥かくはずもない」

「ま、これからですな、かくのは」

「ああ？」

「ああいや」

「で、なんか解ったか？」

「なんです？」

「だから、ここにたびたび死体が浮かぶわけがじゃ」

「ああ！　そんなことはとうの昔に解っています」

御手洗は言った。

「おやまあ。じゃ一応訊くんだが、誰が犯人で、どうしてこんなことをする？　どうしてここに死体が浮く」

警官は言った。

「テングに訊くんですか？」

「だから一応と言っている。それがホラでないなら、何かは言えるはずだ」

「いくらでも言えますよ。でも捜査の途中段階ではちょっとね」

「ふん！」

御手洗は、沖を指差した。そして言う。

「まあ、いくらかお教えしましょう、あれですよ、犯人は。あの特殊な海です。こういう海は、日本中にひとつしかない」

「何を言っとるんだ、こりゃどこにでもある海だ」

「世界でもまれだ。こんな海は、まずふたつとはないんです」

「こりゃ普通の海だ。ホラもいい加減にしろ」

その時、空に飛行機のものらしい爆音がしはじめた。巡査は、うるさそうに空を見た。

「この海だけが行える犯罪が、今ここにあるんです、われわれの目の前に」

「おい御手洗、じゃ、死体に手足がないのは、この海が特殊で……」

私が言いかけると、さえぎって御手洗は言う。

「そうさ石岡君、この特殊な海には、人を喰う怪物がいるんだ」

「いるもんか！」

警官は言った。

「聞いたこともないわ、そうなもの」

「死体は今松山署ですか？」

御手洗は警官に訊いた。

「そうだが、もう火葬にしたかもしれん。見たいかね、それなら……」

「いやあ傷んだ死体では何も解らない、必要ないです」

爆音は徐々に近づき、警官の声は次第に大きくなる。

「この海のことは、わしが一番よう知っとる。子供の頃から毎日ここで泳いで育ったんじゃ、誰にも、なんも言わせせんぞ！」

「ほう、たいしたものですな」

「そりゃそうじゃ」

「身近にすぎれば視界もくもる」

「ああ？」

「ついでに威張れば何も見えない」

すると警官は少し黙り、大声でこう言った。

「おいこりゃ、時間の無駄じゃな！」

爆音のせいもあり、警官の声は、ほとんど怒鳴り声になっていた。声がかき消されそうだからだ。

「とにかく手を引くことだ、素人が扱える事件じゃない！」

「はじめて意見が合いましたね、同感です！　ぼくは今、とてつもなく重要なことを言っているんですよ。聞く耳がなければ、言葉に意味は生じない」

「もっと重要なことを言ってやろうか」

　警官は勝ち誇ったように言う。

「なんです？」

「今日の帰りのフェリーはもう出たわ。君はこの島に泊まらにゃならんが、わしがひと声かけたら、あんたを泊める船宿は島に一軒もない。どうするか？　砂の上で眠るか？　それともわしがひとこと頼んでやろうか？　船宿に」

「ああそんな必要はないです。タクシーで帰りますから」

　御手洗は言った。

「何を言うとるんだ君は、海の上を走るタクシーか、ここは島だぞ」

「空を飛ぶタクシーです。それではごきげんよう！」

　言って御手洗は、くるりと背を向けた。

　砂が巻きあがり、爆音は耳を打つほどの轟音《ごうおん》になった。私は度肝を抜かれた。ヘリコプターが、目の前の砂浜に舞いおりてきたのだ。

　振り返り、御手洗は大声で言う。

「春山さん、これはもう島の駐在所が扱えるレヴェルのものではない。家に帰って、われわれの連絡を待っていてください」

　父と娘は、仰天して目を見張っていた。御手洗は叫ぶ。

「桃に水などやりながらね！　そうしたら、テレビ屋に話すことにももっと実が出る。あれに乗るんだ石岡君。さくらさん、おとうさんに失礼なことを言ってごめんね」

「あ、いえ」

さくらは言った。

「結果を電話するからね、おとうさんにも教えてあげて！」

「あ、はい。でも、あの、どちらへ」

しかし聞こえなかったろう。御手洗はもうすでに背を向け、ヘリコプターに向かって駈けだしている。私も追って、砂浜を走りだした。

6

ヘリコプターは、瀬戸内海を横断する向きに飛ぶ。眼下を、素晴らしい勢いで瀬戸内海の青い水が駈け去っていく。ところどころ水の色が変わり、濃い青の中に、ブルーの川が流れているようだ。あれが海流なのだろうか。そして、そんなまだら模様の中に、漁船なのか大小の船が、点々と散って浮かんでいる。

機内にエンジン音がこもっているから、私は大声で御手洗に訊いた。

「おい御手洗！　どういうことだよ？　これはどこのヘリコプター？」

「依頼主が変わる可能性が出てきたのさ。思ったより事件が大きい」

はあ？　と私は言った。ことの展開が速すぎて、ついて行けない。誰に依頼主が変わったのだ？　どうしていきなりヘリコプターが舞いおりてきた？

「だからぁ、どこの依頼主なんだよ？　これ、どこのヘリコプター？」

私は言い、すると御手洗は、前方を見つめたまま、もったいぶって言う。

「まだ言えない。訊かれた際、君も知らない方がいい。タクシーだと思ってくれたまえ」

「タクシーかよ、ずいぶん料金高そうなタクシーだな。それでぼくら、これでどこに行くんだ？」

「呉《くれ》だよ！」

眼下をゆっくりとすぎていく瀬戸内海、視界をあげると、小さく陸地が見えはじめている。本州か。

「北上しているの？」

「そうだ。さっき連絡しておいた。実験の準備を整えておいてくれているはずだよ」

「実験？　なんの実験」

「じきに解る！」

御手洗は言う。


ヘリコプターの下に、陸地が滑り込んできた。そして間もなく、大型の体育館の屋根のような、灰色をした施設が前方の下界に見えた。まな板の断面のような、不思議なかたちをした構造物だった。ヘリコプターはこの建物に向かい、上空に着くと、その脇のヘリポートに向かい、ゆっくりと降下していく。たちまち眼下にコンクリートが迫り、われわれの乗った大きな機械は、ごとんとこの上に着地した。

「よし、おりるぞ、姿勢を低くして」

御手洗は言ってドアを開け、コンクリートの上に飛びおりた。

「どこだここ」

続きながら私は訊く。

「水理実験場だよ」

御手洗は言った。

風と埃《ほこり》を巻きあげる、回転する巨大なローターの下を、頭を低くして駈けていくと、灰色の作業服姿の男性が立って、われわれを待っていた。

背後でヘリコプターは、ひときわ爆音を高くして、再び空に舞いあがっていく。上空で姿勢を変え、再び海の方角に飛び去っていった。

「水理実験場？」

私は言った。

「通産省のね。通産省の、これは中国工業技術試験所だよ」

「試験所？　何の試験するところだ？　どうしてここに？」

「中に入れば解るよ」

御手洗は言った。そして待ち受けた男性に向かい、

「やあ、お世話になります、御手洗です。こちらは石岡君です」

と言った。私はぺこんと頭をさげた。

すると男性も頭をさげ、

「北王子《きたおうじ》です。佐々木《ささき》さんから話は聞いて、お待ちしておりました。お名前はかねがね。さ、さ、どうぞこちらへ」

言って、北王子は先にたって中に入っていく。コンクリートで固められた通路がしばらく続き、私たちは彼のすぐあとを歩いていった。

ぱっと、いきなり視界が開けた時、仰天して目を見張った。体育館なのかと思っていたが、事実柱の類がまったくない、だだっ広い空間が眼前に広がった。

そこにあったものは、まったく予想もしていなかったものだった。さっきまでヘリコプターから見ていた世界が、色彩を失って、もう一度目の前に現れた。

実際スポーツができそうなほどの雄大な空間だったが、そのスポーツは、バスケットボールやバレーボールではなく、野球でも、アメリカンフットボールでも、ゴルフでも、陸上競技でもできそうだった。

奇妙な形の水面が広がった。水の左右はごつごつとした灰白色の地面で、セメントで造られているらしい。よくよく目を凝らすと、それは雄大な瀬戸内海のジオラマなのだった。

ジオラマという言い方が正しいのか否か、まったく自信がない。理由は大きすぎたからだ。雄大な箱庭とでも言うべきか。ともかく、本州と四国に挟まれて広がる瀬戸内海という海の、巨大な模型なのだった。このようなものをはじめて見て、私は度肝を抜かれ、立ちつくした。自分が、雲を衝《つ》く大男になったような心地がした。

内海に接する陸地の凹凸は、どうやら地図通りに造られているらしい。瀬戸内海周囲の海岸線を、これは正確に写しているようだ。プールには実際に水が溜まって、薄青く見えていた。私たちが立つ場所と、巨大模型との間には狭い溝が巡っていて、小型の瀬戸内海を充たした水は、あふれれば、この溝に落ち込むようにできていた。溝の手前側には手すりがある。

右手の陸地、四国の海岸線が、東と西で四国に沿ってずっと廻り込むので、このまな板の断面のような、変形床面の建物が必要になったらしかった。つまり、まな板底部のふたつの脚部に似て、母屋にくっついたふたつの建物という張り出しが、四国の左右で南下する海岸線と、これに接する海面の広がりを可能にしているのだ。今われわれは、その一方の張り出しの通路を、歩いてやってきた。

「瀬戸内海だよ石岡君」

御手洗が私に言った。それで私はわれに返った。

「こいつこそが犯人だ。そこで犯人がどうやったか、今から再現しようというわけだ」

立ちどまって水面を見ているわれわれに向かい、北王子が戻ってきた。

「佐々木さんよりうかがいました。ご指示の通り、準備はできています」

「佐々木さんて誰だ？　どうしてここに、こんなものがあるんだ？」

放心したまま、私は御手洗に訊いた。

その声が聞こえたようで、北王子が私の方を向き、模型を指差して説明を始めた。

「これは瀬戸内海の、二千分の一の水理模型になっています。あっちが中国地方、こっちが四国側の陸地になります。この模型によって、この地域で毎日起こっている干満現象、つまり瀬戸内海への海水の流入と、流出ですね。これを再現して観ることができます」

「ああ」

と私は言って、うなずいた。そういうことか。

「この模型の瀬戸内海に、水を流入させ、それから時間をおいて流出させます。そのようにして、内海全体の海水の動きを、シミュレートしてみようということです」

「なるほど」

私は茫然とした面持ちで言った。

「今これは、満潮状態にしてあります。そして内海沿岸の各都市に、番号を振ったカードを置いています。

岡山、広島、山口、それから四国側の香川、愛媛の各県の、主だった都市です」

「ああ見えます」

　私は言った。

「でもなんであんなカードを？」

　御手洗に訊いた。

「容疑者たちに割り振ったカードさ」

　御手洗の言うことは、またしても意味が解らない。

「そもそもどうしてこんな巨大な模型を？　犯罪捜査のためなのか？」

　すると北王子が答える。

「いえ、瀬戸内沿岸に林立していく工場群とか、内海に流出する河川に沿って建つ工場群の排水による、内海の汚染の広がりを見るために、造ったものなんです。そのために、水の底の、つまり海底の地形も、できるだけ実物に合わせて、正確に造っています。海底の地形も、水流の動きに影響しますから」

「ははあ……」

「この水面、およそ七千五百平方メートルあります。使用する水量は約五千トンです。水理模型としては、これは世界最大規模になります。実際に水を出し入れすることによって、排水汚染の広がり方や、その進行のペースが解りますし、外洋の水との交換の比率とか、それによっての洗浄効果、薄まりの度合いなんかも解ります」

　御手洗が私に向いて言う。

「そういうものなら、今回の犯罪捜査に応用できると思ったんだ。だからやってきた」

「ああ」

ようやく、私は合《が》てんがいった。だが全部ではない。海水の動き？　それが今回の春山さくらの相談と、どう関わる——？

「そしてご覧のように、カードと同じ番号を書いたボールを、各都市のすぐ沖に浮かべています」

見れば陸地近くに、たくさんのゴルフボールのようなものが浮かんでいるのだった。ボールとカードはごく接近している。そして接近したカードとボールには、同じ番号が振られているのだった。

「ボールは、各都市の沖合、およそ二キロといったところです。必要でしたら、この数字は変えて、再度実験します。じゃ、よろしいでしょうか？　そういうことで」

「けっこうです」

御手洗は応じた。

「ではこれから、干潮に向けて水を抜いていきます。おーい、いいぞ、頼む！」

北王子は近くの機械室に向けて大声を出し、手を振って合図を送る。

すると、機械の唸り音が立ちあがり、複雑なかたちをしたプールの水が、ゆっくりと動きはじめた。

何が起こっているのか理解しようとして、私は眼前の模型に全神経を集中した。私は、いまだに自分がここに連れてこられた理由が、充分には解っていなかったのだ。

私の右方向にある側溝に、ぴしゃぴしゃと水音がたちはじめた。それで、瀬戸内海の水が排出されて、溝に落ちはじめたのだと解った。

「海の水が抜かれているんだね？」

私は訊いた。すると、御手洗はうなずいた。

巨大な模型の海の端で、まるでナイアガラの滝の模型のようになって落下する水音は、次第に大きくなる。排水の水流は見る見る増し、溝の上できれいな放物線を描く。見渡す限りにおいて、海の滝は三ヵ所あるようだった。

私は、古代ギリシアの時代に考えられていた世界図を思い出した。古代の人たちは、世界の果て、つまり大海原の尽きるところでは、こんなふうに海水が雄大な大滝になって、奈落の底に落下しているものと考えていた。

水の排出にともない、水面に浮かぶ数字の書かれた白いボールも、ゆっくりと動きはじめている。御手洗の声が聞こえた。

「石岡君、瀬戸内海とは、複雑なかたちをした巨大なプールなんだ」

私はうなずき、なんだかしみじみとした気分で応じた。

「すごいものだなこれ。びっくりしたよ、呉に、こんなすごい施設があったのだな」

うなずきながら、御手洗は言う。

「外洋からの水は、三方から出ていく。四国、本州、九州の間に開いた隙間からだ。あの遠くにあるのが、紀伊《きい》半島と四国の間にある紀伊水道。手前右手のものは、四国と九州の間の豊後《ぶんご》水道。左手のあそこは、本州と九州の間の関門《かんもん》海峡だ」

「ああそうか、そうだね」

「瀬戸内海の水の出口は、この三ヵ所しかない。一番広い出口はこの豊後水道だ。関門海峡は狭いから急流になる。大きな島で手前をふさがれたような出口は、やはり急な川以上の流れになり、渦さえ巻く。あそこだね」

「淡路島《あわじしま》？」

御手洗が指差す方角を見て、私は言った。

「うん、あのあたりは、古代から難所だった。鳴門《なると》の渦潮というあれだ」

「ああ、ラーメンに入っている」

「ああ……？　ま、そうだね」

御手洗は、なんだかがっかりしたような声を出した。

「すごいねー、川だねこれは」

私はさっきヘリコプターから見おろした、藍色の海面に続いていた、色の薄いブルーの帯を思い出していた。御手洗は言う。

「あらゆる漂流物は、この潮流に乗り、すごい勢いで流される」

「船も？」

私は訊く。

「昔はそうだった。手漕ぎの小舟なんて、強力な潮流の思いのままさ。だから時刻によって生じるこの急流の位置や、勢いを正確に知る者が、この海を制した」

「海賊？」

「そうさ。どんなに強力な陸の軍隊でも、この内海の上では、海流の変化を熟知する者の前では無力だ。そしてこの急流発生は、時間ごとに必ず起こる。六時間おきにだよ。月や、太陽の位置によって」

「ああ」

それからしばらく、私たちは並んで立ち、動いていく白いボールの群れを見つめていた。面白いことに、ボールの動きは一様ではない。あるものは速く動き、またあるものはゆっくりと動く。じっとし続けて、なかなか動きださないものもあった。

「興居島のミステリーには、必ずこの潮流のメカニズムが関わっているよ」

御手洗は言い、歩きだす。

「この移動の細部を具体的に見るために、あんなふうにたくさんのウキを浮かべてもらったんだ」

「すべて動いているね、川を下るみたいに。例外はないね。これは田圃《たんぼ》の溜め池とは違うんだ」

「ああその通り」

「でも、それぞれ微妙に速度が違うな」

「特徴深い要素がいくつもあるだろう？　今君が言ったように、個々の動きには差がある。速度の差だ。それも大事だが、その前にもっと大きな原則がある。瀬戸内海のど真ん中を中心に、水が大きく左右に、東西に分かれていくということだ」

「ああ、本当だ。ボールの群れは、左右に分かれて動いていくね」

「その通り。平らな海の上にも、分水嶺《ぶんすいれい》があるんだ。つまり、あのあたりの分水の南北ラインから見て、東側にあるボールは、決して興居島の方角にはやってこないということだ」

「なるほど、そうだね。神戸の沖に浮かんだものは、決してこちらの九州側にはやってこない」

「その通りだ石岡君。いいじゃないか、ラーメンの話よりずっといいぞ。だから東側は切り捨てていい」

「はあ……、ふうん」

よく解らないまま、私はうなずいた。何を切り捨てると言うのか。

「石岡君、ほかに気づくことは？」

御手洗は問うてくる。

「瀬戸内海には、本当に無数の島があるんだな」

私は気づいたことを言った。

「あるね」

御手洗は言う。

「だから島と島との間の狭くなった場所は、まるで急流だね。流れが速くなるんだ。そして、渦を巻いている場所もある」

私は言った。

「たとえば音戸《おんど》の瀬戸?」

「ああまあ、あれもそのひとつだな」

御手洗は言い、こう続ける。

「島が密集している場所でのボールの動きは、まるで盤の上を落下するパチンコの玉みたいだろう?」

「ほんと、そうだね。釘の間を落ちるみたいに速い」

「次に大事なことは、プールのかたちが複雑に入り組んでいること、島の数が無数で、位置がランダムだから、隙間の距離もまちまちになり、水の動きが複雑になるということだ。とても読みきれない。そこで、この模型が必要になったんだ」

「島と島との間では、ボールがすごく速く移動していくね。急流を流れ下っていくみたいに。本当にパチンコの玉だな」

「一方で、ゆっくり動くものもいる。そしてさらに重要なことは、六時間ごとに繰り返されるこの複雑な水の動きは、毎日同じだということだ」

「毎日同じ……」

「そうだよ石岡君。基本的にまったく同じ動きが、機械のように延々と繰り返されて、今日にいたっている」

「まったく同じ動き方……」

「何万年もの間ね、一日の休みもなく。だからこの機械装置にも意味が生じる。この無数のボールもまた、毎回同じように動くんだ。この動きは、卑弥呼《ひみこ》の時代から今日まで、まったく変わってはいないんだぜ」

「卑弥呼の時代から……」

「そうさ、悠久の時間の流れを感じないか？　神功《じんぐう》皇后の時代からも、源平合戦の時代からも、武蔵と小次郎の巌流島の時代からもだ。Ｂ29が来襲し、ジェット戦闘機がスクランブル発進する時代になっても、それは変わらない。まあ近年、関門海峡のかたちが少し変わったからね、多少は変化しているだろうが」

機械の作動音がやんだ。絶対的な静寂が、突然広い空間に訪れる。すると、こんなふうに言う御手洗の声が、ひときわよく響いた。

「これは、時計仕掛けの海なんだ。こういう特殊な海は、日本では瀬戸内海だけ、世界でもまれなのさ」

「なるほど……」

ようやく私にも、彼の言わんとすることが解った。

そばの機械室から、北王子の半身が覗き、こちらに声をかけてきた。空間を静寂が支配したから、彼の声もまた、よく聞こえた。

「御手洗先生、排水終わりました。退潮は、これで終わりです」

それで御手洗と私は、小型の瀬戸内海の上を、もう一度見た。水の上で大きく位置を変え、再び静止した白いボールの群れが、そこにはある。

「なるほど、一回の退水による浮遊物の動きの幅は、このくらいなのですね」

「そうなります」

「ふむ」

御手洗はじっと水面を見つめ、視線をあちらこちらさまよわせている。

「よろしければ、また満潮に向かいたいんですが、いいでしょうか」

北王子は訊く。

「けっこうです、お願いします」

御手洗は言った。聞いてうなずき、北王子の姿が引っ込むと、再び機械音が立ちあがった。水上の白いボールが、またゆっくりと動きはじめる。今度の動きは、これまでと反対方向に向かっていた。再び瀬戸内海の中心線、御手洗の言葉を借りると、分水ラインに向かって戻っていく。

御手洗は私の方を向き、こう言った。

「石岡君、興居島の小瀬戸を見ているんだ」

「え？　興居島？」

「おい石岡君、当然だろう？　しっかりしろよ。そのためにここに来ているんだぞ」

御手洗は、なかばあきれたような口調で言った。

「あー、そうなのか」

鈍い私だが、この時ようやく、御手洗の考えていることが解った。

「ああつまり……」

「そうだ。興居島の小瀬戸の湾に、この中のボールのどれかが入るまで、実験は続ける」

「そういうことかぁ」

やっと腑に落ちた。

「で、興居島はどれだ」

私が訊くと、御手洗は低く舌うちをもらして歩きだす。そして四国の脇の一点を指差した。

「これだ！」

確かに、そこに小さな島が存在した。

「まだボールは入っていないんだな」

「当然だ。入ったら実験は終了だ」

それから間もなくして、満潮になりましたと、機械室の北王子が告げてきた。ボールは今や、瀬戸内海全体に散らばっている。しかし、興居島の小瀬戸の湾に入ったボールはまだなかった。

御手洗は、側溝の手すりに沿ってしばらく歩いていたが、

「ではまた干潮に、お願いします」

と言った。それでまた機械音が唸りはじめた。

そんなふうにして、さらに何回か、干満潮の操作を行った。が、興居島の湾に入っていくボールはまだ出ない。御手洗が、多少のいらつきを見せるようになった。

「じゃ、また満潮行きますが、これで三日後ってとこですね」

北王子が、こう言った時だった。そうしてスウィッチが入り、何度目かの潮が動きはじめた。

機械ポンプの唸りとともに、動きを再開する無数の白いボール。通路をうろうろしていた御手洗が、つかつかとまた私の方に戻ってくる。しかし、視線はずっと水上に留めている。歩き方から、友人の気分が興奮しているのが、私には解った。私のそばに来た時、彼はこう叫んだ。

「ビンゴ！」

そして指差す。今、ボールのひとつが、小さな興居島の湾に、ゆっくりと入っていくところだった。

「いいですよ、止めてください！」

機械室に向かって叫びながら、御手洗はいそいそと、側溝の手すりを跨《また》いでいる。続いて側溝を飛び越え、四国の上を巨大怪獣のようにどたどた走って、愛媛県の上でひざまずいた。

上体を水の上にせり出し、興居島に向かって手を伸ばす。小瀬戸の湾に入ったボールを、右手で摘《つま》みあげた。そしてこんなふうに叫ぶ。

「五番です！　五番の都市はどこですか？」

すると対岸の本州の上に、北王子の姿が現れた。広島県の上を歩き、水べりで立ち停まった。そして五番のカードが入った、足もとのアクリルケースを指さし、やはり大声で答える。

「福山《ふくやま》ですね！」

第2章 chapter 2

THE CLOCKWORK CURRENT

第二章

chapter2

1

小坂井茂《こさかいしげる》は、子供の頃から女にもてた。だから、女はみんな自分に対して、なにくれと世話を焼いてくれる存在と、思い込んでしまっていたかもしれない。高校の現代国語の女性教師は、小坂井を、どこか特別の目で見ていてくれた。それがいつも肌に感じられた。

特に思ったのは、自習の時間とか、テストの時間だ。しんとした教室内で、みんな机に突っ伏して黙って問題を解いている。小坂井もそうしたが、答えを書けない質問が、いくつもある。それでなんとなく顔をあげて、教壇にすわっている女性教師を見る。すると教師は、たいてい小坂井の顔を見ているのだった。

その教師は、生徒たちにオールドミスと陰口をたたかれている、五十前後の大木《おおき》という女性で、そう思って見るせいなのか、やはりどこかほかの教師とふるまいが違っていた。にこにこと明るいふるまいの日もあるかと思うと、ある日突然、険《けわ》しい顔つきで教室に入ってきて、生徒に片端から難癖《なんくせ》をつけ、叱り続けるような日もある。そういう日は、頬の肉が落ちた顔つきが、異様に冷酷に見えた。

しかし彼女は、小坂井には一貫して優しかった。だから小坂井は、いつか彼女にあまえるような気分になっていた。授業中でも自習時間でも、教師と目が合うと、小坂井は笑ってみた。すると教師もまた、控えめな笑みを戻してくれた。

その教師は、演劇部の顧問をしていた。小坂井の高校の演劇部は、発表会を一度もしたことがないので有名だった。部員は女の子ばかりで、高校の春の記念祭に、コスプレふうの衣装を着た部員たちを載せたリヤカーを、一番力持ちの女の子が引き、残りの部員は後を押して、グラウンドを一周するというだけが活動だった。

二年生になった春のある日、小坂井は大木先生に呼ばれて職員室に行った。何の話かと思ったら、演劇部に入って欲しいと言う。ええ？　と思わず言って、仰天した。

男の世界にはメンツがあり、特に小坂井は、さして成績がよくなかったから、ちょっと不良を気取っている仲間が何人かいた。女ばかりの軟派な演劇部などに入ったら、格好がつかないことおびただしい。だから演劇部など、夢にも考えたことはなかった。それで明日まで考えさせて欲しいと言って、教室に逃げ戻った。

下校時、校門に向かって歩いていたら、校門の手前で、女の子に声をかけられた。田丸《たまる》千早《ちはや》という名の同級生で、なんだろうと思って立ち停まったら、小走りで追いついてきて、並んで歩きだした。一緒に帰ろうと言う。

なんとはなく長々一緒に歩くことになって、道が港にかかったら、雁木《がんぎ》と呼ばれている石段に、ちょっとすわろうと彼女は言った。

カバンを石の上に置き、腰をおろして足の先にある水を見ていたら、その日は珍しく水がよく澄んだ日で、繋がれてゆるく上下している漁船の下に、小魚が群れて泳ぐのが見えた。右に左にさっさっと泳ぎ、それから船底の下に消えていく。

それを見ながら、小坂井は、ここに来ればいつも感じる匂いを、ぼんやりと意識していた。潮の匂いと、魚の匂い。小船の金属部品に浮く、錆《さ》びの匂いも混じっている。ここ以外では決して感じることのない、港に特有のものだ。別によい匂いでもないが、嫌いではない。ずっとこれを嗅いで育った。

「ねえ、一緒に演劇やってよ」

と突然、田丸は言った。

「えっ」

と小坂井は言った。まったく予想していなかった言いかけだったからだ。

「私も演劇部なんだよ」

と田丸は言った。知らなかったから、驚いた。

「へえ、演劇部かあ」

小坂井はのんびり応じた。

「知らなかった？」

「うん」

「男子いなくてさ、困ってるんだよ」

と彼女は、なんだか深刻な口調で言う。口をとがらせて、どこか訴えるような調子がある。緊迫感など微塵《みじん》もない小坂井と、なんとはなく気分に落差があった。

「男子いないと、発表会ができないんだよ」

「女子だけでやればいいじゃないかよ」

小坂井が言うと、

「宝塚《たからづか》じゃないっての」

田丸は言った。

「小坂井君なら、顔いいからね、うってつけなのさ」

と言う。

「体つきも役者向き。ファンつくよ」

「俺、せりふ憶えられないよ、頭悪いもん」

と言ってみたら、

「私が教えるよ」

と言う。それから手を握ってきて、

「柔らかい」

と言った。それから両手で包み、しばらく揉《も》んでいた。

それで小坂井は、なんとなく顔をあげて、田丸の顔を見た。田丸は、白い肌をしていた。顔つきはぽっちゃりとして丸く、鼻もどちらかというと丸いのだが、目が大きくて、悪い顔立ちではない。美人の部類に入るかなと、小坂井は思った。きっとそんな自負もあって、彼女は演劇部に入ったのだろうと思う。

「私、時間を無駄にしたくないんだよ」

田丸は言う。

「ちょっと、しばらくは本気で試してみたいからさ、自分」

そう言うと、いきなりぱっと、田丸は立ちあがった。紺色のスカートのお尻や前を、ぱたぱたと払っていた。そして、

「帰ろうか」

と言う。小坂井も、

「うん」

と言った。

帰り道が、狭い路地にかかった。そこに、古い伝馬船《てんません》を分解した板木を、石垣の上に嵌《は》め込んで、壁の一部にした家がある。通るたび、小坂井もそれが気になっていた。その前で、田丸が小坂井の手を握ってきた。そして、ぐいと引いた。停まれという合図らしかった。

「ほら小坂井君、これ、船板だよ」

小坂井もうなずいた。

「古い船ばらして、ここに側板、嵌めたんだね」

「うん」

「けっこううまく行ってるよ、きれいだね」

小坂井は、今度は声に出さずにうなずいた。そうしたら田丸は言う。

「ねえ小坂井君、イタリア料理好き？」

「あ？　ああ」

小坂井は言った。

「今度、うちに食べにきてよ。私、得意なんだよ。おいしいんだよ」

「ふうん」

小坂井は言ったが、これは結局、一度も食べにいくことはなかった。

「私ね、ずっと小坂井君、見てたんだよ。中学の時からさ」

「はあ」

「ね、私を助けてよ。私は演劇やりたいんだよ。今のままじゃ、部室で女同士おしゃべりしてさ、そいで終わりだよ。一回の発表会もしないで、それで私、十八になるんだよ」

　そして思い詰めたような目で、じっと小坂井を見た。そして、いきなり抱きついてきて、ぱっと唇にキスをした。その時、同時に彼女が体につけている香料の匂いを嗅いだ。

「ね、お願い、考えてよ」

　体を離し、そう言ってから、くるりと背中を見せて、駈けだしていった。路地を駈け抜け、陽が当たっている表通りに出ると、一瞬ブラウスを白く輝かせてから、さっと左に曲がって消えた。

2

　そんなようなことがあったから、断ることができない気分になって、小坂井は演劇部に入った。それで、三年生時のクリスマス前に、「ロング・クリスマス・ディナー」という演劇の発表会をやった。これが、小坂井の通っていた高校でははじめての演劇発表会で、大木先生に小坂井は感謝され、株が上がった。しかし小坂井が何かをしたわけでもなかった。中心になって頑張ったのは田丸だった。

　しかし小坂井が入ることで、男子が入りやすくなった功績はあきらかにあった。勧誘に応じて一年後輩の男の子が入ってくれ、演劇部はなんとかかたちになった。それでようやく脚本を決め、立ち稽古《げいこ》に入ることができて、演劇部としての活動が始まった。

　ほかに男がいないので、小坂井は男の役の中では主役をこなし、下級生の男子は、召使いをやらされていた。そして田丸は、当然のように、主役の女主人をやった。田丸は大車輪の活躍だった。脚本を決め、音楽を決め、学校から追加予算を取り、部員を連れて知り合いの衣装屋に行き、各人の採寸をして衣装を作り、足りないものは自分で縫った。顧問の先生がいなくても、自分が部員の演技指導をした。

田丸自身の演技の評判もよかった。小坂井もそれなりにこなして、発表会の評判は悪くなかった。下級生の女子生徒のファンが大勢ついて、ファンレターをたくさんもらい、卒業式には大いにもてはやされた。しかし当然ながら不良仲間の冷笑を浴び、小坂井は友達を失った。

関西の公立の大学の受験にも、小坂井は失敗した。もともと成績がよくなかったのだから仕方がない。田丸の方は、東京の私立の大学に入った。これは予定の行動のようだった。今後どうしようかなと小坂井が迷っていたら、田丸から手紙が来た。東京に出てきて、こっちの予備校に行かないかと言う。そして、一緒に演劇をやって欲しいと言う。

予備校の費用を親が出してくれないなら、自分が貸すし、バイトも紹介すると言う。おそらく田丸としては、自分が小坂井の人生を誤らせたといったような、贖罪《しょくざい》の念もあったものに違いない。しかし演劇をやっていなくても、勉強嫌いの小坂井は、どうせ大学はすべっていた。不良仲間など、失った方がよかったくらいのものだ。ただ困ったことは、彼ら以外友人がいなかったから、まったく一人ぼっちになってしまったことだ。

親に東京に出ると言ったら、予想通り反対されたので、家出同然にして、東京に向かった。再会した田丸は、御茶ノ水の大学に通うのだと言い、町屋《まちや》のワンルーム・マンションを借りていた。そして、北千住《きたせんじゅ》にあるNという劇団の研究生になっていた。劇団Nは、演劇関係者には知られた名門だった。御茶ノ水も、町屋も、北千住も、地下鉄千代田線の沿線に並んでいて、すべてこの一本を使って往き来ができた。田丸は、鞆《とも》にいる時から東京の交通事情を調べあげ、大学まで選んでいた。

小坂井は、田丸のマンションに転がり込み、たちまち同棲となった。田丸は小坂井が好きだったようだし、小坂井も、徐々に田丸を好きになりはじめていた。上京し、化粧を始めた田丸は、明らかに美人になっていた。目の前にして、小坂井の心は動いた。

紹介するから、小坂井もNの研究生になれと彼女は言う。予備校は、自分の大学のそばに評判のよいものがあるので、そこに通ってはと勧められた。それなら一緒に通学もできるからと言う。

お金ないでしょうから貸してあげると言い、近くの居酒屋のバイトを紹介された。ここ給料いいから、働いて返してと言う。来いと言うからついていったら、田丸が先に店に入っていき、店主と小坂井を引き合わせた。こういう積極性は、上京してむしろ増していた。働きはじめてから聞いてみると、店主は別に田丸と知り合いではなかった。田丸も一度行ったことがあるというだけだった。

小坂井は、別段何をするあてもなかったから、田丸の言う通りに夕刻になれば居酒屋のバイトに行き、翌朝御茶ノ水の、田丸の大学近くの予備校に通った。そして劇団Nの研究生にもなった。真面目にバイトに精を出し、借金を返済すると田丸に言うと、それなら部屋代を払ってと言い、毎月きちんとノートにつけていた。

しかしそんな生活が半年も続き、借金を返すと、小坂井は、三つともを続けるのをむずかしく感じるようになった。充分な睡眠時間がとれないのだ。どうしようかとしばらく悩み、田丸にも相談したが、しばらくすると、自動的に結論が出た。朝起きるのがつらくなり、部屋を出る田丸に、ついていけなくなったのだ。前夜の酒が残り、時に頭痛もした。小坂井は意志が弱い人間だったので、客に酒を勧められると断れない。また自身も酒が好きであった。

予備校に遅刻しがちになり、出席しても居眠りした。小坂井には、自分の将来に対する確たるイメージがなく、これを実現したいという熱意もなかった。大学生になることにも、俳優になることにも、格別強い希望はなく、別段どちらでもよかった。勧められ、ほかにすることがなかったから、東京に来ただけだ。予備校はずるずると辞めてしまい、単に俳優を目指す演劇青年ということになった。と言っても、これも自身が望んだことではなく、引き算の答えのようなものだった。

口には出さなかったが、そういう恋人の様子に、田丸は日々、失望の色を濃くしているふうだった。演劇青年という位置に押し出された小坂井だったが、演技者としての才能が特にあるわけではなく、劇団はチェーホフなど古典の戯曲を練習として数多くやったが、作品の内包する思想になど興味はなかったし、そもそも熱演というような行為に、どうしても興味が持てなかった。いつもおとなしい脇役として、群像の中にいるだけだった。小坂井くらいのルックスの青年は、劇団内にざらにいた。

一方田丸千早の方は本気で頑張っていて、それなりに仲間内で才能を認められつつあった。テレビドラマのちょい役とか、再現ドラマなどにも出るようになって、年一度刊行される俳優年鑑にも載った。劇団Nの紹介で、六本木の名の通った芸能事務所に所属し、ここの紹介で、B級のコマーシャルにも何本か出た。

忙しくなり、いきおい大学は欠席しがちになり、単位が不足して留年となって、結局彼女も退学してしまった。そのことで彼女はしばらく落ち込み、これで自分は、なんとしても女優になるしかない、と堅く決意して小坂井に宣言した。私は鬼になる、とも言った。

田丸千早の外観は磨かれ、みるみるきれいになっていた。写真家に口説かれ、ヌードモデルもやって、モデルは千早一人ではなかったけれども、写真集も出版された。週刊誌のグラビアにも載った。

芸名はつけたくないと、千早は常々言っていた。昔から芸名みたいとよく言われていた名前だし、名前を変えたら、故郷の人たちは私だと解らないでしょう、と言った。ヌードじゃ田舎の人には言えないから、テレビに出ると言った。手ごたえを掴み、今や彼女は上昇志向の塊《かたまり》になっていた。

小坂井の方は、年を経るごとに駄目になっていった。上京して四年が経つが、万年研究生で、演技指導の演出家から、ここはやめて、友人の俳優がやっている、もっと趣味的な演技塾に移ってはどうかと勧められた。やる気のない小坂井は、他の研究生の、お荷物になっていたのだ。そうなれば、田丸に棄てられるのも時間の問題になったといえる。

田丸から、お互いそろそろ独立しましょうと提案された。ここは手狭だから、自分はもっと広くて、便利な部屋に移りたい。ピアノも欲しい。でないと、演技や踊りの練習もできない。あなたはここに残る？と問われた。

しばらく考えたが、引っ越しが面倒だったし、街は気に入っていたから、小坂井はうなずいた。部屋代はずっと自分が払い、食費や料理、雑費を田丸が担当していたから、生活の内訳はほとんど変わらない。成長しない小坂井は、こうして同郷の千早からも見棄てられたのだった。千早としては、自分が人生をネジ曲げたように見える男を、救済しようとはしたものの、より悪くしたと思ったかもしれない。

荷物をまとめて千早がマンションを出て行ってのち、一人になった小坂井は、だんだんに淋しさと自己嫌悪に気づいて、酒を飲んで荒れた。町屋の路地裏の、ゴミ箱の横で、明け方寒さで目覚めたこともある。体はみるみる悪くなり、風邪をこじらせ、悪寒《おかん》が去らなくなった。酒と風邪薬を併せて呑み続けていたら、胃も壊した。別れてひと月もすると、今さら未練の気分も起こって、千早に電話してみたら、もう番号が変わっていた。

さらにひと月したら、ようやく体調が戻ったので、小坂井は、紹介された三ノ輪《みわ》にある吉田《よしだ》スクールという演技塾に、都電で通うようになった。往年の名脇役の、吉田好《こう》という役者がやっている塾だった。町屋は、都電や千代田線、京成線《けいせい》が交差しているので、どちらに動くにも便利だった。千早はこういう点、実によく計算していた。

行ってみると、ここには本気で俳優になろうと考えているような者は皆無で、かつて演劇部だった、というような熟年たちが集まり、和気あいあいと練習して、帰りには酒場で一杯やり、付近の無料公会堂での、年に一度の発表会が楽しみというような、完全な素人集団だった。全員がプロ俳優志望の、劇団Nとは大変な違いだった。

スクールでは、小坂井はそれなりに尊敬された。劇団Nというと、彼らにはよく知られた名前だったからだ。高校時代から数えればもう六年も演劇をやってきて、さすがの小坂井もそれなりに演技力がついてきていたし、彼らにアドヴァイスも言えた。そして年も若く、体力があったから、なんとなく中心人物にされた。

夜更かしと睡眠不足、いっときの暴飲がたたって胃の調子が悪くなってきたので、町屋の居酒屋のバイトはやめ、小坂井は都電三ノ輪橋駅のホームに隣接した珈琲ハウスという喫茶店の、ウェイターのバイトに変わった。サンドウィッチやパスタの作り方を憶え、顔つき、体つきのよい若者だということで、ここでもそれなりの人気者になった。

田丸千早は、テレビのドラマにも、脇役で出るようになっていた。むろんまだセリフは少ないが、着実に出世しつつあった。店に置かれている週刊誌で、名のある演出家と恋愛関係にあるというゴシップ記事も見た。あの時自分と別れたかったのは、そういうことかと知った。記事によると、二人のつき合いが始まったのは、千早がまだ小坂井と町屋のマンションで暮らしていた時期だったからだ。

　珈琲ハウスでは、小坂井目当てに通ってくる女性たちも出はじめていた。多くは年配の女性だったが、中には若い娘もいて、手紙やチョコレートなどを置いていった。小坂井はおとなしい性格で、親切でもあったから、そういう女の子の一人と店の外で会い、都電に乗って飛鳥山《あすかやま》公園とか、とげぬき地蔵尊にデートに行くこともあった。

　だがふと、自分はどうしてここにいるのだろうと思うこともあり、むなしさにとらわれた。田丸千早からもう連絡はないし、彼女と差が開きつつあるのも悲しい。小坂井は成りゆきに流されてここまでやってきただけで、こんなふうにしているのがよいことかどうか、自信がなかった。町屋も三ノ輪も、まったく縁もゆかりもない場所だ。友人もいない、親もいない。大学に通ったわけでもない。就職している企業があるわけでもない。どうしてここに暮らしているのかと周囲に問われたら、返答に困った。

　小坂井はもともと、田丸千早という彼女と、予備校、大学、そして演劇があるからこの街に来た。今や千早に去られ、予備校は辞め、大学はあきらめ、演劇もあきらめたも同然だった。ここにいる理由は、考えてみれば何ひとつないのだった。

　小坂井を好いてくれる娘はいた。だが小坂井の方は、彼女にそれほど興味が持てなかった。平井芳子《ひらいよしこ》という平凡な風貌の娘で、築地《つきじ》の印刷会社でＯＬをしていた。このままつき合っていると、彼女と結婚することになりそうだったが、それでいいようには、どうにも思えなかった。なにより、彼女に強い興味が持てない。愛しているという印象がまるでない。故郷の鞆の街に帰るかなと、小坂井は考えはじめた。しかし帰郷すれば、そここそ成功者、田丸千早の名を、頻繁に聞くことになるだろうと思った。

　千早の方は、いよいよ大きな役を摑みつつあった。テレビのワイドショーが、何回かそう報じていた。

OL女性三人の、出世の闘いを描く「曲げない女たち」というテレビドラマで、千早がその女性の一人を演じることが決まったらしかった。千早は、鞆の少女時代の夢を、着々と実現しつつある。昇り調子の千早の名は、珈琲ハウスでも時に話題になった。吉田スクールでも話題になる。そういう話を聞いているのは、やはり愉快ではなかった。

三ノ輪橋の珈琲ハウスは、たいてい朝からのシフトで、そういう時は夕方五時に上がれる。いつも芳子が地下鉄日比谷線で近くまで来ているので、会って喫茶店でお茶を飲む。それから芳子はマンションに来て、食事を作ってくれたりする。しかし、そのあと彼女と一緒に眠るのが、小坂井にはなんとなく苦になりはじめた。それで問題のその日、食事だけして、今日は疲れているからと言って、三ノ輪で強引に別れた。

都電で町屋の部屋に帰り、テレビをつけたらニュースになった。北海道での交通事故が報道されていた。ヴァンが対向車線の乗用車と正面衝突した事故で、どうしてこんな事故をニュースでとりあげているのかと思ったら、「曲げない女たち」のロケ初日だったというから、びっくりして見つめた。千早は？　と思ったのだ。

案《あん》の定《じょう》だった。中に田丸千早が乗っていて、骨折数ヵ所の重傷だという。骨盤も複雑骨折、背骨も損傷しているので、再起は不能になるかもしれないとアナウンサーは言った。帯広《おびひろ》の病院にしばらく入院するが、主治医のいる東京に移送する予定と、彼女の事務所は発表しているらしい。大役を摑んだ矢先の、大変な不運であった。

千早の事件は、それからもワイドショーや週刊誌をにぎわし続けたが、どの記事も番組も、「悲劇の新進女優」という言葉を冠《かんむり》につけていた。他の二人の女優が、たまたま事故の車に乗っていなかったことも、彼女の悲劇性を助長した。屋外ロケからの帰りで、通常なら、三人ともが乗っていておかしくなかった。

事故によって千早は、事故以前よりも有名になっていたが、これは一過性のものと思われた。評論家もそう言った。そして千早は、たとえ歩けるようになっても歩行はスムーズにいかず、障害が残る可能性は高いという。悪くすれば車椅子になる。そうなったら、演技者としては絶望だ。

ほどなく、別種のニュースが彼女に追い打ちをかけた。千早の恋人であった演出家が、別の女優と結婚したという。千早の事故から、たった一ヵ月と少しだった。となると、千早との仲は、どうやら事故以前から終わっていたと思われた。しかし千早にとってはそうではなかったらしく、千早が自殺未遂をしたというニュースも流れた。窓から飛びおりようとしたという。止められたので、そのことによる傷はないらしい。

皮肉なことだが、期せずして千早は、小坂井の立場に転落し、小坂井の気分を味わうことになっていた。小坂井は、そのことになんとはなく感慨を持った。彼女を許す気分になり、同情した。

小坂井は、千早のニュースをずっと追いかけ、注目しつづけた。事故から二ヵ月が経ち、運転手は死亡、千早が御茶ノ水のJ病院に搬送されてきたという記事が出た。近かったので、小坂井は千代田線に乗り、病院の前まで行ってみた。可能ならば、見舞いに行ってやろうかと考えたのだ。

彼女は喜ばないかもしれないが、自分が慰められる可能性はあると小坂井は考えた。同郷であり、高校時代からずっと、無名時代をともにすごしてきたのだ。そして御茶ノ水は、よく二人で歩いた街で、ここに戻ってきたということは、彼女もまた、たまには自分のことを思い出しているだろうと考えた。御茶ノ水で、一日中じっと寝ているのだ。自分のことを考えるなと言っても無理な話だ。

しかし病院に行ってみると、病院の正面玄関には、記者たちやテレビカメラが群れていたので、とても無理だと思い、あきらめた。

ワイドショーや週刊誌の記事は、週を重ねるごとに小さくなり、徐々に消えていった。「曲げない女たち」は、千早の役を別の新進女優が演じて、放映が始まった。千早には不運なことに、ドラマは当たった。異例の高視聴率を取り、ＯＬたちのセリフやタイトルが、流行語になった。千早の悲劇的な事故が、高視聴率に関わってはいたろうが、もしも予定通り千早が演じていれば、彼女が大スターになっていたことは疑いがない。彼女の夢は、完璧に実現していたはずだった。

ふた月もすると、千早の報道はまったくなくなり、彼女の存在は、ほとんど忘れられたようだった。世間は残酷で、移り気だ。そこで小坂井は、また一人千代田線に乗り、御茶ノ水に向かった。街を吹く風が肌寒くなり、季節は冬に向かって傾斜していた。

病院に着いてみると、報道陣の姿は消えている。玄関前を何度か往き来して、思案した。千早の現状とか、回復具合が気になる。このまま帰る気には、どうしてもならない。死んだという報はないから、順調に回復はしているのだろうが。

自動ドアを入り、おずおずと受付に向かった。事務服を着た女性に名乗り、古い友人なのだが、田丸千早のお見舞いは可能かと訊いた。お待ちくださいと、受付の女性は言った。そして手もとの受話器を取りあげて、病室らしい場所に電話していた。

何故なのか、話が始まるまでに時間がかかっていた。千早は病室にいないのかと、小坂井は待ちながら考えた。

「はい」

と受付の女性が急に驚いたような声を出して、会話が始まった。小坂井のことを告げてのち、はい、はいと言いながら、相手の言うことを長々と聞いている。話している相手は本当に千早なのか？　と小坂井はいぶかしく思った。何をこんなに長々と話しているのか、不審に思った。

しばらくして電話を切り、

「一時間後ならば会えると、田丸さんはおっしゃってます」

と受付の女性は言った。

「ああそうですか」

と小坂井は言い、思いがけなさと喜び、それから圧倒的な懐かしさを感じた。

「よろしいですか？　一時間後で」

と女性は重ねて問うたが、その方が小坂井としてもありがたかった。その間に花を買ったり、見舞いの品を買ったりできるからだ。

3

付近のマーケットで果物の缶詰セットを買い、花も買って、小坂井は病院に戻った。受付に病室番号と階を教えてもらい、廊下を急いだ。

心中不安だったし、かつての恋人の不幸で思いは痛んでいたが、どこかでほっとする気分もあった。こんなことがなければ、再会などかなわなかったろう。そして身内が自分の街に戻ってきたようなこんな喜びも、到底抱くことはなかった。

病室は、当然のように個室だという。冬が近づき、玄関や受付周辺は肌寒かったが、エレヴェーターをおりた四階の廊下は、そうでもなかった。数字を探しあて、病室内に踏み込むと、さらに暖かになる。

ドアは開いていて、ノックの要はなかった。戸口に立つと、正面の窓は閉まっていて、その手前にベッドがあり、千早はそこに寝ているらしかった。が、手前に薄物の白いカーテンが下がっていたから、寝ている千早は、薄物越しのシルエットになっていた。

違和感が襲った。その理由がすぐには解らず、なんだろうと思いながらカーテンに近づき、ゆっくりと、左手でカーテンを持ちあげ、はぐった。すると、寝ている千早の顔が目に入った。

こういう時、積極的な性格の男なら、何か気のきいたことも言えるのだろう。軽いジョークをまず決めて、女の気分を引き立てるようなこともできるに違いない。成功者の門口に立った千早は、先日まで多分そういう男たちに囲まれていたはずだ。そう考えたら、劣等感に打ちひしがれそうになった。較べられると、自分に分はない。

しかし、小坂井は勇気を奮《ふる》い起こした。スターになりかかってはいたが、かつて一緒に暮らした女なのだ。

目を閉じている千早は、眠っているように見えた。思いがけず、ちょっと息を呑むような感覚が来た。上瞼《うわまぶた》が落ち込み、頬がこけて、千早は見知らぬ女になっていた。瘦《や》せていたということだが、同時に大変な美人になっていた。これまで小坂井が知っていた女ではない。

「や、やあ」

と小坂井は言った。自分の言葉の才のなさを呪いながらだ。

すると、千早はぱっちりと目を開けた。そして、ああと言いながら少し微笑んでくれたので、小坂井は、言葉にできないくらいに安堵《あんど》した。

「久しぶり。御茶ノ水に来てるっていうからさ」

おずおずそう言うと、

「久しぶり、茂」

と千早は言ってくれた。

「元気にしてた？」

「ああ元気だよ。俺の方は、相変わらずでさ」

小坂井は答えた。

「これ花。ここ置いていいかな、生けるものあるかな」

窓際のテーブルのところまで行って、小坂井は訊いた。目で確認すると、窓は予想通り嵌め殺しだった。缶詰セットは、テーブルの足もとに置いた。

あらためて病室を見廻し、驚いた。殺風景で、何もなかったからだ。

違和感の正体に気づいた。仲間や事務所、友人やファンたちからの花で、病室は埋まっているものと思っていたのだ。自分の持ち込むささやかな花など、置く場所もないかと思い、ゴミ箱直行を覚悟していた。

「なんか、ごめんな、来てしまって。ちょっとその、ひと言、お見舞いを言いたくってさ」

花瓶を見つけて寄りながら、小坂井は言った。すると千早は、笑いながら言った。

「なんで？　なんで謝るのよ」

「なんでって……、あ、これいいかな、花入れて」

花瓶を持ちあげて示した。

「うん。水道はあっち」

顔の横に、手首から先だけを出して、千早は指差した。それで、小坂井はそっちに向かって歩いた。

「来てくれてありがと」

千早は言った。

「いやあ」

蛇口をひねりながら、小坂井は言った。

「でも先生から、あまり長くは話さないようにって言われてるの、ごめん」

と言った。

「ああいいよ、すぐおいとまする」

言って小坂井は、花と水を入れた花瓶を持って戻ってきた。窓際にあったテーブルの上に、それを置いた。それからテーブルの横にあったパイプチェアを引いて、かけた。

「元気そうでほっとしたよ」

「え？　なんで？」

そう言ったら、千早がくすくすと笑った。

小坂井は訊いた。

「え？」

「なんで笑う？　今の俺のセリフ駄目だったか？　NG？　自然さが足んなかったかな」

千早は、首をかすかに横に振った。

「ううん、そんなことない、よかったよ」

「ああそう。千早も、よさそうだ」

そうしたら、千早が黙ってしまったので、ちょっと言葉に窮した。何とか喜ばせる言葉をと、小坂井は探した。

「千早、きれいになったな」

　と言ってみた。

「今化粧したからね。それだけよ」

　千早は言った。

「見舞い、多いんだろうな」

　小坂井は言ってみた。すると千早は言う。

「最初だけ」

「え、そうなのか？」

「最初はそれはすごいけど、一度きり。みんな、今は逃げてるって感じよね」

「はあ？」

「泣きつかれても困ると思って。最初はそりゃ、花もすごかったよ。ここに入りきらないくらい。でも一度きりの義理よね。芸能界はそんなもの。二度目はないから、今はこんな殺風景」

「泣きつかれる？」

「車椅子か、びっこ引いた女に、仕事くれって言われてもね」

「だけど、歩けるようにはなるんだろう？」

「たぶん。だってもう立てるもの。まだ歩けないけど」

「やってみるか？」

「え？　今はやめとく」

「ああ、そうだな」

うなずいて、小坂井は言った。

「まだあそこいるの？　町屋に」

千早は訊いてきた。

「うん。相変わらず」

小坂井は、悪びれずに答えた。見栄を張ってもしようがない。

「劇団Nは？」

「あれはやめた。今は三ノ輪の、吉田スクールってのに行ってる」

「ふうん、吉田スクール……。楽しい？」

「うん、爺ちゃん婆ちゃんばっかだけどな。孫の話とかにつき合ってる」

すると、千早は少し笑った。

「二間堂《にげんどう》は？」

最初の居酒屋は、そういう名前だった。

「辞めた。酒は体に悪いものな」

「じゃ、今は？」

「三ノ輪橋の珈琲ハウス。ウェイターやってる。サンドウィッチやパスタの作り方憶えたよ」

「ふうん、おいしい？　茂の」

「割と自信だよ。今度食べさせる。俺、なんか喫茶店、向いてんだ。居酒屋より」

「彼女できた？」

「え、うーん……」

言って、小坂井はちょっと言葉に詰まった。そして言った。

「まあ、いるような、いないようなな」

「そう」

それからも、予想外に会話がはずみ、気づけば小一時間も経っている。小坂井は、腕時計を見て仰天した。

「あ、いけね、俺、こんなに長居しちゃったよ。悪い悪い、駄目なんだろ？　長話」

「ううん、大丈夫よ」

千早は笑って言った。

「でもさっき……」

「ちょっと言っただけ。なんか、長く話すとつらくなるかなって思って。でも大丈夫だった。楽しかったよ。今度パスタ、食べさせてね」

「ああ。珈琲ハウス。都電の三ノ輪橋駅の、ホームにくっついた店だよ。都電おりたらすぐ解る」

「行ってもいいの？」

「ああ。いつでも来てよ」

あえて気軽な口調を作り、小坂井は言った。

「じゃ、電話する」

千早が言ったから、小坂井は一瞬、千早の電話番号を訊こうかと迷った。だが、やめておこうと思った。千早は、別に帰ってきたいと言っているわけではないのだ。この再会は、別に復縁は意味していない。

「部屋の番号、憶えてんの?」

訊くと、

「うん」

と千早は応えた。

「じゃまた」

小坂井は、パイプチェアから立ちあがり、廊下の方に歩きだした。歩きながら、ちょっと手をあげた。千早は、布団から指先だけを出し、わずかに手を振っていた。

また来てもいいかと、小坂井は訊きたかった。だが、それもやめた。自分は、まるで才能がなかった。俳優の才という点では、千早と自分とでは月とすっぽんだ。すっぽんにも、多少のプライドはある。電話が来れば、また来ようと思った。なければ、もうこれで来るのはやめようと思った。

かかってこない可能性の方が高いだろうな、と廊下に出ながら小坂井は考えた。ということは、これきりということだ。だが、それでも会えてよかったと思う。なんだか、これでようやく、彼女とのことにきりがついたと感じた。ようやくきちんと別れられた。千早への気持ちは、もうほどよく薄らいでいたから、気持ちはさわやかだった。

廊下に出てエレヴェーターに乗り、正面玄関から往来に出たら、タクシーやトラックがたてる喧騒《けんそう》に、どっと巻き込まれる。

立ち停まり、振り返った。千早のいた四階を見あげ、ああ終わった、と小坂井は口に出してつぶやいた。思い切ってやってきてよかった、こんなふうに気持ちにきりがつけられるなら、なんてありがたいことか、とそんなふうに考えたのだ。

だがそうではなかったのだ。この見舞いは、実は始まりだった。見舞いになど行くんじゃなかったと、小坂井はその後、何度も後悔することになるのだが、この時はそんなことなど、露《つゆ》ほども思うことはなかった。

4

その後、予想した通り千早は電話してこなかった。それで小坂井は、やはりあれで終わったんだなと考えた。だから御茶ノ水のJ病院へは、もう行かなかった。千早がそう望んでいると理解した。

そんなふうにして半年近い時間がすぎた。小坂井が見逃したのかもしれなかったが、あれからワイドショーにも週刊誌にも、千早の記事が出ることはなかった。田丸千早は、すっかり世間から忘れられた。「曲げない女たち」は好評裏に終了して、同じ女優三人が出演する第二弾が制作され、放映された。それもまた終了した春のことだった。

小坂井は、変わらず三ノ輪橋の珈琲ハウスで働き、吉田スクールに顔を出していた。あまり意味があるようには思えなかったが、演技の練習をやめてしまうと、ただ喫茶店のウェイターということになってしまい、東京にいる意味がなくなるような気がした。

鞆の親たちは、時々電話や手紙をよこし、田舎に帰ってくるように言ったが、まだ帰る気にはなれなかった。帰れば、もう二度と東京には戻ってこられなくなる。故郷に帰っても仕事はない。いいところ父親と同じ役所勤めが関の山で、それもむずかしいから、水商売をやるくらいのことだ。そうなら今と変わらず、現状よりむしろ悪くなる。

それに塾長、吉田好の紹介で、テレビの二時間ものなどに、たまに顔を出すことができた。セリフはほとんどなく、通行人と大差がないような脇の脇で、ギャラもほとんどなかったけれど、故郷でも放映されたので、母親などは息子の顔が見られたと言って喜んでいた。

平井芳子との関係は、まだ続いていた。小坂井としてはもう清算したかったのだが、彼女に落ち度がないのに、とても別れは言いだせずにいた。そして雨の季節が迫り、二日続きの雨が続いた日の午後だった。あがる時刻が近づき、たまたま珈琲ハウスの店内は、客が一人だけになったから、小坂井は、カップをすべて洗い、拭いて棚に並べ、あとのシフトの者のために、珈琲豆をひいていた。すると、都電のホームに身をかがめ、こんこんとガラス窓を叩く人物の姿が目に入った。

サングラスをかけ、帽子をかぶった女だった。ホームに沿った出窓には、二人がけ用の小型テーブルが三つ並んでいて、そこに客がいれば外から窓を叩くことはできない。

店内を見て、客が全然いないからそんなことをしたのだろうが、それにしても誰だろうと思った。そんなことをしてもよいくらいに自分と親しい者というと、それは平井芳子しかいなかったが、彼女は性格から言って、そんな派手めのことはしそうもない。それに帽子にサングラスなどというスタイルをするはずもない。

カウンターから顔を見て、誰であるか判断しようと思ったのだが、まったく解らなかった。それでカウンターをくぐり出て、出窓の方に向かった。数歩歩いたら、都電がホームに入ってくるのが見えた。客がおりてきて、それで女性はちらと背後を見てから、背を伸ばそうとした。その時、松葉杖が目に入った。瞬間、解った。しかし、信じられなかった。びっくりして、それから嬉しさがこみあげた。よく来てくれたな、と思ったのだ。

出窓に駆け寄り、手をあげて笑いかけた。すると相手の女性も、松葉杖をついたまま、身をかがめるようにして手を振り、笑っていた。垢抜《あかぬ》けた美人に見えた。田丸千早だった。

かがんだ姿勢は、松葉杖をつく者には苦しげに見え、小坂井は出窓のカウンターに手をついて、右方向を片手で示した。そっちに入り口があったからだ。廻って、と言ったつもりだった。彼女はうなずき、松葉杖をついて、ゆっくりと右方向に歩きだした。小坂井はぎょっとした。歩行はぎこちなく、まるで苦しげだったからだ。

驚き、小坂井は思わず駈けだした。自動ドアを抜け、表に飛び出す。左方向に廻り込んでいき、ホームに駈けのぼった。

おや、雨がやんでいる、とその時はじめて気づいた。昨日から降り続いていた雨が、ホームや、その先のコンクリートの広場に、水溜まりを作っている。しかし、雨はもう落ちてはいなかった。湿った空気を抜けて、少し黄ばんだふうの陽が射している。

千早は、グレーのロングスカートを穿《は》いていた。小坂井に目をとめ、彼女は笑いかけてきた。けれど歩行は少しも速くはならず、その笑みは、自分のていたらくに照れているように見えた。確かにその歩みののろさは、若さに似ず、年寄りのもののようだった。

駈け寄り、手を伸ばし、小坂井は手を貸そうと模索した。けれどあまりやることがなさそうで、千早が肩にかけている、やや大型のバッグを持ってやった。

「苦しげだね、まだ馴れていないんだ」

並んで歩きながら、小坂井は問いかけた。

「ええ。これでもやっと馴れてきて、今日がはじめての遠出なの」

千早は言った。

「へえ」

小坂井は驚いた。

「はじめての遠出にここを選んでくれたとは、嬉しいな」

と言ったが、これは本心だった。

「だって私、ほかに行くとこないもの」

千早は言った。

「なんだか、おぶってやりたいくらいだな」

あまりに歩くのが遅いので、小坂井は言った。すぐそばの珈琲ハウスの入り口が、えらく遠く感じた。

「でも、よく来てくれたね」

小坂井はまた言った。

自動ドアを入ると、窓際、ホーム側の席に千早を案内した。そうしたら、

「その前かけ、似合うわね」

と千早に言われた。

「ああそう？」

と小坂井は言い、

「パスタ、食べるよね」

と訊いた。

「うん、それ食べに来たの」

と千早が言うのを待ってから、急いでパスタを作りにカウンターをくぐった。

できあがり、皿をテーブルに運んでいく時、小坂井は不思議な幻影を見た。手前に千早がすわり、横顔を見せているのに、その向こう側の窓に、しゃがんでこつこつとガラスを打っている千早の姿がまた見えたのだ。

驚いて立ちつくした。一瞬、亡霊かと疑った。しかし亡霊よりも、かえって姿かたちがはっきりとしていた。

「できたよ」

言って、皿を千早の前に置いた。

「ありがとう」

千早は言った。

「食べてて。今珈琲を淹れてくるから」

小坂井は言った。

「そう？　悪いね」

千早は言う。

顔をあげて見た。窓の向こうには、もう千早の姿はなかった。

「千早、本物だよな」

思わず、小坂井は言った。

「え？　どうして？」

笑って、千早は応じた。

「いや、なんか実感がなくてさ」

と小坂井は言った。

千早は別の意味にとったろうが、正確に言うと、亡霊が来たのではなかろうなと、小坂井は思ったのだ。千早はすでにどこかで死んでいて、亡霊がふらふらと三ノ輪橋までやってきたのかと、そんな気がしたのだ。

瞼を少し閉じ加減にすれば、窓の向こうに身をかがめ、こつこつとガラスを叩いている千早の姿がまた見える。脳裏で静止画像になっているのだ。あまりに驚き、印象が強すぎたのか。

しかし小坂井が思ったそれは、当たらずといえども遠からずだったかもしれない。窓を打っている美しく変貌した千早の姿に、自分の新たな人生の扉がノックされた、などと小坂井は感じたのだが、実のところ再会は、それほど夢に充ちたものでもなく、それは死神のノックであり、これから開くのは、地獄の門であるかもしれなかった。


食事を終え、並んで表に出た。雨あがりの黄昏時《たそがれ》だった。周囲の木々も、ホームの屋根も、木製の手すりも、彼方の商店街との境目にあるバラのつるがからむゲートも、すべて雨に濡れ、水滴を宿していた。陽は落ち、ホームや彼方の水銀灯には灯が入っている。だがまだ、まったくの夜にはなっていない。こういう光線のいっときを、逢魔《おうま》が時と言うのだったかなと、小坂井は思った。妙な胸騒ぎも感じていた。だがそれは、自分の胸が興奮しているせいだと考えた。

千早は、相変わらず早く歩けない。老人の歩行のようで、これは、小坂井が想像していたよりもずっと悪そうだ。しかしこれでも、車椅子よりはよいのであろう。

けれども、小坂井は嬉しかった。たとえようもなく、嬉しかった。帰ってきてくれたのだと思った。千早が、自分のもとに戻ってくれた。夢に破れ、満身創痍《まんしんそうい》だが、それでも気持ちが浮きたつ。あたりの光景が、いつもと全然違い、輝くように見えた。

しばらくそういう気分を噛みしめていたら、ああ自分はまだ千早を好きなのだなと実感した。

「ねぇ、この三ノ輪橋の駅って、素敵ね！」

千早が、ちょっと大きな声を出した。舞台の上にいるような、妙に芝居がかった声だった。

「ここ、こんなに素敵だったかしら。バラがいっぱい、あっちにも、こっちにも咲いてて。ああいい匂い」

そして千早は深呼吸した。

「あのゲートにも、バラがいっぱい咲いてるのよね。濡れて咲いてる」

千早もまた、ご機嫌のようだった。傷心を心配していた小坂井は、ずいぶんほっとした。

「ねえ、『木馬がのった白い船』って、知ってる？」

訊かれて、小坂井は首を横に振った。

「立原えりかのメルヘン。ここ、あれを思い出すわね。ね、似てるよ。このホーム、終点よね。だからこんなふうに木の柵が通せんぼしていて、あの線路、濡れたあの線路を、木馬が乗った大きな木の船が、しずしずとやってきそうだわ。ここは港なのよ。そうよ、港。ほら、見えない？　茂。あっちから、白い船がやってくる……」

そして鉄路の彼方、町屋の方角を、千早はじっと見るのだった。

白い船は来なかったが、やってきた都電に乗り、町屋に帰った。どうする気かと思っていたら、千早もついてきた。そして部屋に入るなり、懐かしいー、と言った。そして不自由な歩行のくせに、よろよろと洗面所へ行き、キッチンに立ち、冷蔵庫を開けて、調味料とか、食材を見ていた。なんとはなく、女の影をチェックしているように見えた。

この部屋には、芳子が持ってきたものがあった。それは数々あったが、それらは別に、女でなくては買えないというものではないはずだった。

小坂井は、いつものように店のそばまで来るだろう芳子に、子機を使ってトイレから電話して、急に旧友が田舎から出てきて、一緒に酒を飲むことになったから、すまないけど今日はなしにしてくれないかと頼んでいた。

「私ばっかり食べちゃって、茂はお腹すいてない？」

千早は訊いた。

「すいてない、さっき食べたんだ、千早に出す前に」

小坂井は言った。これは本当だった。

「じゃ、お酒ある？」

千早は訊いてくる。

「あるよ」

小坂井は答え、ビールとワインを出した。ウイスキーやブランデーも一応ある。

缶ビールを受け取り、千早はプルタブを引いて開けた。小坂井も急いでもう一本の缶を開けると、カンパーイと言いながら、千早は缶を押しあててきた。それから、一気に缶をあおった。

「あ、これ何？　このワイン」

千早は、流しの脇に置いたボトルを手に取った。そして歓声をあげた。

「あっ、ブルゴーニュじゃない。ブルゴーニュ・ブラン、こっちはプティ・シャブリ。白ね、すごいじゃない、高級そう、おいしそう」

「飲む？　もらったんだ」

小坂井は言った。

「ちょっと白、飲みたいな、私」

千早は言い、それで小坂井はいそいそと抽斗《ひきだし》を開け、戸棚を開き、ワインオープナーと、ワイングラスを探した。

ワインで乾杯すると、千早は、明らかに酔ったふうなそぶりを見せた。目の周囲がピンクになり、松葉杖の足もとが少しふらついて、壁にぱたんと手をついたりしている。

「あ、大丈夫？　足が悪いんだから、こっちに来て、このソファにすわって」

言って、小坂井は先に立ってソファの方に進んだ。

「私のこの足。パイプ入ってんだよ、お尻から膝の上まで。お尻に大きな穴開けてさ、ぎゅうっと挿し込んだんだ、見る？」

千早は言った。

「えっ？」

思ってもみなかったことを問われて、小坂井は戸惑った。

しかし千早は、さっさと行動を開始していた。ロングスカートをくると回してホックを手前に持ってくると、かくんとはずした。すると、スカートはばさりと床に落下した。

続いて千早は、勢いよくパンストと、下着を膝までおろし、横を向く。

「ほら」

言って千早は、お尻の肉を突き出し、指差していた。見ると、お尻の中央が大きく陥没して、白くなっていた。

「こっちの足、膝曲げにくいんだ。でも足、へんに歪《ゆが》んだままなんだよ。肉もね、ほら、腿《もも》とかふくらはぎ、変なふうに削《そ》げた。もう出せないよね。パイプ挿しても駄目だったんだよ、完全に真っ直ぐにはならない。歩けないの、当たり前だよね」

「いや、まだ、肌がきれいだよ」

小坂井は言った。

「もうできないね」

「何が」

「セックスだよ。後ろからしかできないよ」

小坂井は、それでもう何も言えなかった。

千早は、ソファにゆっくりと腰をおろし、緩慢《かんまん》な仕草で、パンストを足から抜いた。上体を前方に折るのも、苦しそうだった。パイプが入っているという方の足は、伸ばしたままだった。

「そんな女、嫌だよね」

千早は言った。

「そんなことない」

小坂井は小声で言った。

「気持ち悪くない？　こんな足」

千早は言う。小坂井は、大きく首を横に振ってやった。

「ブルゴーニュ、とって」

千早が言うので、ワイングラスを手わたし、ボトルから注ぎ足してやった。

すると千早は、グラスを持ちあげて鼻先の液体と、小坂井が持つボトルを交互に見た。そしていきなりこう言った。

「ね、茂。パリ行こう。一緒に行って。私、前から決めてたんだ、パリ行くの。私が知り合いから航空券買うし、ホテルも取る、つてがあるんだ。ね、そうしよう、行こう！」

小坂井は、あっけにとられた。

5

それからおよそ十日後、小坂井は、千早とパリに発った。珈琲ハウスや吉田スクールには、一週間の休暇願を出した。

パリでの千早は、買い物もさしてしたがるふうではなく、美術館にも興味は示さず、レストランにも、カフェにも、積極的に入りたがるふうはなかった。ただ地下鉄に乗ってあちこちの下町に出向き、歩き廻り、何故なのか、ブローニュの森や、ヴァンセンヌの森に行きたがった。それからモンスーリ公園やジョルジュ・ブラッサンス公園などの、緑の中を歩きたがった。

千早は、松葉杖と、もっとしゃれた自然木で造ったふうの杖を持ってきていた。パリでは松葉杖の方はつきたがらなかったので、小坂井はずっと横にいて、手や肩を貸してやる必要があった。一人で行かせるわけには到底いかなかったし、自分は杖代わりの同行と心得ていたので、小坂井はすべての外出につきあった。

時にこちらに大きく体をもたせかけてくるような千早の危ない歩行は、若い体力を持つ小坂井をも、ずいぶんと疲れさせた。気を張ってこの仕事を行っていた初日には、右の二の腕が筋肉痛になった。千早への気持ちがなければ、ずいぶん辛いだろう。

日が経つうち、次第に小坂井は、こんな海外旅行は今すべきではなかったと考えるようになった。介添え役の自分がこんな苦行を強いられるのも、千早の体が、充分回復していないからだ。自分もだが、なにより千早自身が苦しいはずだ。もう少し、回復が進むのを待つべきだった。

夜になれば、横になった千早は、無理な歩行でひどく疲れてしまっていて、下の階のレストランにも行けないほどだった。だから夕食は、毎回ルームサーヴィスを呼ばなくてはならない。下半身がもう少し回復すれば、こんなことはないはずだ。海外旅行はそれからだ。

一度だけそのことを千早に言ってみたが、彼女の機嫌が悪くなっただけだった。彼女には、今パリに来るべき理由があるらしかった。だが、どう考えてもそんなものはないのだ。

パリは日本とは七時間の時差があり、東京で暮らしている者には、パリでの早起きは苦ではない。夜明け前から千早は起きだし、化粧をして、いそいそと外出の服を選んだ。よろよろとホテルを出、地下鉄やタクシーで小坂井をあちこちの緑地に連れだした。だからはじめて訪れたパリという街は、小坂井にとってはエッフェル塔でも凱旋門でもなく、人けの少ない都心の森、あるいは人っ子一人いない、夜明け前の薄暗い緑地という印象だった。

滞在が三日目になり、二度目にブローニュの森に行った時のことだ。千早が突然小型カメラを手渡してきて、受け取っていじっていると、私はもう要らないからあげると言う。それから自分を写してと言った。

朝日がようやく射しはじめた時刻で、写るかな、暗いなと小坂井が言うと、千早はゆっくりと小坂井から見て反対側、陽が当たる位置に移動して、朝日を受けて笑った。

彼女は、白いトレンチコートを着ていた。口数は少なかったが、その時点ではまだ、格別おかしいという印象はなかった。草地を行き、森に分け入るほどに陽が昇ってくる。しかし陽が昇ってきても、今度は周囲の木立のせいで薄暗い。

千早は、草地を縫うかたちにできている遊歩道は歩きたがらなかった。それは、横で援助している人間の苦行を意味した。柔らかい草地の上で、杖は時に地面にめり込む。それでなくても上手く歩けない千早は、ますます歩行に難儀をして、老人以上に緩慢な歩行になった。

それでも草地を奥へ奥へと進むから、小坂井は、やむなくついていった。こんなところを歩くのはやめようと何度か訴えたが、千早は聞く耳を持たない。何ごとか、強い決心があるようだった。

木々の間から、彼方の池が覗いた。すると、それを見た千早が言った。

「マネの『草上の昼食』って名画、知ってる？」

小坂井は、聞いたことはある気がした。だがどんな絵かは思い出せない。それで、そのように言った。すると、

「教えてあげる」

と千早は言った。小坂井にもたせかけていた体と手を離し、トレンチコートのベルトをはずした。さらに、焦るように手早くボタンをはずして、ばさと脱いだ。

見ると千早は、その下に何も着てはいなかった。コートを草地に落とすと、ゆるゆると、コートの上に腰を落とした。杖はそばの草の上に倒した。

靴を脱ぎ、コートの上で右の足は伸ばし、左の足は苦労して折り曲げて、こちらに足の裏を見せた。伸ばした方の足を折り、引き寄せた腿の上に、右手の肘《ひじ》をついた。

それから右の手首を曲げ、顎のあたりに指で触れながら、首をひねってこちらを向いた。

「ほら、こういう絵よ。知ってるでしょう」

ああ、と小坂井は言った。こういうポーズの裸婦、それなら見た覚えがある。

「エドゥアール・マネがこの絵、発表したら、男の人二人は服着てるのに、女だけが裸なんて、ピクニックの昼食時、こんな異常な状況あるはずもない、みだらで恥ずかしいって、評論家に酷評されたのよ。そんなことない、いくらでもあるわよ。ほら、私も裸。女は服、脱ぎたいものなのよ、自信があればね、写して茂。この角度だと、足のかたちがおかしいの、解らないでしょう。早く、寒いわ」

千早は言った。


その夜は、早めにホテルに帰ってきた。そうしたら、今夜はまだ千早の体力が残っていて、ホテルのレストランに食事に行くことができ、それから部屋に戻った。

小坂井は、ほんのしばらくのつもりでベッドに横になった。少し汗をかいたから、シャワーを浴びると千早が言っているのが聞こえた。確かにコート一枚着ているだけなのだから、裸になるのは早いだろうなとうつつに聞き、思っていた。

小坂井は、睡眠不足を感じていた。だからこれは寝てしまうなと思った。こちらではまだ時刻が早いが、東京はもう深々夜なのだ。眠るべきではないという意識があった。千早を一人にするのは危ないと、本能的に感じていたのだろう。だがそう思う時は、かえって眠くなるものだ。

この時に感じていた危険というものは、ただ千早が一人で歩けば転ぶとか、階段から転落するとか、そういった類のことだったのだが、なにかひとつ、それ以上の要素もあるように感じていた。その思いは言葉にはならないのだが、強いて模索するなら、彼女の胸のうちに得体のしれないもの、それは彼女を異常な行動に向けて突き動かすような、ある種の怨念とか、怒りのようなものが鬱積《うっせき》していると感じていた——、そういう言い方がいいだろうか。

それは絶えず、一刻の休みもなく感じていたのだ。さっき野外で裸になった千早を見て、ますますそう思うようになった。千早には今、激しい行動を為したいような衝動が、体内に渦巻いていると思った。

ふと目が開いた。闇の中だった。あれ、ここはどこだと一瞬思った。思考が戻るまでに若干の時間があり、そうか、パリだったな、自分はパリに来ているのだ、ここはパリのホテルだったと理解が届いた。千早は？　と思った。頭をあげて、部屋を見廻した。真っ暗なのだが、窓のカーテンの隙間から、表の街明かりが、ごくわずかに部屋に侵入している。闇になじんだ目なら、この程度の明かりでも、充分部屋の様子が解る。

ベッドは、ベッドメイキングがなされたままだ。シーツも、上掛けのブランケットも、その上のシーツも、ピンと張ってまだ誰も寝た跡がない。そういう上に、自分はほんのいっときのつもりで倒れ込み、疲れと時差で眠ってしまったのだ。

千早を目で探した。しかし、広い二人用のベッドの上には姿がない。上体を起こした。するとソファが目に入る。そこにもいない。横になってはいない。

カーペットの上におり立ち、スリッパを履いた。それから部屋の明かりをつけた。しかし煌々《こうこう》とした部屋の中に、千早の姿はない。

「千早」

と名を呼んでみた。返事はない。

瞬間、激しい恐怖を感じた。まさか、と爆発的に思い、バスルームに行ってドアのノブを摑んだ。裸の千早が、湯船の中で死んでいる光景が、脳裏に飛来したのだ。

猛烈な勢いでドアを開けたが、バスルームは暗く、ひっそりとしていた。湿気の籠《こも》りもない。ほっとした。誰もいない。千早はいなかった。

クロゼットを開けてみた。すると、床にスリッパがあった。千早が履いていた部屋履きだった。そして靴がなくなっている。靴を履いて部屋の外に出たのだ。それなら街だろうか、と考える。

クロゼットをさらに開け、全開にしてみた。千早の服が、何着もかかっていた。千早はさすがに女優で、服をたくさん持ってきていた。だからトランクは大型のものがふたつになり、これを運ばされる小坂井は、出発空港でのチェックインや、着いた空港で、回転台からのピックアップのたび、手こずらされた。

千早の持ってきた服がみんな頭に入ってはいないが、お気に入りだった一着がなくなっている気がした。それを着て靴を履き、千早は一人で表に出ていった、ということらしかった。急に思いたち、知り合いへの土産でも買いに、シャンゼリゼに出たのか。

一人では危険だと思ったが、それならもう自分にはどうしようもないと思った。彼女は一人で、自分が眠っている間に出ていった。そうなら自分の責任ではない。探しにいくのが自分の責務かも知れなかったが、これから探しに出てももう見つかるはずはない。もしも行く先がまたどこかの緑地なら、候補は山のようにある。悪い足場に転倒などしないことを願うだけで、帰ってくるのを待っているほかはないと思った。

それから、今日早く引き揚げたのはまずかったなと思った。もっと歩かせるべきだった。昨日までの千早は、疲れ切って食事に出ることもできなかった。その方がずっと安全だったのだ。今日は体力を残していたので、一人でふらふら出かけてしまった。

またベッドに戻り、横になった。それから、女優という職業について考えた。自分は男だから、よく解らなかったのだ。大きな成功の戸口にまで立った千早を見て、今解ることがある。

男の俳優と女優とでは、成功というものの質が、まったく違っているのだ。その違いとは、端的に言えば、俳優とスターとの相違のように感じる。男にもスターはいるが、それは俳優の技量の延長線上で、女の場合、俳優とスターとの間には、大きな段差がある気がする。それはとてつもない段差で、そこには周囲の大勢の他者の手が介在しており、加えて、運の要素がとても大きい。

千早は、そういうスターの切符を鼻先にし、あとは手を伸ばして摑むだけだった。それを、突然の事故でふいにした。段差とは、自分以外の者の手による要素が大きいがゆえに生じた段差だ。つまり、当人一人の力ではとても上がれないほどに、高さのあるそれは崖のような落差なのだ。そうならそれは、一度失えば、もう二度と取り返せないものだ。

こういうことを千早自身、よく知っている。自分に対しては、何故か愚痴《ぐち》らないけれども、ひどい衝撃を受けていることは確かで、それによってまともな神経を失っているというふうだ。むしろ愚痴を言わない分だけ、彼女のその衝撃は、大きい気がする。千早としては、この後の人生がまるで変わった。いや、この後の人生をすっかり失ったと言ってもよい。

自分の将来や、人生というものに対して、どうにも漠としている自分とは違い、千早はしっかりと目標を持ち、猛烈なエネルギーでそれを実現してきていた。そして彼女は、自分のイメージ力が思いつく限り最大の成功を、もうほぼ手中にしかかっていたのだ。しかし失った。そういう人間が受けている欠落感とか衝撃は、自分などのような凡人には到底測れないと、小坂井は思う。

ふと、何かを感じた。何かとは、胸騒ぎに似たものだ。首を起こし、それから体を反転させた。ベッドサイドの台に載った電話が、すると鼻先に来た。これを使って何かできないかと思った。だが、フランス語も英語もできない自分に、何もできることはないと思う。行動内容、なすべきこと、何も思いつかない。もう仕方がないことだ。どんなに優秀な人間でも、こういう局面で何かできることなどないだろうと思う。

両手を突っ張り、ゆるゆると身を起こした。シャワーでも浴びるかと思ったのだ。それから、寝ていよう。体が疲れていたり、睡眠不足だったりすれば、何かことが起こった際にしっかりと対処ができない。自分は外国ははじめてなのだ、疲れていればますます戸惑う、そう小坂井は思った。

身をしっかり起こしたら、電話の横に置かれたメモ帳が目に入った。その一番上の紙に、何か小さな文字があることも解った。

手を伸ばし、取りあげて、目を近づけた。そこには、こういう短い文字の連なりがあった。

「屋上からの眺め」

ただそう書かれていた。

6

屋上に出るルートはよく解らず、ホテル中の廊下を歩いた気がした。エレヴェーターは当然のように屋上になど行かない。苦労して屋上に出られそうな階段を探り当てると、天井まで積みあがった大量の荷物が、通せんぼしていたりした。

やっと屋上へのドアを探り当て、建てつけの悪い、錆びた金属の板を体当たりで押して、これもすっかり年代物のコンクリートの広場に歩み出ると、風が顔に当たり、街の喧騒がどっと耳を打った。思いがけず大きな水溜まりが足もとにあり、隣のビルの赤いネオンが、水面いっぱいに映って明滅していた。

その巨大な赤色がいきなり目に飛び込んできて、小坂井はぎょっとした。自分が眠っている間に、雨が降ったのかと知った。

だが、それ以上にぎょっとしたものがあった。前方の彼方に、このホテルの名を書いているらしいネオンサインの、黒い、光らない、巨大な文字の背中が並んでいる。その間に、うずくまる女の背中が小さく、ぽつんと見えた。夜の暗がりの中、それに遠いから、誰であるかは解らない。そもそもあれは本当に人の姿なのかと疑った。

ゆっくりと近づいていった。足音は忍ばせた。近づくにつれて、影は人間の背中と判明し、さらにそれが、見馴れた千早のものと解った。

千早はコンクリートの手すりの上にしゃがみ込んでいて、ネオンの文字が載った鉄骨のひとつを、右手で摑んでいた。下界を覗き込むように、体はやや前傾していて、右手を離せば、千早の体はたちまち地上へと向かいそうだった。

声をかけることはためらわれた。呼べば、千早は反射的に手を離しそうだったからだ。このまま足音を殺して近づき、いきなり背中に抱きつくことが得策に思われた。だが、その方がかえって危険かもしれなかった。声なら、即刻飛びおりるという判断は、おそらくない。しかし男が背後から黙って近づけば、それは自分を力ずくで抱きとめる意図と解るから、一瞬遅れれば、なんの言葉の応酬もなく、ただ飛ぶという結果もあり得る。

判断はつかず、小坂井はその逡巡《しゅんじゅん》にかえって背中を押されるようにして、千早の背にじりじりと接近していった。

距離が縮まり、足音を聞かれそうな距離と判断して、小坂井は歩速をさらに落とした。屋上は、街の騒音が湧くようにしてあがってきて、よく届く場所だった。だから、屋上端のそこは、かなりのもの音だった。これなら自分の足音などは聞こえないだろうと小坂井は思っていたが、そうではなかった。

「茂？」

という声が、前方の女の背中から聞こえて、小坂井は立ち停まった。薄い水溜まりのただ中だった。

「それ以上近づかないで。でないと飛びおりるよ」

彼女は言った。続いて沈黙になったから、小坂井は、ここで自分は何か言うべきなのだろうと考え、焦った。

「千早、死ぬ気なのか？」

小坂井は、考え、考え言った。

「本気か？　でも、よく考えてみろよ、死ねば何もなくなるんだ」

すると、くすくす笑う声が戻った。小坂井は、わけが解らなかった。

「ごめん茂。でも無理」

千早は言った。

「何が」

「あなたが持っている言葉の範囲で、私を説得するのは無理。これは、考えに考え抜いたすえのこと」

言われて、小坂井は絶望した。そして気づくことがあった。千早の自殺の理由に、自分の無能さ、力のなさも入っているのだということに。今の千早には、たぶんもう自分しかいない。それなのに自分には、こんな程度の力しかない。歩く時の杖代わり程度の能力しかないのだ。

「私、迷っていたんだよ」

千早の声。

「何に？　死のうかどうしようかってか？」

「それもある。でも、死ぬかどうかを迷ってるんじゃない。それなら別に迷いはない。死ぬことはもう決めているもの。迷うのは、自分の意志と違うところで、死ねないんじゃないかってこと」

小坂井は意味が解らず、何も言葉が発せられなかった。だがこの期《ご》に及んで一番ひどいことを言われた気がして、かなり傷ついた。千早が自分のことをそんなふうに思っている。見下げている。それはなんとなく気づいていた。また、自分の能力は自分で解っている。

しかし、ここでそんな言い方はないだろうと思った。パリにきて、自分はこんなに献身しているのだ。自分がいなければ、千早は街をぶらつくことすらできなかったろう。それなのに、そこまで言うのか。

腹が立った。それで、じりじりと前進した。

「茂駄目。こっちに来ないで。こっち側にきて。私の左側。それ以上近づかずによ」

わずかに迷い、黙ったが、ほかに何も思いつかなかったから、小坂井は千早の言にしたがった。廻り込んでいくと、千早の横顔が見えた。千早の横目が動いて、自分をとらえるのが解った。すると、怒りは不思議にしぼんだ。

「知ってる？　ゴッホって、自殺したと思われてるでしょう？　違うんだよ」

千早は言った。

「え？　どう違う」

「ゴッホは死にたかった。でも死ねなくてね。あきらめて、しっかり絵描くことにしたんだよ。テオが、弟が、売ることに勝算を持っているって次第に解って。ゴッホは、表で写生中に、カンバスのそばで、自分を拳銃で撃って自殺したって思われているけど、あれはそうじゃない」

「そうなの？」

「だったら頭を撃つわよ。あの銃はね、描いている畑に鳥がおりてくると画題が変わってしまうから、鳥が来たら追い払うために持っていたの。それで発射のための準備をしていて、暴発したのよ」

「本当なのか？」

小坂井はびっくりした。そんな話ははじめて聞いた。

「本当よ」

千早は断言した。彼女の目は、地上を往きかう自動車のライトを見ているらしかった。

「死ぬって、そういうことだと思う。生涯続くべき人の生命が中断するのって、そういうことよ。人知を超えた力が働くのよ。また、働かなくては駄目なんだって思う」

「ふうん」

小坂井は、思わず言った。なんとなく、説得される気がしたのだ。

「そこから動かないで茂。でも私、動いてもいいのかなって思う。私一人の力ではきっと駄目。下に、店のテントがある。あれがどのくらいの強度があるか知らないけど、あそこに落ちたら、またひどい怪我ってだけで、助かってしまうのかもしれない。

私の交通事故も、それはひどいものだった。車はぺしゃんこ。運転者は死んだの。近江《おうみ》さんて俳優のマネージャーは車椅子。でも私は助かった。どうして？　死なせてくれればよかったのに。本当に死ねればよかった。こんなになって、女優が生きてても仕方ないのに。演技以外に何もできない人間なのに。神様はどうして助けるの？　あんなに苦しんで苦しんで、助かって、また生きて苦しむのよ。私、それが怖いのよ。

でも今、茂が私を抱きとめようとして揉み合って転落すれば、死ねるのかも。死ぬことは簡単じゃない、単純じゃない。私一人がそう願っても、駄目なのよ。人は、事故によってでなくては死ねないの」

小坂井が何も言えないでいると、沈黙になり、街のもの音が、屋上に充ちる。聞いていると、都市という人の営みのステージは、なんと音に充たされていることかと思う。

「私ね、決めていたんだよ。思うだけの成功を摑んだら、必ずパリに来るって。そしてね、パリの食事、川魚の食事、食べたいなって。それが頑張った自分へのご褒美《ほうび》」

「川魚……？」

小坂井は言った。

「そうよ、パリが最高に輝いていた時代、十九世紀。セーヌで獲れた魚を食べさせる水上レストランが、川沿いにはいっぱいあったの。画家たちも、好んでそこに通ったのよ」

小坂井は、黙ってうなずいていた。パリへの旅には、小坂井が知らなかった多くの意味があったようだ。

「ルノワールやモネのね、水上カフェの絵。私は印象派の絵がずっと好きだったんだけど、印象派の名画には、食卓を描いたもの、つまり食事をしているパリの人たちを描いたものが意外に多いのよ。今日話した、マネの『草上の昼食』もそのひとつね。だから私は、憧れだったパリへの思い、ずっと封印していた。女優として成功するまでは、絶対にこの地に足を踏み入れないって」

小坂井は、また黙ってうなずいた。

「行ける日がいよいよ近づいたと思った。それで、準備を始めていた。でも、それはあと一歩のところで遠のいた」

「ああ……」

千早に聞こえないように、小坂井は小さな声を出した。

「二度と取り戻せないくらいの遠くに。私は、絶対にあの人たちを許さない」

千早が思いがけないことを言ったので、小坂井は顔をあげた。

「え?」

誰のことだ。

「約束したのよ、プロデューサーたちと。もしも『曲げない女たち』が当たらなくても、私は使うって。ここに使うって。あそこにも、ここにも使うって。そういう話、私がこなしきれないほどにたくさんあった、私が大きくなるの、もう確実だったから。

テレビや映画のドラマって話ばかりじゃない、コンサートの話。バラエティーショウの司会や、特別ゲストや、映画の監督をさせるって話まであった。どんなことがあってもって、固く、固く約束した。それなのに……」

小坂井は、千早の横顔を見た。パリ上空の闇を見詰める千早の目は、完全に狂っている。狂気が、空間に放射された。

「交通事故以来、みんな知らん顔よ。そんな話、ただのひとつもなくなった。電話しても居留守を使う。そしてみんなでしめし合わせて、私をボイコットすることを決めた。誰も返事するなよって。

許さない、絶対に、絶対に許さない。みんな許さない。私は死んで、私をここまでに落とした人たち、呪ってやる。復讐してやる。みんな、みんな、呪い殺してやる！」

千早は叫んだ。

「私は、パリに行こうって思って頑張った。成功してパリに。でも、そういうことなら、今後どう頑張ろうと、無理ってことじゃない。そうでしょう？　みんな逃げたんだもの、頑張りようがないじゃない。でも私が何をしたの？」

沈黙。小坂井はただ下界の喧騒を聞いた。

「だから、パリは私の死に場所になったのよ。死ぬために、私はここに来たの。パリは私の、墓所になった。みんなみんな、あの人たちのせいよ！」

千早は、そして、荒い呼吸で肩を上下させた。それは、狂気にかられた猛獣のようだった。

「あの人たちを呪い殺したい。私をこんなふうにおとしめた人たち、絶対に呪い殺してやる。そのためには、私は死ぬ必要があるの。ここで、きちんと死ぬ必要があるのよ。でなくては、呪いで殺せない。力が出ない。自分がおめおめ生きてちゃ、そんな力出ないもの」

千早は、そしてまた、荒い呼吸を続けた。

「あの一人一人の顔思い浮かべたら、私は死ねる。ヴァンを運転していた男も。あの男が、私からすべてを奪った」

そしてまた荒い息。

「解ったよ」

小坂井はあきらめて言った。

「いいよ、死ねよ。とめない。だったら、俺も死のうかな」

小坂井は、つぶやくように言った。

「だって俺も、いや俺こそ、生きててもしようがないものな。何もできないし、どんな能力もないし、この国の言葉もできないし、英語も駄目だし、行動力もないし」

小坂井は、水たまりのあるコンクリートの上にしゃがみ込んだ。

「君が下に落ちて、大騒ぎになって、警察が来て、でも俺、何も言えない、説明なんて全然できない。すごく困るもんな」

言いながら立ちあがり、手すりに寄った。小坂井も、手すりを乗り越えて両足を空間に出し、ゆっくりと腰をおろした。

「なんか、今千早の言うこと聞いていて、俺も死ぬしかないんだなって気になった。結局俺、千早がいたからここまで生きてたんだ。だって今の生活、みんな千早からもらったものだから。千早に勧められて高校の演劇部入って、千早に勧められて東京出てきて、千早に勧められて町屋住んで、予備校行って、劇団入って……」

話していると、本当に死ぬしかないんだという実感が、小坂井を充たしはじめた。

「全部、千早が決めたことだよ。パリに行くっていうから一緒に来た。そして次は、飛びおりて死ぬっていうんだ。だったら俺も、もう一緒に飛びおりるしかないじゃない。このまま東京に戻って、だらだら生きていっても、意味ないものな」

そのまま沈黙になった。長い長い沈黙だった。

千早が動いて、両足を表に出した。そして小坂井のように、手すりに腰かけた。小坂井はちらとそれを見た。この程度のことでも、千早が自分の真似をしたふうな動きをしたのは、はじめてだなと思った。

つぶやくように、千早が声を出した。

「私が死ぬと、茂も死ぬの？」

「ああ」

小坂井は投げやりにそう返事した。

「ふうん、じゃ、茂に悪いか」

千早は言った。

「死にたきゃ、自分がいない場所で一人で死ねか、そういうことよね」

小坂井は、聞いて、黙って考えた。そして、それは少し違うように思った。

「いや、別にそうじゃないよ。俺、別に生きていたくはないんだよな、前からそうだった。前も今も、ずっとそうだよな。珈琲ハウスで働いてても全然面白くないし。平井芳子のこともなあ、別れたいんだけど、言うの気の毒でさ。吉田スクールも、続けていてもしようがないヒマつぶしだし。あんなの、歳とってから入るもんだ」

千早は沈黙していた。

風が、なんだか湿っているなと、小坂井は考えていた。そうしたら、ぽつりと、頬に冷たいものがかかった。

雨だった。と思っている間に、雨脚は強くなった。

ざあと、音が立ちあがった。空から降る雨なのに、不思議なことに、それは地上から立ちあがってきた。

眼前の空間が、みるみる白くもやっていき、ゆっくりと、世界が閉じていった。何も見えなくなる。それは、舞台に左右からカーテンが閉じてくるのと、とてもよく似ていた。

体は見る見る濡れそぼる。びしょ濡れになる。どしゃ降りだ。地上を見ると、自分の体が落下して、ぶつかるはずの歩道の敷石が、全然見えなくなった。眼下は、潔いほどに白一色だ。

これで飛びおりやすくなったかな、と小坂井は考えてみた。なんだか違うような気もしたが、まあいい、と思った。どっちでもいいことだ。どうせ死ぬのだ。自分の体や頭を打ち砕くものが、目に見えなくなったということは、恐怖が多少やわらいだということなのだ。小坂井はそう考えることにした。

小坂井は口を開いた。すると雨が盛大に飛びこむ。別に雨を味わおうと思ったわけではない。千早に叫ぼうと思ったのだ。早く飛ぼうぜと。

「ねえ茂！」

それはまるで、小坂井の機先を制するようだった。悲鳴のような叫び声がした。千早だった。

「何？」

小坂井はしぶしぶ応じた。体が冷えはじめている。早くことを終えたかった。

「相談だけど、私の命、あなたに預けてもいい？」

「えっ？」

小坂井はびっくりした。よく聞こえなかったこともある。だがなにより、思いがけない言葉だったからだ。

「どういうこと？」

小坂井は言ったが、千早に聞こえるような大声ではない。

「鞆に帰らない？」

千早の声は叫ぶ。

「一緒に」

「ええ？　でも、東京は……」

「すべて引き払うの。そして、田舎でやり直すのよ、二人で、最初から！」

聞いて、小坂井は茫然とした。考えてもいなかったことだし、できるだろうかと思ったのだ。だから返事ができず、小坂井は黙っていた。死の決心を変えようとしてみると、心が大きなショックを受けていることに気づいた。今の今まで死ぬことを決意していたのだ。そう簡単に日常には戻れない。

体が震えはじめた。両手でばしと、叩くように体を抱いた。それは、寒さのせいばかりではなかった。

体を抱く手が増え、小坂井はぎょっとした。すると耳もとで声がした。

「ごめんなさい。部屋に入りましょう、私、寒いわ」

振り返ると、唇を震わせている千早の蒼い顔が、すぐそばにあった。

7

千早と二人、新幹線で、福山に戻ってきた。芳子には、田舎に帰ることになった、今までお世話になったのに申しわけない、という別れの手紙を出しておいた。鞆の住所は書かなかった。

引っ越し荷物は別便で送ったが、とりあえずの身の周りのものや、衣類を詰めたトランクが、千早のものは例によってふたつ、さらに大型のソフトバッグがひとつの計三つになった。

小坂井はというと、部屋の日用品は大半知人にあげてしまったし、みんなが要らないと言ったものは、すべてゴミの日に出してしまったから、帰郷はソフトバッグがひとつきりと身軽だった。読書嫌いの小坂井は、書物や本棚の類を持っていなかった。

ただテレビだけ、千早の引っ越し荷物の中に紛れ込ませてもらった。実家の自室に、自分専用のテレビがないからだ。上京した時も家出同然で、荷物の類はなかったが、都落ちのこの日も、同様に荷物はなかった。往きも帰りも同じ、それはつまり小坂井にとって、東京で得たものは何もなかったということだ。そのことに、小坂井はわずかに心痛むものを感じた。

そのことは、おそらく千早も同様だったろう。彼女にとっては傷心の帰郷になる。気づけば今年は一九九二年、東京生活は、もう九年にも及んでいた。順調にいけば、千早は故郷に錦を飾れたはずであり、ミニバスでも用意して土産物を満載し、鞆に向かったかもしれなかった。鞆では帰郷歓迎会などが用意されて、地もとの名士も列席したかもしれない。そうなら、華やかなその凱旋の旅に、小坂井の席はなかった。千早が夢破れ、満身創痍の帰郷になったからこそ、二人肩を並べての帰還になった。

鞆までは、福山駅からはバスになるのだが、千早は叔父が車で迎えにきていて、小坂井が手伝って、荷物を車に入れてやった。ただ彼の小型車はトランクに私物が入っていて、千早のトランクは、後部座席に入れなくてはならなくなった。それで、小坂井は乗れなかった。千早はすまながったが、小坂井は、かえってその方がよかった。気兼ねをしないですむ。福山駅から鞆までは小一時間かかる。けっこう車中の時間が長いのだ。

週刊誌沙汰になっていた千早だから、そのせいもあったのかもしれない。福山駅まで迎えにきたのは叔父が一人で、ほかに出迎えの人はいなかった。けっこうテレビや雑誌に出ていたのだが、プライドの高い千早は、さみしい対応と思ったろう。

荷物を積んだのち、肩を貸して千早を車の助手席に入れてやり、ドアを閉め、手を振って車が走り去るのを見送った。そして自分はバス停までぶらぶら歩いて、鞆行きのバスに乗った。帰省は、友人たちの誰にも知らせていない。母親は、迎えにいこうかと言ってくれたが、小坂井が断った。バスで帰るからいい、と言ったのだ。

最後尾の席にすわり、バスが走りだすと、懐かしい故郷の市街が窓外をすぎる。それを、じっと見ていた。福山は、正確には小坂井の故郷ではない。小坂井のふるさとは、瀬戸内海の海べりの港町、鞆だ。すっかり寂《さび》れた小さな街だが、古代から中世、江戸にかけては東西海上交通の要衝で、全国的に知られた重要な港だった。

しかしそういう故郷に対し、小坂井も友人連中も、誇りの類はいっさい持っていない。高校時代からバイクや自動車で、なにかというと福山に繰り出した。乗っているのは整備工場から借り受けた小型バイクや原付が大半だったが、そんなものでみなで徒党を組み、要するに暴走族の真似ごとだった。

免許を持っている者もいない者もいたが、そういう不法行為や、路地裏でのちょっとした喧嘩沙汰は、当時は日常茶飯だった。二年生のなかば頃まで夜毎《よごと》やっていたが、演劇部に入ってからも、芝居をやっていることは仲間に隠してやった。

小坂井は、そんなふうにして、鞆時代の友人を作った。優等生連中なら、もっと別の、まともな友人の作り方もあったのだろうが、小坂井にとっては、そういうやり方以外にはなかった。だがそういう仲間にも、軟派な演劇部に入ったことがばれて、きれいに去られた。

バスが福山の市街地を抜け、芦田《あしだ》川の土手にかかる。仲間と無免許でさんざん走った川沿いの道だ。要するに、鞆から福山までのこの道行きが走るのに気持ちがよかったので、毎夜福山に向けてバイクで繰り出したのだ。別に福山に行きたかったわけではない。

途中、土手をおりたら、あちこちに空き地や野球場があり、バイクや自動車の運転を仲間から教えてもらうのに最適だった。あの頃の自分らにとって、運転免許の取得とは、そうやってさんざん無免許で走り馴れ、ゲリラ的に試験場に行くものであって、大金を払って自動車学校に入るような者はおっさんであり、仲間のもの笑いだった。

そういうちょい不良連中とつるみ、集まって夜まで話し込む場所は、常に自動車の整備工場だった。みんな車が好きで、欧州産のスポーツカーのことで話にいくらでも花が咲いたし、みな内心メカの勉強をしたく思っていた。タナカ自動車という店が鞆の街のはずれにあり、そこの経営者の田中公平《たなかこうへい》という男が、みなの世話役になってくれた。自動車や、バイクのメカについても教えてくれたから、毎夕、タナカ自動車に集まって騒いでいた。

みなが田中の世話になり、修理中のスポーツカーやバイクをちょっと貸してもらったり、運転や整備の仕方を教えてもらったりした。その代わりに、田中の仕事を時おり手伝った。帰省すれば、たぶんまたあの連中とのつき合いが復活する、そして溜まり場はタナカ自動車になる、小坂井はそう覚悟していた。基本的に落ちこぼれ連中の集まりだから、結婚して所帯を持った者の噂も聞かない。相変わらずだろう。

時間が早かったから、バスの車内はがらがらだった。やがて窓外に海が見えだし、仙酔島《せんすいじま》が見えてきた。海水浴場がある島で、鞆の者たちも、福山の市民も、夏になればみんなあの海水浴場に泳ぎにいく。

仙酔島が見えると、鞆に戻ってきた感じがする。多少は懐かしい気分になるのだが、この時はくだらない、という気分が先に来た。鞆で送ったそういう暴走族めいた暮らし、続いて東京で送ったこれもなにやら意味の乏しい演劇生活。みんなみんなガラクタだった。今はそういう気分が襲う。

いったい東京での九年間、自分は何をしたんだろうと思う。演劇をやって、バイトをして、パリに行って、すべては意味のない馬鹿騒ぎだった。千早も結局そうだろうが、あれらは自分に何ももたらさなかった。これからこの海べりの街で、今度はどんな騒ぎに巻き込まれるものかは不明だが、きっと大差はないに違いない。自分は、そんな人生を送るように運命づけられている。これからも、大したことはないだろうと思った。

終点に着いた。バスをおり、延々と歩く。途中、雁木と呼ばれる石段がある。鞆の港だ。高二の下校時、あの石段で千早に口説かれ、演劇生活が始まった。そして以降、それは十一年にも及んだが、鞆ではもう、芝居をすることはない。自分も千早も、ああいう夢の時代は終了した。人に教えられるような実績も、立場も作れなかった。

家に帰り、玄関の戸を開けてただいまと言ったら、母親が廊下を走り出てきた。そして、あれあれお帰りと言った。電話くれたら迎えに出たのに、と言う。そんな必要はないよ、と言った。自慢の息子でもないし、何かの成果を持っての凱旋でもない。浅草で買った人形焼きの土産を、黙って手渡した。パリで買ってきた、安物のスカーフの箱も渡した。

その日はすき焼きで、息子の帰省を歓迎してくれた。小坂井には兄弟がいない。家族というと、あとは夕刻に勤めから帰宅してくる父親だけだ。一人っ子は淋しいが、そのおかげで、子供時代から個室を与えられていた。小坂井が上昇志向を持てないのは、この環境のせいもある。自分の城があって食事もつく、これでけっこうという思いがずっとあるのだ。独立しても大差がないか、より部屋が狭くなる。

息子を見ると、父親は苦笑で対してきて、それでも肩を叩いてよく帰ったと言った。三人でビールで乾杯し、すき焼きをつつき合いながら、東京の土産話をした。と言っても、別に小坂井はしたかったわけではない。問われるから、いやいや答えていただけだ。景気のよい成功話など全然ない。ずっと飲み屋や喫茶店で働いていただけだ。あれらは別に、東京にしかない仕事ではない。あんな仕事なら、鞆でも福山でもよかった。自分の凡人ぶりを、九年間でいやというほど確認しただけだ。あれこれ訊かれると、恥をほじくり出されるような気がしていやだった。

多少興味を持たれたのはパリだが、それもエッフェル塔や、凱旋門は観てきていない。美術館にも行かなかった。ヴァンセンヌの森と言っても、親たちは知らない。だから話すことがなかった。

これからどうする気だ？　と父親は訊いてきた。今度は小坂井が苦笑した。それを訊かれるのが一番弱いのだ。とにかく仕事を探すと答えた。じゃあ自分もあちこち尋ねておいてやると父親は言ったが、この街には仕事はないぞ、とも言った。若い連中はみんなここを出ていく、それが今ここの大問題になっているんだ、と言った。

翌日、タナカ自動車に顔を出してみたら、田中はびっくり仰天した。九年ぶりの突然だったから、それは無理もない。そして昔の仲間に集合をかけてくれた。その夜は、今度はタナカ自動車で祝宴になった。それでまたみなにあれこれ尋ねられ、再び恥の開陳《かいちん》になって閉口した。

仕事はないかとみなに訊くと、今はないとみなが言う。不景気だし、この貧乏な港町に企業などはない。仲間のうちには、駄菓子屋や履物屋の息子がいたが、二人とも人は足りていると言った。まあ、飲み屋か喫茶店くらいだろうなあという。それなら、多少は求人もあるという。

翌日、駄菓子屋の田口《たぐち》という男に連れられ、「潮《うしお》工房」という喫茶店に行った。ここのマスターが人を探していると言っているのを、田口が小耳にはさんでいたのだ。マスターが腰を痛めてしまい、カウンターに立てる代理の人間を探しているのだという。

マスターは塩沢《しおざわ》といい、小坂井は知らない男だったが、小坂井の風貌を見て気に入ったらしく、いろいろと尋ねてきた。東京の、三ノ輪橋の珈琲ハウスで何年も働いていたと言うと、じゃあ明日からお試し期間ということで、ちょっと働いてみてくれと言った。いい給料は出せないが、それでもよければ、と言う。当座の仕事はそれで決まった。

翌日から働きはじめた小坂井だが、経営者の塩沢が、支出を削減したいらしく、腰の調子が良い日は自分がカウンターに立ちたがったから、小坂井としては、しっかりした収入にはならなかった。これでは千早と部屋を借り、所帯を持つなどはおぼつかない。しかし、遊んでいるよりはよい。また仕事内容はもう充分手馴れたもので、ストレスはない。

仕事が終わると、毎夜タナカ自動車に寄った。そこで田口など昔の仲間に合流し、彼らや時には塩沢、工場長の田中も加わって、同じ町内のしあわせ亭という一杯飲み屋に繰り出して、酒を飲んだ。潮工房、タナカ自動車、そしてしあわせ亭という三点を回転する小坂井の新生活が、それでスタートした。

予想外になったことがある。小坂井としては、鞆に戻っても、千早とのつき合いは続くものと考えていた。千早がそう言っていたからだ。毎日のように会い、お茶を飲み、食事をし、お互いの両親に紹介し合い、近いうちに一緒になるという前提のもとに、東京同様の生活を続けるものと考えていた。一緒に暮らす部屋はまだないが、時にはホテルに行くようなことも予想していた。

ところが、潮工房で働いていると言っても、千早は一度もコーヒーを飲みにこなかった。家に電話しても、出はするのだが、話がはずまない。食事に行こうと誘っても、なんだか言を左右にして、応じてこないのだ。

千早は、どうやら落ち込んでいるふうだった。以前に話していたことと違う。茂と鞆の街を歩きたい、仙酔島にも行きたい、できたら一緒に働きたい、二人の部屋を借りたい、などと彼女は言っていた。

千早のこの態度は、豹変《ひょうへん》とも言えた。実家に引き籠ってしまい、表に出てこない。高校時代の友人とも、連絡を取ったり、会ったりはしていないようだ。何かあったのかもしれないが、彼女のこの態度は謎だった。

小坂井は徐々にショックを感じるようになって、俺たちは終わりつつあるってことか、と電話で訊いた。田舎に帰って一緒にやり直そうと言うから、俺は東京のすべてを引き払ったんだぞと言った。

しかし千早は、それにはまったく答えず、長いこと黙ったうえでひと言、私はここでは生きられない、そう言ってぷつんと電話を切った。急いでまたかけてみたが、彼女は出なかった。

彼女がこんな態度に出るのなら、自分はおそらく帰ってはこなかった。小坂井は千早の煮え切らない不誠実な態度に腹を立てたが、一人になって考えるうち、じわじわ気づかされることがあった。もしかして千早は、自分のことを両親に反対されているのでは、ということだ。あらためて愕然とした。まともに歩けなくなり、子供も産めなくなったというのに、それでも娘の相手は自分では不足というのか。

小坂井はそれからも何度か千早の家に電話した。すると母親が出て、千早はいないとけんもほろろの口調で言った。

だが小坂井は、あきらめることができなかった。自分はまだ千早に惚れている、と小坂井は思った。御茶ノ水の病院に見舞いにいったあたりから、気分は続いているらしい。あのあたりで、自分の気持ちは強くなった。小坂井はだんだんと悩むようになり、しあわせ亭で酒を飲んでいる時、仲間や田中に打ち明け、相談した。

名を出してみれば、彼らもまた、田丸千早のことはよく知っていた。交通事故で世間が騒いでいる時、鞆の街でもずいぶん噂になっていたという。同情の声は多かったが、報道がなくなって、街の噂も消えた。そうか、鞆に帰ってきていたのか、知らなかったと言う。

そう聞いて、千早が引き籠っているわけも解る気がした。出歩いている姿を見られたら、また噂が再燃する。鞆の人たちも、彼女の噂はしていたのだ。彼女は、ここではまだ有名人なのだ。

田口は、こんなことを言った。彼が、仲間内では一番の情報通というところがあった。東京で女優として成功しているという話は聞いていたし、みなそれなりに期待していたという。地もとを有名にしてくれるかもしれないと思ったらしい。ここにテレビカメラなどが来るかもしれないと、町内会としては観光目的に期待した。

「曲げない女たち」の、三人の主役のうちの一人に抜擢《ばってき》されたというニュースも、むろん聞いている。確かに地もと始まって以来のすごいことだけれど、あとの二人が大変な美人女優だから、田丸では分が悪い、太刀打ちができないのでは、ともみな言っていたらしい。田丸は、自分が大スターになることが約束されていたように思っているかもしれないが、街のみなは、そう思っていなかったという。

それにあの人は、裸の写真を撮《と》っていたからね、とおかみの芳江《よしえ》が割って入って言った。あれはよくなかったね、と言う。大衆は保守的だからね、特に田舎は。あれであの人は、ずいぶん評判落としたよと言った。

だんだんに酔いも進んできて、わずかに自慢の虫も首をもたげたかも知れなかった。実は東京で一緒に暮らしていた時期があり、結婚しようとも思っていた、と小坂井は打ち明けた。ふうんとみなは言った。みなの顔を見廻すと、知らなかったという顔をしている。芝居ではないようで、自分とのことは、まったく噂になってはいなかったようだ。みんな、ずいぶん何でも知っているようなのに、これは意外だった。

　こちらに戻っても交際は続くと思っていたが、田丸の態度が豹変した、と告げたら、みなああそうか、とどこか安心したように言う。酒が入っていたから、ついでに、自分はまだ惚れていると告白したら、みな、今度は気の毒そうな顔になった。たぶん、自分のことを両親に反対されたのだろうと、さっき気づいたことを言ったら、あははという笑い声が遠くでしたから驚いた。おかみの芳江だった。

　あんた、そんな女捨てちゃいなさいよ、と彼女は言った。子供産めないんだよ、と言う。骨盤ぐっちゃりやっちゃったからさ。結婚して、子供ができなかったら淋しいよ、とも言う。そりゃ最初の二、三年はいいけどさ、惚れた女と水入らず。でも五年十年経って、とうの立った女房と鼻つき合わせて二人きりだとあんた、ホント、やりきれないよ。自分の人生なんだったんだって思うよ。見れば、仲間の男たちもうなずいている。工場長の田中などは、そりゃそうだと声にして言った。彼は結婚していて、子供もある。

　芳江は続ける。子供も産まないでこんなババアになりやがって、首絞めてやろうかって思うよ。私なんぞはろくでもない亭主で、すぐ別れたけど、自分もこんな呑んだくれでさ、どうでもいいような人生送ってきたけど、息子いるからね。夜寝る時、子供の寝顔見ると、ああ神様ありがとうって感謝するよ。こんな自分でも、この子産んだことだけで、世の中に多少はいいことした、役に立ったって思えるからね。

　聞きながら小坂井は、もう千早が自分のもとからいなくなってもいい、この人間関係があればいい、と思おうとしていた。千早のあの態度では、もう駄目だと思う。われわれの仲は終わったのだ。東京では、鞆に移って一緒に生きようと言っていた、あの時の千早の態度は、嘘ではなかったろう。だがこちらに帰って、親たちに説得され、気持ちが揺らいだのだ。

　それで、もういいと思って、千早とパリに行ったことを話す気になった。パリのホテルの屋上から、千早が飛びおり自殺をしそうになったこと、そして自分も一緒に飛びおりるつもりで、手すりを跨いだことまで話した。あの時、土砂降りの雨が襲ってこなければ、たぶん自分も千早も死んでいた。

パリに死す、かよ、けっこう格好いいじゃないか、と塩沢が言った。そこで、そんなんじゃない、と小坂井は言った。自分が死のうと思ったのは、千早にうながされたからじゃない、さっきおかみが言ったように、自分の人生なんだったんだと思ったからだ。子供の頃からこっち、何もしてこなかった。まったくろくなものじゃなかった。ただ流されるだけで、何ひとつことを成していない。何も成果をあげていない。

すると、そんなん俺も一緒だ、とみな口々に言った。それで死ななきゃならんのなら、ここにいる者みんな一緒の集団自殺だ。人生の手ごたえなんて全然ないし、あげた成果なんて皆無だ。せめて妻と子くらいと思うけど、それもまだ手に入らない。

あんた、そんなら「日東第一教《にっとうだいいちきょう》」のお話、聞きにいってごらんよ、今度の日曜日に、対潮楼《たいちょうろう》の下のところからバスが出るからさ、と聞いていたおかみが割って入って言った。

日東第一？　と小坂井が言ったら、この先の横島《よこしま》に教団施設ができてるんだ、と塩沢が言った。私、入ってるんだよ、とおかみの芳江は言う。別名「幸せ教」、この人も入ってる、と塩沢を指して言い、塩沢もしぶしぶのようにうなずいた。

新興宗教？　と小坂井が訊いたら、そういうんじゃないよ、科学だよ、と芳江は力説する。幸せというものの正体を、科学を用いて説明してくれるんだ。人生ってものの手ごたえが、どこからくるかもちゃんと教えてくれる。

それから統計学、経済学で、日本の行く末を予想してくれて、そこから救われるにはどうすればいいかを、尊師の先生が教えてくれるんだよ。

そうだよ、もう終わるんだよこの世界、このままの誤った生き方、みんなが続けているとな、と塩沢も言った。俺、それだけは信じてるんだよ、ほかは何も信じなくてもなぁ、と塩沢は言う。

あそこ、集団見合いの儀式があるんだってな、と田中が言った。すると塩沢はうなずく。そうだ、それを望む信者には、尊師が生涯の伴侶《はんりょ》を紹介してくださる、と言った。

ともかく、そういうありがたいお話が、今度の日曜日に教団の講義室であるからね、行ってごらんよ。あんたもきっと救われる、そういう手ごたえ薄い人生送ってきたならさ、特に。とおかみは言った。

8

日曜日の昼すぎ、小坂井は、しあわせ亭の芳江と一緒に、日東第一教会の用意するバスに乗った。車内はぎっしりで、すべて鞆の人たちというわけではなさそうだった。福山から来ている人、あるいは近隣の市から、鉄道、バスを乗り継いできている人もいるようだった。

バスはかなりの距離を走り、海上に架かった橋を渡って横島に入る。すると道は真新しくなり、これも真新しい印象の、教団施設の玄関に横づけた。ガラス張りの尖塔《せんとう》や、ガラス張りの体育館ふうの建物、それに、白い石造りの三階建ての建物が複合された、威風堂々たる建物群が島にできている。こんなものが造られていたとは、小坂井はまったく知らなかった。

バスが停まり、ドアが開くと、紫のシャツを着、金色のズボンを穿き、鰐革《わにがわ》のベルトを締めた男が出迎えてくれた。

「さあ、どうぞおりてください」

彼が言うのでおり、彼の手が示す方向を見ると、劇場の入り口のように並ぶガラスドアの前に、同様のスタイルの若者たちが、ずらりと並んで出迎えてくれている。彼らがゆっくりと身をよけると、ガラスのドアが、次々に自動で開いていく。

「さあ、あちらへどうぞ、どうぞお入りください」

バスの前の男が手をあげて示すので、市民はぞろぞろと、建物の入り口を入っていった。するとと、先に入っていた紫のシャツの男が、前方にある沈んだ色の木目合板の、大型ドアを開け放った。そして、

「こちらにお入りください」

とまた指示する。

おお、と入った人々の口からどよめきがあがる。

それは、はじめて参加した者たちからだ。だから小坂井も、声には出さなかったが、同様の気分にとらわれていた。何度も来ているらしい芳江は、小坂井の横で落ち着いている。

大量の椅子が並ぶ、そこは講義室のようだった。それとも、教会というべきか。真昼の屋外のような、明るい光に満ちている。見上げれば天井の大半はガラス張りで、そこから午後の陽光が、白い筋を作って広大な室内に落ちていた。上空には雲が浮かぶ青空と、太陽が見える。

講義室の周囲は、天井を持たない沈んだ色の木目の壁だ。どうやらこういう化粧合板の壁で、広大なフロアは仕切られているらしい。壁は三メートル程度の高さしかなく、その上は素通しだ。

板壁の上部には、大型の液晶テレビが何台かかかっていて、不思議な幾何学模様が映しだされている。模様は動画で、機械的に変化している。

並んだ椅子が向いた方向には、わずかに床から高くなった壇があり、コンソールがある。その背後には、ホワイトボード、そして、液晶の大型テレビが置かれている。その上には、ＣＯＮＦＵＣＩＵＳの文字が見える。この英文字は、コンソールの前面にもある。

紫のシャツの男たちは、バスで乗り込んできた市民を、馴れた手つきで誘導する。市民たちは一列になり、席の後方から順に、並んだ椅子の手前の通路に入っていく。そして、順次腰をおろしていく。

みなが着席すると同時に、音楽が鳴りはじめる。ビートがきいた、リズミックな音源だ。壁にさがる無数の液晶画面も、音に合わせて幾何学模様を、激しく変化させる。

いっとき続いた激しい音楽は、次第に静かになり、ピアノの音が立ってくる。そしてゆっくりとフェイドアウトしていった。

同時に左手のドアが開き、髪をきれいに撫でつけた、銀髪の男が現れた。痩せた長身。さっそうと歩を運んで、中央の演壇に立つ。

「やあみなさん、ようこそ、お越しくださいました」

よく通る声で、彼は言った。彼もまた紫のシャツに、金色のズボンを穿き、白い鰐革のベルトをしている。金色のズボンは、彼が歩くたび、動くたびに光った。

「今日の出会いに感謝いたします。今日の出会いこそは、決して偶然ではない。神のお導きです。みなさん、どうかそのことを意識してください。その意識こそは、まずは私とみなさんとの、今日のわれわれの絆《きずな》です」

彼は言った。

「私が、教会長の真喜多《まきた》です」

名乗る彼の声は、あきらかに拡声器を通されている。ネクタイに、ピンマイクが留まっているのだ。しかし拡声器を通さなくても、おそらく充分に響いたろう。太い、艶《つや》のある、よい声をしていた。

年齢がはかりがたい、不思議な男だった。もの腰、張りのある声、ぴんと伸びた背筋は、若者のように見える。しかし髪の色は、初老のようでもある。

その洗練された態度は、アメリカのミュージシャンのようでもあり、少壮の学者のようでもある。観衆は拍手の衝動を、じっと抑えていた。コンサートではない。

「この国は、今瀬戸際にさしかかっています」

彼はいきなり始めた。

「この国の美徳は、今や落ちるところまで落ちた。息子は父を尊敬せず、父は祖母を敬《うやま》うことがない。娘は母親の悪口をもの陰で言い、息子もまた、酒場で父親を罵倒する。親たちをまるでわからず屋の動物のように扱い、彼らの尊い言葉を聞こうとはしない、ただ嘲笑するばかりだ。

親を、そして先祖を敬う気持ちは、国の背骨です。国への愛は、これなくしては成り立たない。そして国への愛がなくては、国は必ず滅ぶのです。親たち息子たちの、遠い遠い先祖が、より大きな光に包まれるよう心して歩み、行動するというこの義務を、この国の民は怠《おこた》ってきた。長く長く怠ってきたのです。子を思い、日夜働き続ける親たちの行為を陰で笑い、恬《てん》として恥じる様子がない」

突然、彼はさっと手をあげた。そしてゆっくりと、演壇背後の液晶テレビに向けておろしていく。すると、轟音とともに暴風雨の映像がテレビに映しだされた。曇天の下、大波が荒れ狂い、人の住む海べりに押し寄せてくる。そして防波堤に激しくぶち当たり、天高く恐ろしいしぶきをあげる。白い塔のように屹立《きつりつ》するその波は、確かに人知を超えた、なにものかの姿のようだ。

真喜多教会長の声がおごそかに響く。

「神の怒りだ」

聴衆の、ため息がこだました。

「これこそは、神の怒りです」

さらに轟音。地響きとともに荒野を前進する、巨大竜巻が映しだされる。市街地に接近する。かすかな聴衆の悲鳴。

民家の群れに接する。たちまちまくれあがる屋根。吹き飛ぶスレート。土台ごと持ちあげられる家々。大砲に撃たれ、ぱっと砕け散るような壁材。木の葉のように舞い飛ぶ瓦礫《がれき》、細かく破砕された木材のかけらが、まるで吹雪のように乱れ飛ぶ。続いて巻きあげられる自動車、自動車、自動車の群れ。自転車も、オートバイも、玩具のように飛んでいく。

「神の怒りだ」

また教会長の声が響く。

「これこそは、神の大きな手なのです。人間など、この強大な力のもとでは赤子同様に無力です」

続いて、大きく破壊され、真っ黒くなった、巨大な建物が映しだされる。その手前で、不気味な防護服を着て、瓦礫撤去の作業をしている人物の群れ。広大な麦畑に、薬剤を散布しながら飛ぶヘリコプター。

広い広い、機械の墓場が映る。カメラが、その大地をゆっくりと移動していく。さまざまな機械の屍《しかばね》が、そこには打ち捨てられている。もたれ合い、折り重なったヘリコプターの残骸。上部のローターは折れ曲がっている。窓のガラスが割れた、おびただしい数のバス、すさまじい数の自動車。そして飛行機、トラクター、錆び、朽ちかかったそれらは、これもまた累々《るいるい》と横たわる屍だ。寿命が訪れ、自然に死んだものではなく、巨大な事故で、不本意に命を絶たれた機械の群れだ。

ゴーストタウンが映る。人っ子ひとりいない、白いペンキ塗りの美しい家々が並ぶ市街。絵のようにきれいだったであろう郊外の村。しかし今、その庭には木々がおい茂り、足もとには雑草がはびこり、美しい白いペンキ塗りの出窓の木枠に、つる草が這《は》い上る。

木々の葉の間から、鹿が飛びだす。誰ひとり通ることのない道を、ぴょんぴょんと駈けて横断していく。そのあとを追うようにして走るのは、巨大な鼠だ。猫ほどの大きさがある。突然風の音がたちあがる。突風が吹き抜け、道に埃が立つ。紙屑が、天高く空を舞う。

「チェルノブイリです、みなさん。これもまた、神の怒りだ」

教会長の声が響いた。

「たかだか電気を作るためだけに、大げさにも原子力という神の力を借りた、愚かな人間たちの受けた報いがここにある」

海べりに建つ、各国のさまざまなかたちの原子力発電所が映しだされる。

続いて漁港の風景。棄てられたおびただしい魚の群れ。波間を上下し、漂う大小の魚の死骸。

一転、港の隅に積みあげられ、巨大な山を成した魚の死骸。無数の蝿《はえ》が、その上を歩き、飛び廻る。

「これが文明の姿です。いやしい享楽を味わうため、湯水のように電気を使うために、人は原子力を、電気を作るために使用した。身のほどをわきまえず、神の怒りにふれたのです。このように、とてつもない汚染と、自らの滅びとを電気と引き換えにした。

これほどに思慮浅い人間の、日々の暮らしを支配するものはただ金銭、そして、泥水のように濁《にご》った性欲だ。それは子孫の繁栄をもくろむ尊い行為ではなく、ただ下等な肉欲を満たさんとするための、劣った情念だ。

こうした現状は、その昔、総尊師わがコンフューシャスが、生まれおちた時代に似ている。あの混乱と、かわいた砂漠の時代そのままの、憎むべき混沌の再現である。

このままでは、この国は滅びる。いいですか？　みなさん、よく聞いて。私ははっきり言っておく。この国は滅びます。必ず滅ぶ。ウクライナとベラルーシの大地、チェルノブイリで起こったことは、その明白な兆《きざ》しです。この国にも起こる。われらの神は、あの汚れた時代、宇宙に満ちた万物の愛のエネルギーを体内に受け、その意志によって勝利を得たのです。総尊師があの不毛の乱世、闘って、闘って勝ち得た栄光を、われわれもまた今、勝ち取らなくてはならないのです」

聴衆は、息を呑むような表情になり、教会長の言葉に聞き入り、てんでに深くうなずいている。映像と音を連動させた見事な演出に、すっかり心をからめ捕られたのだ。

「今日ここに集まってくださったみなさん、みなさんは、これまでの自分の人生を振り返り、あまりにも実りが乏しかったと思っているかもしれない。人生に希望を抱いた若い日々、あの夢の数々が少しも実現せず、欠落感に打ちひしがれているかもしれない。

そしてそのうちの何人かは、きっとこう思っている。ああ、それは自分のせいだと。自分がいたらなかったからだと。自分が努力をしなかった、この人生に対し、積極的な熱意を持たなかったからだと。ただ流されるだけの日々を生きて、自分の意志でない、他人の人生を送ってきたからだと」

聞いて、小坂井はショックを受けていた。ああその通りだと思ったのだ。知らず上体が傾き、ゆるゆると沈んでいく。それはまさしく自分のことだ。だらしがない自分の姿を、そのまま言い当てられたと。

自分は、自分の人生に対し、一度も積極的になることがなかった。いつも傍観者のように離れた位置に身を引いて、人に命じられるまま、受け身の日々を生きてしまった。だから手ごたえのない生活ばかりが戻り、失望感だけが募《つの》って、なにひとつ、他人に感心される成果をあげられなかった。当たり前だ、自分が弱かったからだ。

昨日また、敗残兵のように生きるここで、唯一の希望に思えていた田丸千早が、自分のもとから去った。彼女は自分にとって、東京そのものだった。去られてはじめて気づく。彼女は自分にとって東京だったのだ。自分のような弱い者でも、多少なりとも夢を追いかけられたあの都会、そうさせてくれた力。彼女こそは、その化身だったのだ。

すべてに去られた今、自分は気づいている。まだ若いのに、まるで老人のように、人生は終わったと感じている。

「だがみなさん、それは違う！」

力強い教会長の言葉に、小坂井は顔を跳ねあげた。小坂井は驚いたのだ。何が違う？　いったい何が？　是非教えて欲しいと思ったのだ。

「それは違う。いいですか？　よく聞いてください。それは、みなさんのせいではない。解りますか？　実は、みなさん自身のせいではないのです」

違うって？　小坂井は、息を呑んだ。

「みなさんは、一生懸命やったのです。思い出してください。誰にも認められることのない片隅で、無名の、人知れない存在として精いっぱい働き、ほめられることのない、地味な努力を続けたのです」

聞いていて、知らず涙が流れた。ああその通りだ、と思ったのだ。自分は駄目な人間だと思う。それは解っている。でも、駄目は駄目なりに、懸命に努力した。二日酔いでつらい日も、それが必要な日はきちんと朝早く起きた。しようもない勤務先だとは思っていたが、これは自分に与えられた責任だと思い、自分の都合でサボった日は、一日としてない。

自分は懸命に努力した。コーヒーを淹れ、パンを焼き、パスタを炒《いた》めて、心ない中傷を言う者もいたが、怨《うら》まず、怒らず、笑顔で対した。それが自分に課せられた使命と信じた。ほめられたことなど一度としてないが、自分は一生懸命やった。日陰で、片隅で、努力したのだ。

教会長の言葉は続く。

「それはこの国の支配者たちが、百年の昔、母なる半島で、大陸で、大恩を忘れて大きなあやまちを犯したからだ。それはそれは大きな、取り返しがたいあやまちです。今その帳尻合わせが、来ているのです。みなさんは、それを知らなくてはならない。みなさんのせいではない。みなさんに責任はない。何故なら、みなさんはこういうあやまちを、犯してはいないからだ」

小坂井は唖然とした。そんな考え方を聞いたのは、生まれてはじめてだったからだ。

「他者を思いやらない、弱者を思いやらない、この国の支配者たちのせいなのです。そして今もまだこの国は、この国を埋めてうごめく大勢の目覚めていない民は、依然あやまてる道をたどっている。ふらふらと、さまよい続けているのです。どこに向かって？」

教会長は、言葉を停めて、聴衆をぐるりと見渡す。みな声もない。しわぶきひとつなく、息を停めて教会長の言葉に聞き入っている。

「地獄へです。地獄が、彼らを待つ。彼らは、死の淵《ふち》へと向かい、昨日も今日も、さまよい歩いているのです。誰も、自分の足が向かっている場所が解らない。何故なら、彼らは目が不自由だからだ。相も変わらず、今日も明日も、自分の意志によってではなく、他者の意志によって動いている。それは何か。自分以外の意志とは何か？

本能です。彼らは、今日ここに集まった、真面目なみなさん方とは違う。誰も傷つけず、人生を真剣に、まっとうに生きて、ここに導かれたみなさん方とは違う。彼らは本能に命じられるまま、動物のように生きているのです。ただおいしいもの、ただ人がうらやむもの、見栄に自慢に、そして、性の快感に向かって、歩いているのです。

だがそれは、救いのない、地獄への道だ。誰かが手を添えて止め、助けてやらねばならない。この国の弱き民を救い、天国に導ける者は誰か。みなさんです。みなさんなのだ。いいですか？　よく自覚してください。みなさん以外に、彼らを救済できる者はないのです！」

9

茫然とした思いのままバスで連れ帰られ、小坂井はその足で潮工房に寄った。今日の日東第一教会見学会には、マスターの塩沢は行かなかった。店をやっていたかったのだろう。しかし帰りに店に寄ってくれるようにと彼が言っていたから寄ったのだ。

顔を出すと、塩沢が顔をしかめていて、代わってくれよと言った。今日は特に腰が痛いのだと言う。今から時間給で計算するからと言う。小坂井はうなずいて、黒い前かけを出してかけ、カウンターに入った。

小坂井の時間給は九百五十円だ。よくはないが、田舎では普通だ。潮工房は夜八時までなので、今日は四千円にもならないなと思いながら、小坂井はカウンターに立った。入れ替わりに塩沢は店を出て、自宅になっている二階に、横になりに行った。

ドアに下げた鐘がちりりんと鳴り、いらっしゃいませと言うと、この先の国道沿いにある福山市立大の看護学科の生徒たちが三人、連れだって入ってきた。潮工房は、レトロな外観の西洋館ふうで、女の子たちに人気があるのだ。

「ああ」

と小坂井は言った。顔見知りだったからだ。

女の子の三人連れは、笑いながら一直線にカウンター席にやってきて、もぞもぞと椅子にお尻を載せ、小坂井の目の前にすわった。そして、

「今日出たんですねー」

と話しかけてきた。

「ああ、さっきから入ったの」

と答えると、

「さっき通りかかったらいなかったから、今日はお休みなのかって思っちゃった」

と言った。

こういう様子は、小坂井には何度か経験がある。三ノ輪橋の珈琲ハウスでも女性たちがやってきて、こんなふうに気安く話しかけてきた。世間がやっかみ半分で言うところの、小坂井目当てで通ってくる女の子のファンたち、というものだ。むろん悪い気はしないし、マスターとしては、こういうこともあろうと考えて、小坂井を雇っている。だから冷たくせず、話し相手になってやらなくてはならない。

しかし気をつけないと、他の客たちの反感を買って、客足を減らすことがある。あまり親しくなりすぎないように気をつけなくてはいけない。また、表で会ってつき合うことも、基本的にタブーだ。冷たくせず、親しくもなりすぎず、という匙《さじ》加減が大事だ。

注文されたココアとカフェオレを淹れて出し、小坂井はコーヒー豆をひき、カップを洗っていた。季節は夏に向かっていて、女学生たちの服装は、薄く、涼しげになっている。彼女たちは、三人で旅行の計画を話していた。蓼科《たてしな》とか、軽井沢《かるいざわ》とか、鎌倉《かまくら》の話をしていた。やはり関東が憧れなのだろう。そして、行

ったことがありますかと、話を小坂井にふってきた。彼女たちは、小坂井が東京の喫茶店で働いていたことを知っている。

蓼科や、軽井沢に遊びにいくという話は、吉田スクールで何度か出た。でも結局行かなかった。だからそう答えた。けれど鎌倉なら、二度ばかり行った。だから鎌倉の話ならできる。娘らは、鎌倉にも行ったことがなかった。それで小坂井が話すと、目を輝かせて小坂井の話に聞き入っていた。

鎌倉へは、平井芳子と行った。彼女は今どうしているのか。話せば、彼女と乗った江ノ電とか、入った喫茶店の内部を思い出す。わずかに胸が痛んだ。

潮工房の外は、狭いが一応県道になっている。県道四七号線で、鞆の町中を抜ける県道というと、狭いがこれが一本で、自動車がたくさん入ってくるから、よく窓の外で渋滞している。県道とは名ばかりの昔ながらの人間用の道で、ここですれ違える自動車は軽四だけだ。この時も窓の外には、動けなくなって、やむなくのろのろとバックしている車が見えていた。

おや、と思った。バックしている車の陰に、見馴れた女の背中が見えた気がしたからだ。杖をつき、足を引きずった、不自由な歩き方をしていた。話を中断し、小坂井はほとんど、カウンターをくぐろうかと身がまえた。店を出て、追おうかと思ったのだ。

看護学科の女学生たちが、言葉を停めた小坂井を、不審げな顔で見た。続いて、小坂井の視線を追って窓の外を見た。

「知りあい？」

一人が訊いてきた。

「いや、見間違いかな……」

小坂井は言った。千早の後ろ姿に似ていたのだ。しかし車の向こう側で、すぐに路地に入ってしまったから、しっかりと確認することはできなかった。

違うかな、と思い直した。千早にしては、服装が地味だった。ブルーのワンピースを着ていた。東京では、あんな服を着ているところは見たことがない。体つきが似た、地もとの娘だったのかもしれない。

「なんか、知り合いに似ていると思ったんだけどさ、違ったよ」

小坂井は言った。

「好みだったんですかー？　好みの女の人？」

娘らの一人が訊いた。

「いやぁ、そうでもないな」

小坂井は言った。

すると娘らは、チャンス到来とばかりに、小坂井の女の好みとか、これまでにつきあった女はいるかとか、どんな恋愛をしたのかといった、得意な話題に誘導していった。

女の子たちのこういう質問には小坂井は免疫《めんえき》があったので、冗談をまじえて、適当にあしらった。しかし、さっき見かけたブルーのワンピースの背中は、何故なのか、目に焼きついて離れない。話しながらも、ずっと瞼に見ていた。

こんな経験、前にもしたなと思った。いつだったろうと思案した。しばらく記憶を巡らせていて、思い当たった。事故後、退院してはじめて三ノ輪橋の珈琲ハウスにやってきてくれた日の千早だ。都電のホームから出窓のガラスを叩いていた。あの光景。何故なのか、長く瞼に焼きついた。そして二、三日、脳裏から去らなかった。今回も似ていると思った。

夜の八時を廻り、小坂井は潮工房を閉めた。店内にカレーなど、食べるものも多少あったのだが、ご飯がなかった。これから炊くのも面倒だったので、戸締まりをして、店を出た。外を廻って階段をあがり、二階に挨拶して鍵を返すと、ぶらぶらとタナカ自動車に向かった。あそこなら、誰かがいると思ったのだ。いたら、食事に誘おうかと考えた。仲間はみな独り者なので、こういう時は重宝だった。

往来から、タナカ自動車の前庭に歩み込んでいった。すると右手の工場はまだシャッターが開いていて、奥に蛍光灯の明かりがひとつ、ともっている。油圧で、頭くらいの位置にまで持ちあげたままのBMWが一台ある。その奥には、ボンネットの開いたミニ・クーパーがある。

前庭との境の軒下にも、庭での作業を照らすための裸電球がひとつ、ぽつんとともっている。けれども、それが照らすコンクリート敷きの前庭には、車の影がまったくないのだった。びっくりした。いつも四、五台の自動車が前庭を埋めているのだが、今夜は一台もなく、がらんとしている。だからコンクリートの空き地は、妙に広々として見える。

工場に、人の姿がまったくないのだった。ひっそりと静まり返ったタナカ自動車のこんな光景を、小坂井ははじめて見た。いつ来ても、いつも誰かしらいた。修理のすんだ車を、田中が届けにいっているのかもしれない。そうなら、待っていれば帰ってくる。だがいつもは、そういう時も、誰かが留守番をしていた。

前庭の隅までぶらぶら行くと、古いハーレーが置かれてある。ピカピカの新しいものと、古くなり、もう艶を失っている時代ものの二台だ。小坂井は、ローライダーと呼ばれる年代物のハーレーの方が好きだった。子供の頃からの憧れの一台だ。昔は、このバイクのポスターを壁に貼っていた。明日あたり、ちょっと乗せてもらえないかなと思った。このあたりをぐるっと一周でいい。それで満足するのだが、と思った。いつかは手に入れたいと思っているが、今の経済状態では無理だ。

タンクのキャップに触れてみた。ひねってみると回る。そうか、これはキーが付いていないのだったな、と思った。キャップを取って中を見ると、中はカラだった。ガソリンを入れておいてやるか、と思った。別にそんな必要もないのだが、何でもいいから、ちょっと手をかけてみたかった。

軒を入って工場に踏み込むと、ガソリンの入ったポリタンクがある。白い小型のものが二つあった。見れば双方にガソリンが入っている。

新品のハーレーは、ガソリンスタンドで給油してもらうことを嫌うオーナーが多い。スタンドの者は手荒で、たまにタンクを傷つけられることがあるからだ。またうっかりガソリンをあふれさせられ、艶を失う時もある。ガソリンタンクは、ヴィンテージ・バイクの命だ。

だからこんなふうにポリタンクを持って車でスタンドに行き、タンクにガソリンを入れてもらって買い、戻って自宅のガレージで、自分でゆっくりタンクに給油するのだ。それなら繊細な給油ができる。

前庭の隅で、小坂井は一人、ハーレーのタンクにガソリンを入れた。入れ終わり、キャップを固く締め、タンクを軒下の裸電球のところまで戻しにいった。柱の陰に置き、これで明日、もしも田中の許可が出れば、すぐにローライダーのエンジンがかけられるな、などと思っていた。

さて今夜はどうするかな、と思った。夕食のことだ。両親はもう夕食をすませてしまったろう。残りものがあるかと、帰って尋ねてみるか。それともしあわせ亭に寄って、何かあり合わせのものを芳江に出してもらうか、などと考えていた時だった。

往来の暗がりから、ぎこちない足取りがこちらに近づいてきていた。ほっそりとした人影だった。街灯の光を横切る時、ブルーのフレアースカートの端が見えた。

小坂井は気づき、誰だろうと遠目に考えた。知り合いだとは思わなかった。そして、まさか、と思い直した。足を引きずるこの歩き方――。

「茂」

と声が聞こえた。驚いた。千早だった。

明かりが届く位置まで接近してきた時、杖が見えた。間違いなかった。田丸千早だ。ブルーの、いかにも親が喜びそうな家庭的なワンピースを着ていた。それが、この歩き方にずいぶんそぐわなかった。

「千早」

小坂井も言った。ではやはり、さっき潮工房の窓から見かけた後ろ姿は、千早だったのだ。

どうしてあんなところにいたのだろうと思った。それは確かに狭い鞆の街、潮工房は、千早の家からもそう離れてはいないが。人目を気にする千早は、昼間は表を出歩かないのではなかったか。

ことん、ことんと、千早は近づく。近づき続ける。

「どうしてこんなところに？」

小坂井は訊いた。

「ここかと思って」

千早は低い声で言った。

「そしたら、ガソリン入れてるの、見えた」

「どうしてたんだ？　親が、問題なのか？」

小坂井はいきなり言った。

「どうして電話出てくれないんだよ」

不平を言った。

「俺のテレビだってあるじゃない」

千早は、裸電球の光芒が届くぎりぎりの位置で止まり、立った。それで、彼女の履いた紺色の靴の先だけがはっきりと見えた。が、その上の体や、顔は、依然暗がりの中に沈んでいる。そういう位置を、千早は選んで立ったのだ。

「茂こそ、どうして？」

千早は言った。訊いてきている。何を？

「どうしてって？　何が」

小坂井は言った。

「俺は働いてる。潮工房に、なんとか職を見つけて」

「あんなじゃ、とても部屋借りて、私を養うことなんてできないでしょう」

千早は言った。なじっている。今さらどうしてだ？　と思った。

「しょうがないじゃないか。この街じゃ、あんなものしか仕事がないんだ。あれでもずいぶん探したんだし、駄目なら福山に出るか、広島にでも行って、職探すしかない」

「私は、もうここでしか生きられない」

千早は言った。

「こんな体じゃ、親がかりじゃないと」

「だから、俺が何とかするって。千早の面倒みるって、俺言ったろ。どこに行こうと」

「それじゃ、親が心配する。ここから離れるの、親が許してくれない」

「じゃあ、どうすればいいんだ」

言うと、千早は黙り込んだ。

「要するに千早の親、俺じゃ不満なんだろ？」

小坂井は、考えていたことを言った。

千早から、言葉は戻らなかった。ただ沈黙があった。それで、やはり当たっているのだな、と小坂井は考えた。違うなら、何か反論するだろう。

「そんな体になって、見合いなんてできると思うのか？　俺以外の男、どこにいるよ。よく考えろよ」

小坂井は言った。

「親にもそう言えよ」

「私はスターになるところだったのよ。それが約束されてた。それまでだって、テレビに何度も出てた」

「それなら、俺だって出たよ、テレビ」

「あなたとは違う」

千早は鼻で笑った。

「そうだな、解った。そりゃそうだ。だが、目覚ませよ。いつまでそんなこと言ってるんだ。もう終わったんだよ、あれは」

闇の中で、千早は凍りついている。

「夢の時代。おまえの親も、まだそんなこと思ってるのか？」

沈黙。

「それとも、そういう男探すって？　千早はスターですって、特別なんだって、そう言ってくれる男探すって？」

「今日何してたの、茂。潮工房の中で、道から丸見えのガラスの中で。女の子三人といちゃついて」

千早は言った。

「なに？　見てたのか」

小坂井は、驚いて言った。

「見てたわよ。茂は、もう信じられないよ」

「いちゃついてなんかない」

小坂井は言った。そういうことをしてはいけないという意識が、あの時はしっかりとあった。

「手握ってた」

「握ってない！」

びっくりした。事実握っていない。

見れば、闇の中で口を真一文字に結び、千早は立ちつくしていた。

「もう何もかも、私信じられない。茂は信じられない」

聞いて、小坂井もしばらく沈黙した。暗がりに立つ千早の顔を、懸命に見ていた。

今宵、目の前にする千早は、もう美しくはなかった。気むずかしい、威張り屋の、辻褄《つじつま》の合わない勝手を口走る、いかにもよくいる田舎の女だった。

「解ったよ。もういいよ。信じてくれなくていい」

小坂井は、声を落として言った。これでは駄目だと思う。憧れることができない。もうあきらめようかと思ったのだ。

「私、絶対許さないからね」

千早は言い、小坂井は、

「は？」

と言った。

「どういう意味だよ、どうして？　何を許さないんだ？」

「呪い殺してやる」

「なに？」

「絶対不幸になるよ。地獄に落ちるんだ。絶対に、絶対に落としてやる」

「誰を」

「私のあと、茂が誰かとつきあったら、だよ。その女」

「ちょっと待てよ」

小坂井は言った。

「茂もよ。絶対に許さない、幸せにはさせない」

「状況がよく解らない。俺を棄てようとしているのはおまえなんだぞ」

「もう私、どうしようもない。ここから動けない、この街から。でもここは地獄。私にとっては生き地獄」

「どうして生き地獄なんだよ」

小坂井は訊いた。

「そりゃ、こっちも同じ。俺は、千早と生きていこうとして、ここに戻ってきたんだぞ。それをおまえが駄目にしたんだ。約束たがえて。全然前と話が違うじゃないか」

「どこ行くの？」

工場の中に向けて歩きだした小坂井に、千早は問う。

「トイレだよ、そこにあるんだ」

小坂井は工場の中の、奥の壁を指差した。

「茂、パリでのこと、誰かに話した？」

かん高い声で千早が問い、小坂井はぎくりとして歩みを停めた。

この瞬間、千早が考えていたことが解った。千早はこれが訊きたくて、危険な鞆の街に出てきたのだ。千早は、鞆の街に流れた噂を耳にしたのだ。おそらく彼女の母親が、どこからか聞いてきたのだ。そしてこれを千早に伝え、千早が激昂《げっこう》した、そんなところだろう。それで、自分に質《ただ》しにこうして表に出てきたのだ。

パリでの自殺未遂の噂が街に流れていれば、その出もとは自分しかない。あのことを知るのは、日本中で自分だけだからだ、小坂井は思う。

「言ってない」

反射的に、小坂井は言った。

「嘘！」

千早は高い声を出した。しかし相手にせず、小坂井はトイレに向かった。

確かに「しあわせ亭」でのあの夜、自分は酔っていた、歩きながら小坂井は思う。酒場で話したのは失敗だったかもしれない。だがあれは、千早との仲がもう終わったと思ったからだ。そう思わせたのは千早だ。千早が約束をたがえたからだ。

　自分は、千早と生きるつもりでこの街に帰ってきた。東京でのすべてを捨ててだ。千早自身、はっきりとそう言い、約束していた。だが千早はその約束を破り、自分からの電話に出なくなった。悪いのは千早ではないか。

　トイレをすませ、前庭に戻ってきた。その頃には、小坂井の考えは少し変わっていた。とにもかくにも、千早はこうして表に出てきた。さっきは女子大生に妬《や》いているようなことも言った。もしも千早が望むなら、やり直そうと思ったのだ。謝れと言うなら、謝ろうとも思う。前庭が近づき、ほとんどそう決めていた、その瞬間だった。

　ばさっと、頭から何かを浴びた。水か？　液体が、肩から胸に、そして背中にと大量に流れ、強烈な臭気が鼻をついた。

　なんだ？　と思った。そして次の瞬間、恐怖で足が震えた。ガソリン!?　と思ったのだ。

「動かないで！」

　かん高い悲鳴が聞こえた。

　前庭のコンクリートに踏み出すと、前方の暗がりに、今千早が廻り込んできたのが解った。杖が、足もとに倒れた。

　千早は、奇妙な姿勢を取っていた。左手に、何かを下げている。バッグか？　と思った。右手は、天高くに掲げている。

　髪が逆立った。右手に握りしめているものが解ったからだ。ライターだった。

「火つけるよ、動かないで！」

千早は叫んだ。左手に下げているものは、ガソリンの入ったポリタンクだった。

「茂、一緒に死んで」

千早は震える声で、しかし冷静に言った。

「やめろ、千早」

怯《おび》えながら、小坂井は言った。

「悪かった、俺が悪かった、謝る。だから冷静になれ。一緒に生きよう。な、俺は千早のために何でもする」

「なら一緒に死んで」

「待て。それは駄目だ」

小坂井は言った。

「パリで、一緒に死ぬって言ったじゃない」

「あの時とは違う」

「どう違うの」

「ここは地もとだ、知り合いも大勢……、とにかく悪かった、俺が悪かった。な？　だから一緒にやり直そう。よそでも、この街ででもいい。やり直そう！」

「もう遅いよ」

千早は、すねるような声で言った。

「東京で成功することが、私のすべてだった。私は決めていた。必ずやり遂げるって。事実、私はやり遂げられる寸前だった」

ポリタンクを持ちあげていき、ノズルから千早は、ガソリンをゆっくりと自分の髪にかけていた。

「よせ！　やめろ千早！」

ぞっとしながら、小坂井は叫ぶ。

「まだなんとかなるかと、ずっと模索してた。毎日親と話して。でも、最後の最後の生きる砦《とりで》、あなたがぶち壊したのよ、茂」

「待て、悪かった。悪かったよ。だから、俺に穴埋めさせてくれ」

「もうこれしか残っていない。私も意地がある。あんな噂立てられて、ここで生きていけると思う？」

言って千早は、身をよじるような仕草で、ポリタンクを背後に投げ捨てた。からんと、暗がりのどこかで音がした。まったくの空になっていた。

最後の瞬間、千早はかっと両目を開いた。血ばしった赤い目。そして、声を限りにこう叫んだ。

「呪い殺してやるーっ！」

同時に、激しい爆発音が起こった。猛烈な火柱が立ちあがった、夜の中に。炎の白い塔だ。

「千早ーっ！」

小坂井は叫んだ。

「千早ーっ！」

しかし、近づくことはできない。自分もガソリンを浴びている。少しでも近づけば引火する。自分も火だるまになる。

車のエンジン音がしていた。

炎に包まれた千早は、くるくると回っていた。轟音の中で。炎の中で、踊るように見えた。そして、ゆつくりと、うずくまるようにしてコンクリートの上に倒れた。

道に車が停まった。ドアが開き、飛びだしてきた男がいた。

田中公平だった。

「消火器っ！」

駆け寄りながら、彼は叫んでいる。

小坂井はあたふたとした。どこだ、と思ったのだ。

小坂井の体のすぐそばに、田中が達した。そしてガソリンの臭いを嗅いだのだろう、

「さがれ！」

と大声で命じた。奥の壁を指差した。

柱から消火器をはずし、田中は猛烈な勢いで前庭に飛びだし、燃える千早に駆け寄りながら、消火器の白い粉末を浴びせかけた。

すると炎は、魔法のように勢いを失っていく。炎が小さくなると、黒くなった千早が見えてくる。両手を、ばさりばさりともがかせている様子が見える。小坂井は、目をそらした。

「救急車だっ！」

叫ぶ田中の声が聞こえた。

10

救急車で、千早は海べりにある福山市立大病院に搬送された。

小坂井は、一緒に乗っていくことができなかった。自分の着衣もガソリンを浴びていて、このまま行け

ばとがめられると思ったからだ。

走って自宅に戻り、浴室に入ってシャワーを浴びた。何度ボディシャンプーをつけ、洗い流しても、ガソリンの臭いは取れなかった。髪の毛も同じだった。ぬるぬるし、部分的に肌の色が白く変わり、気持ちが悪かった。

適当なところであきらめ、別の服を着た。下着もむろん取り換えた。母親が救急車の音を聞いていて、ごまかしきれないので、簡単に説明した。すると母の保身が作動して、どこにも行くなと言った。ここにいて、様子を見るべきだという。千早が運び込まれた病院に行ってやらないと、容態が気になると言った。行かない方がいい、と母親は言った。何故だと訊くと、田丸さんの母親が来るからだ、という。母親があんたを見れば、きっと腹を立てる。部屋にいなさいという。そしてあとで詫びる必要があるならば、自分も一緒に行ってあげるからと言った。

なんで俺が詫びる必要があるんだと言った。とにかく、このまま死んでしまうかもしれないんだ。今様子を知らなくてはすまない。死んでから動くのは、死ぬのを待ったようで、卑怯《ひきょう》のような気がした。

母親を振り切って、家を飛び出した。小坂井の家には、自転車もなかった。父親は時おり乗っていたが、勤め先のを借りて使っている。大学病院までは四キロばかりの道のりだが、足のことをあれこれ迷っている時間がおしく、ともかく走りだした。タクシーだのバスだの、友人の車だの、何も考えなかった。海に沿う県道を、ただひたすらに走り続けた。どんなに苦しくても、歩く気にはなれなかった。

病院に着いたら、立っていられないほどに疲労していた。病院の入口の石段に腰をおろし、しばらくあえいだ。五分もそうしていたが、それ以上はじっとしていられず、立ちあがった。千早の生死が気になって、いたたまれなかった。

受付に行って事情を話し、患者の現在の居場所を訊いた。今は集中治療室に移されている、と教えてくれた。治療室の位置も教えてくれたが、行っても会えないと思うと彼女は言った。

それでもかまわないと言った。もちろん今、千早に会えるとも、話せるとも思っていない。今彼女は生死の境にいる。彼女にそんな余裕はない。しかし表の廊下にいれば、何らかの情報は入る。まだ生きているか、死んだかくらいは解る。

エレヴェーターに乗り、広い病院の中をさまよって、ようやく、集中治療室がある廊下を探り当てた。病棟のはずれ、と言いたいような、受付からは遥かに遠い場所で、予想外のことに、ひっそりとしていた。人けがなく、廊下の明かりが絞られていて、薄暗かった。天井の蛍光灯が、半分くらいしかついていない。場所を間違えたかと思った。小坂井は、今千早の周りは医師や看護師でごった返して、戦場のようなありさまだろうと想像していた。しかしそれはERでの話で、もうその段階はすぎたのかも知れなかった。そして今は、こういう静かな場所に移されたのだろう。

今何時なのか、と思った。時間がまったく解らなかった。家で体を洗っていて、腕時計を忘れた。気づき、見廻すが、このあたりの壁には時計がない。

病室らしいドアの手前に行き、ドアに触れてみるが、施錠されていた。この中に、千早はいるのだろうか。解らなかった。

廊下の突き当たりに、緑色をしたヴィニールのベンチがあった。その上の蛍光灯は消えていて、薄暗い。ふらふらとそこまで歩いていき、すわった。

医師らしい白衣の男が看護師をしたがえて、廊下を速足でやってきた。反射的に立ちあがり、彼の方に寄っていって、友人なのですが、と言った。

「身内の人？」

医師は問うてきた。

「いえ」

と言うと、

「旦那さんかなんか？」

と訊く。

「いえ」

と言うと、

「あそう」

と顔をそらして言う。

「とにかく、助かりそうかどうかを……」

と言うと、黙って部屋に入っていってしまった。なんの返答もなかった。

ベンチにすわって待っていた。しばらくすると、看護師に導かれ、中年の女性が速足でやってきた。顔に面影があって、千早の母親と解った。思わず立ちあがり、小坂井は寄っていった。頭を下げ、

「小坂井と申します」

と言ったら、女性はついと天井を向いた。そのまま顔をおろそうとしない。それから、ぐるりと頭を廻して壁を見詰めた。そしてそのまま、病室に入っていってしまった。

ずいぶんして、医師を中心に、母親もいる集団が、集中治療室から出てきた。小坂井は再び寄っていき、

「容態を、聞かせてください」

と言った。

しかし医師は、わざとらしく深刻な顔を作って母親と話し続け、こちらを見もしない。速足のまま歩き続ける。

横を歩きながら、小坂井は問い続けた。

「容態をとにかく……。それならせめて、生きているかどうかだけでも」

すると医師が、銀縁眼鏡の目で、ちらと小坂井を見た。そしてひと言、

「何を言っとるんだ君は」

と言った。母親を見ると、じっと前方を見続けている。

「失礼なこと言うな。私らを見りゃ解るだろう」

と、おかしなことを言った。そしてますます歩速をあげる。母親も、遅れじとついていく。

最後尾を歩いていた年配の看護師が、小坂井の方を向いて、低くこうつぶやいてくれた。

「生きてらっしゃいます」

「看護婦さん」

すかさず、母親のとり澄ました小声が飛んだ。

小坂井は立ち停まり、一団がすたすたと去っていくのを見送った。

前方の角を曲がり、彼らがエレヴェーターの方角に去っていくと、静寂が戻った。

立ちつくしていると、涙が湧いた。理由が解らなかったが、まずはあの一人の看護師の誠意への、感謝の涙だろうと思った。つらくて、悲しくて、無力感に打ちひしがれて、しかしわずかに嬉しかった。

途端に、今日聞いた教会長の言葉が、耳もとでよみがえった。

「他者を思いやらない、弱者を思いやらない、この国の者たちのせいなのです」

医師も、母親も、解らないだろう。自分のような世の中の弱者の気持ちが。教室の片隅ですごしてきて、教師に名指しされるのが怖くて、仲間と群れて身を守るしかなくて、社会に出ればまたその片隅で、誰にもほめられずに黙々と働き、やはり仲間を作って群れて、ちょっと酒を飲んで、とそんなふうに生きてきた者の気持ちなどは、決して解るまい。

医師はエリートだ、成績が良かったであろう彼らは、教室でも教師にある特権を約束されていたはずだ。そして医大に通い、卒業したら白衣を着て、しかつめらしい威張った顔を崩さず、看護師をしたがえて、そんな人間は、決して社会の弱者に声などかけない。

だが思えば、千早もそうだったのだ。大成功の階段を駈けあがりつつあった。ひどい不運でそれを踏みはずし、転落したからこそ、自分など下々《しもじも》と口をきくようになった。順調に昇っていれば、やはり医師と一緒のあの集団にいて、しかつめらしい顔を維持し、周囲の弱者には声をかけなかったろう。彼らは、自分のような小物は、まったく無視してもなにも問題はないと知っているのだ。それが世間だ。

気づけば、小坂井は、床にしゃがみ込んでいた。それから、すとんと尻もちをついた。まるで透明人間のようだと思った。彼らの目には、自分は見えていないのだ。

時間が飛ぶのを感じた。気がついたら、床に突っ伏していた。

その後、どのようにして家に帰ったのか、記憶がない。それだけではない。それからの何日間か、生活の記憶がない。夢遊病者のようにふらふらと暮らしていたということか。だがそもそも、そういういっさいに、記憶がない。

時間ができるたび、病院に行って、集中治療室の外の廊下にすわり続けたと思うのだが、それも憶えていない。そんなふうにして、なんらかの情報が得られたのだったか、それともまったく得られなかったか、それもまるで憶えていない。

ただ、あまりに冷たい世間に、教会長への気持ちの傾斜は、増していった。教会長の張りのある声や、頰に浮いた笑顔に、言いようのない温かみを感じた。自分にはもう、彼しかいないと思った。あの宗教を信じてみよう、あの宗教以外に、今の自分には救いがない、そう信じるようになった。

それで、教団が用意するバスに乗り、時間が許す限り、説教を聞きに横島に通うようになった。だがその記憶も、また失われてしまい、ほとんど憶えていない。

それ以後の日々、特に病院について、憶えていることはひとつだけだ。それはつまり、透明人間のように無視され続けた自分が、唯一相手の視界に入り、温かくされたという、そういう感動の記憶だ。

ベンチにすわっていたら、若い看護師が、一人きりで集中治療室から出てきた。ほとんど反射的に、小坂井は立ちあがっていた。そして無意識に、彼女についていった。少し足を速め、追いすがるようにはしたが、一定量の距離を保って、それ以上は近づかなかった。

何故そのようにしたかというと、これまで病院の白衣の人々にあまりに冷たくされたので、白衣拒否症というような気分が発動していて、話しかけられなかったのだ。彼女もまた、白衣を着ていた。

ガラスドアを抜け、彼女は表の階段に出た。下に向かうには、それを使わなくてもエレヴェーターがある。しかし小坂井も、その階段が好きだった。何故なら、階段の踊り場から海が見えたからだ。その時も海が、鮮やかな青い色に見えた記憶だから、多分時刻は早かった。午前中であったのかもしれない。

彼女のあとから階段を下っていくと、白い背中が目に入った。彼女も、踊り場で立ち停まり、コンクリートの手すりにお腹のあたりをもたせかけて、遠くの海を見ていた。

それを見つけて、小坂井の足取りはゆっくりになった。ぽつぽつと、階段をくだった。彼女まで数段の距離になった時、彼女がこちらを振り返った。そして、怪訝な表情で小坂井を見た。

小坂井も見返した。そして、

「あのう、すいません……」

と言った。

「はい」

と彼女は言った。

「田丸千早さんのことを……」

言うと、

「はい」

とまた言った。

「田丸さんの知人なんです。彼女が救急車に乗せられる時、そばにいました。二人いたんですけど、一一九にかけたのはぼくなんです」

小坂井は言った。

「容態を知りたくて、でも、誰にも、なかなか教えてもらえなくて」

若い看護師は、くるりと体を反転させた。すると、胸に名札がついているのが見えた。そこには「実習生、辰見《たつみ》」と書かれていた。

「私、熱傷チームに廻されて、実習している学生なんです。ですから、詳しいことは解らないけど……」

言って、彼女はうつむいた。

「毎日、包帯替えることしかできなくて、喉《のど》も気管も、肺も焼けてて、炎を吸っているんです」

ただ黙って、小坂井は聞いていた。

「すいません、心配ですよね。あの……」

と彼女は言った。

「はい」

「じゃ、来てください」

「は?」

小坂井は言った。彼女は小坂井の横を通り抜け、とんとんと階段を上がっていく。

「どこへ……」

「お見せします、来てください」

「え、いいんですか? でも……」

「中までじゃなくて、見える場所があります」

「いいのかな」

「短時間なら解りません、急いで」

彼女は階段を上がりきり、ドアを開けて廊下に入り、リノリウムの床を小走りになる。小坂井もあわてて続いた。

「こっちへ」

言って彼女は自分の背を示し、胸に下げていたキーを、ドアグリップの下に挿し込んだ。ドアを開けた。

「入ってください、ここまでならいいですから」

彼女について入ると、ドアの中には小スペースがあり、前方に、丸いガラス窓のついたドアがもう一枚あった。彼女はそこまで小坂井を誘導してくれた。

「見てください」

丸窓の横に立ち、彼女がガラスを示した。小坂井はそこまで進み、ガラスに鼻を押しあてるようにして、中を覗いた。

中に、透明なヴィニールのカーテンが下がっているのが見えた。カーテンまで、そのドアからはかなりの距離があった。かなり広い部屋だった。

カーテンはぐるりと楕円を描いてめぐり、その中央に、ベッドがあった。その上に、全身に包帯を巻かれた、人間らしい物体が寝ていた。

「私たち、日に二度、包帯を取り替えています。でも、体液の滲出《しんしゅつ》がすごいですから、あのベッド、高分子吸収体を入れた緩衝材《かんしょうざい》で覆っています」

小坂井は溜め息をつき、うなずいた。それから、小さな声でこう訊いた。

「話したりは、しますか？」

看護師は、首を横に振った。そして自分の喉に触れて、顔をしかめた表情を作った。

「喉、焼けてますから」

小坂井はまた溜め息をつき、うなずいた。

「だから、呼吸のための穴が、開いてます」

「喉に」

「はい」

「助かるんでしょうか」

と訊いた。彼女は黙ってうつむいた。

「ドクターにお訊きになってください。でも……、むずかしいと思います」

小坂井は、うなずいた。

「意識もない……」

「はい」

実習生は言って、うなずいた。

「では、いいですか？」

「ああ、はい」

それで二人は廊下に出た。実習生は、ドアに施錠をした。

「ありがとうございました」

小坂井は言って、頭を垂れた。

「はい」

彼女は言って、廊下を去っていった。

小坂井は、そのまま立ちつくしていた。何をしようと思うあてもなかったが、このまま彼女についていっては悪いと思ったのだ。

先で、彼女は一度振り返って礼をしてきた。小坂井もまた、返した。彼女は角を曲がり、エレヴェーターの方角に消えた。

しばらくその場にいて、小坂井はぶらぶら歩きだした。そして病院を出て、家に帰った。海沿いの道を歩きながら、ここにいる理由はなくなったなと考えた。千早がいるから、ここに戻ってきた。何故まだ自分はここにいるのだろう、と考えた。

　しっかりした記憶があるのは、その日のことだけだ。以降は、もうあまり病院には行かなかったように思う。誰もが、小坂井が来ることを望んでいず、むしろうとましく思っていた。あの実習生が入れてくれた内部ドアの手前、あの小窓からの眺め、あれを見て、自分はずいぶん気持ちが納得した。あのくらいのことも、みなどうしてしてくれないのだろうと思った。

　虚心坦懐《きょしんたんかい》に首をかしげた。わけが解らなかった。それほどに自分を軽んじて、いったいどんな意味が生じるのか。ただの無意味な無視、いじめだ。

　するとそのたび、あの教会長の言葉が、耳もとでよみがえるのだった。

「他者を思いやらない、弱者を思いやらない、この国の者たちのせいなのです」

　千早のことは、もうきりがついてしまった気が次第にした。千早はもう意識がないという。そうなら死んでいるも同然だ。

　それから間もなく、千早は死んだ。丘の上にある斎場で、葬式があると聞いた。行きたい気がしたが、行けなかった。母親のあの態度からは、もうどこにもいっさい来ないで欲しいという拒否感が、最大強度で発散されていた。

　葬式の日、小坂井は潮工房で仕事をしていた。千早がいるから始めた仕事だが、もう続ける意味が失われていた。塩沢の腰痛も、次第に快方に向かっている。そうなら自分は、徐々に、ここでもお荷物になってくる。

　八時に仕事をあがり、タナカ自動車に行った。そしてローライダーを貸してもらった。ジェット型のへルメットも借り、エンジンをかけ、鞆の街を走り抜けた。そして、丘の上の斎場への道をあがった。

斎場前の広場に着いた。駐車場に、もう車の姿は少なかった。銀色の陰気な花輪が並ぶ斎場の玄関口には、まだ明かりがついていた。千早はもう運び出され、焼かれて骨になったろうか。

バイクを止め、行ってみようかとも考えた。だが母親の顔が浮かぶと、よしておこうという気になった。自分はこの位置までしか許されない。集中治療室と同じだ。

そうならあの九年という時間。自分にとっても彼女にとっても、あれはいったい何だったのだろうと思った。ともに暮らし、短い時間だったとはいえ、同じ夢を見たのに。

むなしくてむなしくて、やりきれなかった。斎場の遠い明かりを見つめ、歯を食いしばり、エンジンを大きくひとあおりした。その吠え声に、涙があふれた。それからクラッチをつなぎ、走りだして坂をくだった。

11

小坂井は、それからしばらく、虚脱したような気分で、潮工房の仕事を続けた。小坂井は客に人気があり、常連客も増したから、塩沢は上機嫌だった。やっぱり俺の人間を見る目は当たってたな、などと言っていた。

不思議なことは、増したのは女性の客足ばかりではないということだ。男の常連客も増えた。それも、何故なのか銀髪の年輩客が増した。彼らは朝の開店と同時に店に入ってきて、コーヒーを飲みながら、朝刊を読んでいく。新聞を読み終えると、その日の内外のニュースについて、ちょっと小坂井に語っていくのだ。会話をするというのではなく、一方的に解説する。

小坂井は黙ってそれを聞く。反論するでも自分の意見を言うでもなく、ただうなずきながら、にこにこして聞くのだ。小坂井は前に出る性格ではないので、わけ知り顔の年配客の自己顕示を邪魔しない。かといって小坂井は、まったく無教養な若者という印象ではない。風貌は上品で、充分に知的だった。そういうところが受けていると思われた。マスターの塩沢はそれなりに自負心が強く、そういう解説員気どりの者の、邪魔をするようなところがある。

ともあれ、それで塩沢は小坂井をますます気に入り、自分の腰がたとえ完治しても、ずっといて欲しいと言った。小坂井は、喫茶潮工房の、徐々に顔になりつつあった。

小坂井としては、マスターにそう言ってもらえたことには感謝し、本心から嬉しく思っていた。故郷で定職らしいものができつつあるわけだから、悪い気分ではない。このまま続けていれば金も貯まるだろうし、姉妹店も出させるようなことも塩沢は言った。が、小坂井の方に、このままこの街にい続けることに迷いが生じていた。田丸千早が誘うからここに戻ってきた。彼女がいなければ、戻ってはこなかった。

そういう彼女があんな悲惨なことになった。受けた衝撃はあまりにも重く、つらいものだった。刻々、時は経っていくが、火だるまになった瞬間の光景や、その直前に、「呪い殺してやるーっ！」と叫んだ彼女の狂気の表情、それらがいっさい脳裏で薄らぐことがない。目を閉じれば、今も鮮明によみがえる。瞼の奥にそれを見ながら、こうして日々働いている。彼女の呪いが、ずっと作動している印象だった。

現場が、ここから歩いて五分というのもつらかった。あれから、タナカ自動車には一度しか行けていない。別の街、別の仕事に移り、しばらく気持ちを休ませたかった。

六月も末になり、汗ばむような日が増えた。潮工房も、エアコンを入れる日が増した。その日も午後になり、店のエアコンを入れた。それがかなりきいてきたかなと思う頃に、ドアのベルが鳴った。

小坂井は、一人でカウンターの中にいた。塩沢は午前中は店にいたが、昼食を食べにいったまま、戻ってこない。

「いらっしゃいませ」

客の方を見ないで、小坂井は機械的に言った。白いホーローのケトルに水を入れ、ガスコンロにかけ、点火してから客を見ると、常連の看護学科の女学生、三人連れだった。

「ああいらっしゃい」

小坂井は言った。そしてカウンター・テーブルの上を拭き、彼女らがそこにすわるのを待った。そこが彼女らの定位置だったからだ。彼女らがそこに達した時、

「あれ」

と小坂井は言った。今日の彼女らは三人ではなく、四人だった。そして四人目の新メンバーの顔に、見覚えがあったからだ。

「あ、君」

と小坂井は言った。

おりに触れて、思い出していた顔だった。気分が重い日々だったから、日東第一教会の真喜多教会長の顔とともに、彼女の笑顔の記憶も、日々の救いになっていた。また会いたいなという気分もあった。でもそんなチャンスはないだろうと、あきらめてもいた。

先日、福山市立大病院で、千早の寝かされている集中治療室をこっそり覗かせてくれた、あの看護学生だった。

「ああ、あの時の！」

彼女も言って、びっくりしたように立ちつくしている。目を見開いていた。全然知らずに入ってきたのだ、当然だろう。お互いに会釈《えしゃく》し合った。

「え？　知り合い？」

娘たちが、互いの顔に素早く視線を走らせながら言った。

「うん、市立大病院で、大変お世話になったんだ」

小坂井が言うと、

「入院したの？　小坂井さん」

とすかさず別の子が訊いてきた。

「いや、ぼくじゃなくてさ、知り合いが入院していて」

言うと、

「え、誰？　誰？」

と言う。小坂井は、以前の自分のうかつな言が、たちまち街の噂になり、千早の命を縮めたという苦い記憶があるので、困ったなと思っていたら、

「守秘義務」

とその彼女が言ってくれた。

注文を聞いて、カフェオレを作りながら、小坂井はなんともいえず、嬉しかった。虚脱したような日々に思えていたが、気持ちが浮きたつ感じが戻ったと思った。表の好天のせいもあった。

「君たち、知り合いだったんだ」

小坂井は陽気に言った。娘らに感謝する気分もあった。彼女らが連れてきてくれたのだから。

「えー、君たちって誰よ」

一人が、すねたような声を出した。新しい彼女に、小坂井があきらかに片寄った思い入れを始めそうなことを、多分予感したのだろう。

「そりゃこっちとさ」

小坂井は、新顔の彼女を右手で示した。示された彼女は微笑した。

「えーと、お名前は、なんでしたっけ」

小坂井は訊いた。あの時、外部階段で胸の名札を見た。しかし、さすがに名前までは憶えていない。

「えー、名前知りたいの？　小坂井さん」

「だって、君たちの名前はもう知ってるもの」

「じゃ、言ってみて、端から」

それで小坂井は、要請に応えた。一瞬不安が胸をよぎったが、無事全員の名前を言えた。ここで一人、名前が出てこなかったりすると、その娘はもう二度と店に来なかったりする。喫茶店従業員としてはこれは、給料がかかった死活問題だった。

全員の名を言い終わるのを待ち、

「私は辰見」

と彼女が言った。

「はい、よくできました小坂井クン。感心感心、全員憶えていましたね」

一人が言ったが、小坂井はもう聞いていなかった。

「そうか、辰見さんだったよね、名札にそう書いてあった、憶えてる。辰見、なんて言うんですか？」

「洋子です」

「洋子か、辰見洋子ね、はい、解りました」

「えー、ずいぶんご執心ね、アヤシー」

一人が野次った。

「だって、あの時は、本当にありがたかったんだもの。もうね、本当に助かったんだ」

「えー、なあに？　すごい入れ込みよう。どういうことがあったの？　知りたーい」

「守秘義務」

洋子はまた言った。

「同じクラスとか？　みんな」

話題を変える意味もあり、小坂井が訊いた。

「私たち、クラスメイトなのよねー」

そしてみなが、ねーと言い合っていた。

カフェオレをふたつ、紅茶をふたつ作って出しながら、小坂井はちらちらと、辰見洋子の顔を見ていた。千早とは全然違う種類の顔をしている。死ぬ頃、どちらかというと千早は長顔になっていたが、洋子の顔は小振りだった。これで頬や顎の周囲に肉がつけば、丸顔になるはずだ。しかし洋子は痩せ顔で、顎が尖った印象だった。びっくりするような美人というのとは違うが、鼻が高く、大きな二重の目をしていて、笑うと華麗な表情になる。四人の中では一番の美人に見えた。

この時の小坂井の心に湧いていたものは、洋子に対する感謝の記憶もだが、一種の尊敬の念だった。病院では、患者や一般人は最弱者だ。白衣を着た人間に、専門家としての権力的威圧を感じるから、白衣組は、どんな横暴も、思いのままにふるまえる。

それは、歳若い看護師とて同様だった。彼ら彼女らは、時に大威張りして、患者を無能な動物のように睥睨《へいげい》的に扱う。しかしそうされても、自分の診療に手を抜かれては命に関わると思うから、患者は文句を言えない。それが日本の病院の姿だ。加えて小坂井は、社会的にはなんの地位もない人間で、弱者の中の弱者に位置する。病院というところは、今でも江戸時代のようだと小坂井は思う。

その白衣組のひとりが、弱い自分に対して、あれほどに気やすく接してくれ、親切にしてくれた。ひどい劣等感に打ちひしがれ、生きる気力も喪失しているような者にとり、それがどれほどの救いだったか、たぶん行為者自身には解らないだろう。

小坂井はあの時、だから涙が出るほどに嬉しかった。彼女にとってはなんでもない行動だったかもしれないが、彼女と出会えなければ、連日治療室外の廊下にすわり続け、何も見せてもらえず、何も教えてはもらえず、ただむなしく帰り続けていた。彼女は多分、見習いの学生だったからあんなこともできた。一人前に成長すれば日本では、看護師として本来あるべき患者への誠実さ、優しさを永遠に失うのだ。

そういう仕打ちは、千早の母が意図的に行っていることともみえた。おそらくは、娘に対してしたことへの、彼女流の罰則のつもりなのだ。こういう無根拠な上から目線が、医師の同様の上から目線とよく合流し、うまく嚙み合って見えた。それが何よりやりきれなかった。

だからこの時、目の前に並ぶ娘らのうちで、洋子だけが特別に見えた。一人だけがしっかりした専門職に見えたのだ。思えばみな看護師予備軍なのだが、他の娘らは、いつも素の姿を見せられているから高校生のような子供に見える。けれど洋子だけは、しっかりとした判断を持つ、おとなの女性に見えた。

よく見れば、洋子の外観は仲間たちと変わらない。私服姿の今日は、特に子供っぽく見える。お喋りしている間はさらにそうだ。それでも、なんだかとてもまぶしく見えた。

四人はしばらく他愛《たあい》のないお喋りをし、何度か笑い合ってから、揃って立ちあがった。それぞれが自分のお金を出し、テーブルの上に並べている。一人が千円札を出し、その中から勝手にお釣りを取る。それで小坂井はカウンターを出て、レジに向かって歩きだした。

彼女らに向き直った時、ありがたい、と内心快哉《かいさい》を叫んだ。それらのお金を集め、持ってレジに向かってきていたのは、辰見洋子だったからだ。

ちりりんとベルを鳴らし、ドアを開けて、娘らは軽く手を振りながら表に出ていく。行儀よく一列になる。小坂井も笑って手を振り返しながら、せいぜい時間をかけて作業した。洋子が、店内に一人残るように意図したのだ。

お釣りはなく、ぴったりだった。女の子たちの集団は、たいていこうだ。レシートを抜いて渡しながら、小坂井はこう言った。

「あの、辰見さん、お礼させてもらえませんか？」

「はい？」

洋子は言った。

「この前、助けていただいたことに対して」

「助けたなんて」

洋子は笑って言った。大げさだという顔をした。

「いや、あれがどれほどありがたいことだったか、きっとあなたには解らない。パスタでもご馳走したい、お返ししたいんです。もしもあなたが、一人で来られる日があったら、嬉しいんですが」

「はい。でも……、一人では来られないかも」

彼女は言った。ナンパと受け取られたかもしれないと、小坂井は思った。それは予想したのだが、やはり言わずにはいられなかった。

「ああそうですか」

がっかりした。これは拒絶の表現だと思った。

だが小坂井としては、ナンパの気分など微塵《みじん》もない。本当に心から、感謝の意を表したいと思ったのだ。

「そうですよね、残念です。では、ともかく、心からお礼を言います。ありがとうございます。本当に嬉しかったんです。それが言いたくて」

小坂井は、深く頭を下げた。

「はい」

彼女は言った。

「今日は来てもらって嬉しかったです。またいつか、機会があったらね」

と言っておいた。

「また、みんなで来ます」

「そうですね、はい、待ってます」

小坂井は言い、洋子は会釈して、仲間が待つ表に出ていった。仕方がないと思う。あきらめようと思った。来てもらえただけでも充分だ。

12

辰見洋子は、それからも何度か、看護学科の生徒たちとともに潮工房にやってきた。洋子も、常連客の仲間になってくれたのだ。

小坂井は嬉しかった。彼女へのお礼の意味で、洋子からだけはお金を取りたくなかったのだが、ほかの娘たちの手前、うまくその理由が作れなかったから、できなかった。

小坂井は、洋子をほかの三人と区別をしないように扱わなくてはならなかった。そのように気をつけたつもりだったが、娘らはそういうことに敏感なので、案外気づかれていたかもしれない。

とはいっても、小坂井に、洋子特別視の気分はあったが、それは感謝や敬意のゆえであって、彼女に対して恋愛感情があるとは思っていなかった。

ある夕刻、彼女が一人で潮工房に入ってきた時、爆発的に感じた嬉しさは自分でも予想外で、その強い気持ちに小坂井はうろたえた。あわてて布きんを摑み、カウンターを拭く手がかすかにふるえて、自分でもびっくりした。

カウンターにはほかにも客がいた。男性客で、休みなく煙草を吸っていたから、彼から最大限に離れた端を示した。そして、

「よく来てくれましたね、ありがとう」

と礼を言った。

彼女は何も言わず、近寄ってきてただこちらに会釈し、高さのある椅子を引いて、にこにこ笑いながらカウンターにかけた。持っていた手提げを、隣の椅子に置いた。

グループで何度か来ているから、そして小坂井に近いこの席以外にはすわったことがないから、テーブル席に行くという発想は、ないようだった。

そのことも、小坂井は嬉しかった。ああ好きになっていると、この時小坂井は、自分の気持ちを知った。千早が死んでまだ間がないのに、こんな思いは不謹慎だろうか、と小坂井は自問し、うろたえた。

横の男性客が、何者だろうと思ってか、洋子の顔をじっと見ていた。なかなか目を離さない。それは、彼女を美人と思っているがゆえと、小坂井には解った。

実際今日の洋子は綺麗だった。しっかりとお化粧をして、髪が優雅にウェイブしていた。薄物の白いブラウスを着て、ピンクのカーディガンをはおっている。

「今日はみんなは？」

小坂井は訊いた。すると彼女は笑ってしばらく答えなかったが、決心したようにこう言った。

「なんか私、仲間はずれにされちゃったみたい」

聞いて、小坂井はしばらく言葉が出なかった。その声が、思っていた以上に高かったことにも驚いていた。こんなに高い声をしていたかなと思った。だがそれ以上に、どう反応すべきか、見当がつかなかったのだ。

それでずいぶん経ってから、

「え、ほんとに？」

と言ってみたら、ずいぶん間が抜けて感じられ、思わず苦笑した。

小坂井としては、実はこのように言いたかったのだ。君を仲間はずれにしてくれて、彼女ら三人組に感謝します——、と。だがそんなことは言えない。

「その前かけ、似合いますね」

と洋子はいきなり言ってきた。笑いながらのその声も、高かった。

「え？　あ、これ？」

小坂井は、下を向いて、自分の黒い前かけを見た。予想外のコメントだった。しかしこれは、前にも誰かに言われたことがある気がした。

「ほんと、よく似合ってます」

洋子はまた言った。どうやら本心らしかったから、

「はあ、ありがとう」

と言った。それから、ひょっとしてそのせいで来てくれたのかな、と考えた。

「今日、こっちの方に来ることがあったもので。母に頼まれて、そこで和菓子買ったんです。お茶うけの和菓子、そうしたら、ここが見えて」

言い訳でもするように、洋子は言う。そして横に置いた手提げに手を添えた。この中に和菓子が入っているのだと言っているのだろう。

「嬉しいな、いつでも寄ってくださいね。今日はすべて、ぼくのおごりにさせてもらえますか？　あなたはいっさい、財布は開かないでいいですからね。なんでも飲んで、食べて」

小坂井は言った。

「あの、嬉しいですけど、私、それほどのこと、していません」

「それほどのことしたんですよ、あなた、ぼくにとっては」

小坂井は強く言った。

「集中治療室のことですよね？　あんなの、誰だってやります」

洋子は言う。

「それが、やってくれなかったんです、誰も。あ、紅茶でしたよね、それともカフェオレがいいですか？ココアもありますが」

「紅茶がいいです」

洋子は言った。

「それから、あの、よかったらパスタ、食べていってくれませんか？　割と自信あるんです、ぼくは」

「ああそれ、ごめんなさい、今度にします、今から帰宅して、母と食事しなくちゃならないから」

小坂井は、今度という言葉を聞きとがめた。

「ああ今度、じゃ今度ね、ほんとに今度、お願いしますね」

小坂井は、強調するような口調で言った。三ノ輪橋の珈琲ハウスで、千早に食べさせたパスタだ。洋子にも食べさせたかったが、それでも今度と言ってくれた。いつか彼女にも食べさせられたらいいと思う。

横の煙草男がずっとこちらを見ていることが気にはなったが、小坂井は彼女と話し続けた。一人の客とだけ話し続けることは、本来はタブーだ。

小坂井は、聞き上手を自任していた。三ノ輪橋の珈琲ハウスでも、客に何度かそう言われた。そのせいもあるのだろうか、洋子との会話ははずんだ。洋子は、よく話してくれた。話好きなのだなと思った。仲間といる時は、むしろ口数が少なかった。よく喋る子がほかにいるせいだろう。

彼女は、将来自分がやりたい仕事のイメージを、明確に持っていた。そのことにまず、小坂井は感心した。

洋子は、これからの医療の重要なテーマのひとつに、老人の医療問題があると言った。二〇四〇〜五〇年頃、日本の人口の四十数パーセントが六十五歳以上の老人になるという予測がある。これは世界的な傾向だが、日本が先頭を切る。人口中に占める老人の比率が、年々増しているのだ。

そして鞆の街の人口構成が、今その比率に近づいていて、老人の多いこの街は、あと数年で未来の日本なのだという。だからここで老人の医療に携《たずさ》われば、日本全体の先行例になり、行うであろうさまざまな工夫は、必ず将来に向けたサンプルになるという。

病院における老人の病床は、入院がひと月も経過すると、治療費を取れなくなる。それで倒産する病院まで出はじめている。それで、老人を病床から追いたてる傾向が進行しているし、今後ますます加速する。

病院を出された老人患者がどうするかというと、当然自宅で寝ることになる。そして看護師や医師の方が訪問して治療を施す、そういうスタイルが、将来確実に主流になると言った。この時の主戦力は、当然看護師になる。医師は当番制にし、担当日は二十四時間態勢で、病院で待機する。

自分はお年寄りが嫌いじゃないので、そういう方向の看護に、今一番興味がある。これからはそういう看護術を中心的に学んで、経験も積み、将来は老人が多いこの街に、友人たちと一緒に訪問看護ステーションを立ちあげたい、と語った。

日本は今、国民の二人に一人が老人という人口比率に向かって進行している。そういう未来、老人ケアを専門家だけに任せるという発想では、到底たちゆかなくなる。一般人のすべてが老人のケアに参加しなくてはならない。そのための準備や、ケアのノウハウの備蓄が今必要なのだ、と洋子は言った。

小坂井は、しっかりとした洋子の発想に驚き、感心した。素晴らしく価値のある夢だね、と感想を言った。本心だった。まったく異次元の話を聞くようで、そんな世界があることさえ知らなかった。そういう価値のある夢や計画を、自分はこれまでいっさい描けなかったので、感心だけでなく、尊敬もした。

以降辰見洋子は、ちょくちょく潮工房に寄ってくれるようになった。たいてい一人だったが、グループの時もあった。看護学生二人とか三人が一緒だと、小坂井はついがっかりした。そうなら、洋子とばかりは話せないからだ。失望が顔に出ないようにすることに苦労した。

しかし洋子は、一人の時も、グループの時も、必ずカウンター席に来てくれた。そして訪問看護のステーションの話をした。ぼくも協力したいなと、ある時小坂井は言った。洋子の立ちあげるステーションで、洋子の下で働きたいとだんだんに思うようになった。何の資格もない自分だけれど、自動車の運転くらいならできる。少しは役に立つだろう。

看護師資格の取得はむずかしいけれど、介護福祉士の資格なら、頑張れば取れるよと洋子は言った。老人の介護は力仕事で、男手も必ず必要になるという。特に入浴させる時だ。ベッドサイドなら、さまざまな技術や道具が使えるが、浴室ではそれはむずかしい。

将来そんな仕事もいいなと、小坂井は次第に考えるようになった。喫茶店が一生の仕事とは思えない。医療なら社会的な価値が高い。

どこまで行っても小坂井は、誰かのフォロワーだった。すぐに他人に影響され、要求されて行動を起こし、黙ってあとについていく。そしてリーダーは、たいてい女性なのだった。

洋子が寄るたびにパスタを食べて欲しいと小坂井は懇願したが、あとで両親との食事があると言い、洋子は辞退し続けた。けれどある夜、めずらしく閉店間際に寄ってくれて、ようやくパスタを食べてくれた。

小坂井は嬉しかった。これで洋子も、千早と同等の存在になったと、そんなふうに考えた。それから小坂井は店を閉め、洋子を自宅まで送っていった。店の外で会い、一緒に道を歩いたのは、この時がはじめてだった。

洋子の家が見えてきて、あれが私の家と指差して教えてくれ、その時に洋子がじっと小坂井の顔を見たので、そうしてもよいと言われた気がして、彼女にキスをした。

しばらく体を抱いて、道端に立っていた。海は見えなかったが、わずかに潮の香りがして、なんだかひどく幸せな気分がした。洋子とこうなる日を、ずっと夢見ていたのだ。

抱き合っていると、呪い殺してやる、と叫ぶ千早の声が耳もとによみがえる。体が硬くなり、洋子が異常に気づいて、顔をあげているふうだ。

これは、あれから何度も聞く。何度も何度もフラッシュバックする。自分のあとに茂がつき合う女は呪う、絶対に幸せにはさせない、そう千早は言い放った。そしてあの悪魔のような叫び声。耳をふさぎたい衝動。

事実あの時、千早は悪魔になっていた。それとも悪魔が憑依《ひょうい》していた。思い出すたび、瞼が閉じ、顔がゆがんでしまう。あれは、到底人間の顔ではなかった。

しかし次の瞬間、真喜多教会長の笑顔も浮かぶのだ。すると、ああ大丈夫だ、という安堵が来る。尊師が、きっと自分を守ってくれると思った。

小坂井は、あれから日東第一教会に入信していた。そうせずにはいられない思いだった。体が空けば必ず教会に行き、講義を聞き、方法を教えられて修行に入った。潮工房が休みの日には、朝から終日施設にいた。教会の体育館で体を鍛錬し、瞑想し、祈り、教義を理解しようとした。

努力が認められ、やがて小坂井にも、あの紫のシャツと金色のズボン、鰐革のベルトが支給された。信仰心が評価されて、小坂井は嬉しかった。そして仲間と組み、教団の小冊子を持って、訪問勧誘に励んだ。潮工房でも、機会があれば布教と勧誘に精を出した。教義の説明をし、見学会に来るようにと熱心に誘った。

バスで見学会に訪れた人たちを、自動ドアの前に立って出迎える若者の一人にもなった。真喜多尊師にも次第に信頼されるようになり、そばに置いてもらえ、雑用を仰せつかるようになった。尊師の車を運転したり、福山の支部に伝令となって走ったり、届け物をしたりした。

素直な性格の小坂井を尊師は気に入り、側近の一人に加えてくれたのだ。最格下ではあったものの、異例のスピード出世で、みなにうらやましがられた。俳優をしていたという過去の実績も、尊師の興味を刺激したらしかった。尊師は、効果的な立ち居振る舞いというものを、きわめて重要視するタイプの男だった。

いずれにしても、尊師のために働くことは、何ものにも代えがたい喜びだった。君には、多くの御利益《ごりやく》を与えよう、と尊師は時に言ってくれた。洋子とこんなふうになれたことこそその証《あかし》だと、小坂井は深く感謝した。

急激に信仰にのめったのは、呪ってやると叫び、苦しんで苦しんで死んでいった、田丸千早の怨念に怯えたせいだ。呪い殺してやるのあの絶叫は、言わば千早の、自分への遺言、置き土産だった。あれに対抗するには、自分個人の力では到底不可能だと思った。

洋子と親しくなり、会話の回数が増すにつれて、怯えもまた増した。千早は、自分以外の女とつき合うことを許さないと言ったのだ。

だがいよいよこれで、洋子とのつき合いが始まりそうだ。呪いの開始にもなるのだろうか。小坂井にはそういう激しい不安がある。自分ははたしてうち勝てるのか、強い恐怖が去らない。

けれどもこうして洋子を抱きしめている今、本当に幸せだと感じる。何にもたとえようがないほどに、自分は幸せだと思えるのだ。それは、怯えがあるがゆえの喜びのように思える。

「ありがとう」

小坂井はつぶやいた。

「え？」

言って、洋子は顔をあげ、小坂井を見た。

瞬間、全身の産毛《うぶげ》が逆立った。

思わず、洋子の体を突き放していた。

暗がりで自分を見上げた洋子の顔、それは千早だった。割れた唇から、ちらと歯がのぞいていた。血で染まるように、その歯が赤く見えた。

体が震えはじめた。瘧《おこり》がついたように、震えはみるみる大きくなる。全身に冷水がかかるあの感覚。ぞっとして、身が激しく縮む。それが、何度も立ちあがり、襲う。小坂井は、顔を深く、深くうつむかせていった。

「小坂井さん」

呼び声に、反射的に顎があがり、ちらと洋子を見た、遠い街灯の光を受ける彼女の顔、それはもう、洋子のものに戻っていた。

洋子は、ぽかんと口を開けていた。あっけにとられている。

ほうっと、息を吐いた。

「あ、ごめん、ごめん……、ごめんね」

謝り、小坂井はまたうつむいた。とんでもないことをしてしまった。よく悲鳴をあげずにすんだものと思った。

しかし、安堵感はまだ戻らない。精神が深いダメージを受けて、すぐには回復しない。体の震えは止まらない。洋子に気づかれることを怯えた。

「ごめん、まだ俺、恐怖から解放されてなくて」

消え入るような声で、小坂井は言った。ひどく惨めな気分で、やりきれなかった。

千早の、最後の言葉を理解した。こんな時、千早がよみがえるのだ。そういうことかと思い知った。

ああ、千早が邪魔をしてきている、と思った。許されないことを、自分が始めようとしているからだ。

「あの人のこと？　死んだ田丸さんね？」

声が聞こえた。言いながら寄ってきて、洋子は小坂井の二の腕をそっと持った。

しかし怖くて顔があげられず、洋子の顔が見られない。体にも、触れることができない。千早が、また牙をむく。

ただ黙って、大きくうなずいた。二度、三度。

しかしそのたび、千早の呪縛が深くなる気がした。身にしっかりと絡みつく。体をしめつける。そして、別れなさいと、耳もとで言っている。

「呪われてる。ぼくは、もう駄目かもしれない」

小坂井は消え入る声で言った。千早には、到底勝てない。演技者としての実力も、彼女の方が遥かに上だった。

「つき合ってたのね、あの人と」

洋子が訊き、小坂井はうなずいた。

「あの人を、裏切ったの？　あなた。それで彼女は自殺を？」

洋子は訊く。小坂井は、首を強く左右に振った。

「そんなことはしない。ぼくを捨てようとしていたのは彼女だ」

しばらく沈黙があり、洋子はさらに訊く。

「あの人、女優さんだったんでしょう？」

小坂井はうなずく。

「週刊誌、見たよ。プライド、高い人だった？」

小坂井は、小声でうんと言い、うなずいた。

しばらく沈黙ができた。小坂井は、湧きそうになる涙をこらえていた。体の震えは続く。

「ね、映画行かない？　観たい映画があるの」

いきなり洋子が言った。気分を変えようとしてのことか。

驚いて顔をあげた。けれど、やはり洋子の顔は見られない。遠くの街灯と、その脇のブロック塀を見た。

断ろうかとしばらく迷い、ずいぶんして、ただ、うんと言った。

「福山でやっているんだけど」

洋子は言い、小坂井はまた沈黙した。そうなら断ろうかと、また迷った。

けれどじっと立っていたら、震えがおさまりはじめた。それで、こう言う元気が出た。

「じゃあ、車借りてこようかな。福山までドライヴしようか」

小坂井は言った。

「いいね、気晴らしになるよ、きっと」

洋子は明るく言った。

「でも、バスでもいいよ、無理しないでね」

とも言った。

小坂井は、そういう洋子の声だけを聞いて、反応していた。どうしても顔が見られないのだ。激しい恐怖心は、まだ続いている。

「心のケアが必要だね、小坂井さん」

洋子が、医者のようなことを言った。

「でも大丈夫だよ、私は看護師だもん」

聞いて小坂井は、思わず笑った。そしてうなずいた。

小坂井の異常に、洋子は看護師としての職業意識に目覚めたのかもしれない。それとも頼りない年上の男に、母性本能を刺激されたか。小坂井には、女性のそういう気持ちを刺激するようなところはあった。


それから小坂井と洋子との、どこか危うい交際が始まった。洋子は楽しそうだったし、小坂井も当然楽しかった。小坂井は、でき得る限りの誠意をつくす決意でいた。洋子の思いを裏切るような真似はしないと、内心で固く誓っていた。

むろん千早に対しても、小坂井はそうふるまったつもりでいる。しかし意識のそとで、思わぬ気のゆるみがあった。彼女に対して充分な誠意があったのに、その思いにいささかの迷いもなかったはずなのに、知らず、最もひどい不誠実を、小坂井は働いたかもしれなかった。

それが最大の恐怖だった。自分には思慮が足りないところがある。意志も弱い。自分の思いもかけないところで、またうかつな大失敗をするかもしれない。

洋子と会う機会が増えると、死に際の千早の様子も知るようになった。意識はないと聞いていた千早だったが、実際には様々な反応を見せていた。そのひとつひとつは、聞くに堪えない内容だった。苦しんで、苦しみ抜いた数日間だったらしい。

苦しんでいたのは彼女の精神か、それともただ肉体だけが見せる反応だったのか、それは解らない。しかし千早への恐怖は、それでさらに増した。


けれども洋子とのつき合いが深まるにつれ、小坂井の精神的なダメージは、徐々に薄らいでいくように、自分では感じた。洋子が癒《いや》してくれていると実感する。肩を並べて道を歩くたび、並んで石に腰をおろし、海を眺めるたび、仙酔島への船に乗るたび、あるいは並んで喜劇映画を観て笑うたびに、回復は進んでいく、そう小坂井は思い、信じた。

しかし、彼女を抱くことは、長いことできなかった。はじめてのキスで、千早が牙をむいた。それ以上のことをすれば、はたしてどうなるのか。

しかし、最後には抱くことができた。洋子が、うまく誘導してくれたのだ。そのせいか、何も起きなかった。そんなふうにして、一年という時間がまたたくまにすぎた。

洋子という新たな女性ができ、小坂井に、鞆の地を離れる理由はなくなった。洋子のためにこの土地に地盤を築きたいと考え、潮工房の仕事に、小坂井は以前にも増してうち込んだ。

それから日東第一教への信仰だ。こちらも真剣に深め、修行と、尊師の側近としての仕事に精を出した。どちらも、将来洋子が訪問看護ステーションをこの地で立ちあげる際、きっと何かの役に立つと考えたからだ。人脈も必要だ、知り合いの数を増やしておく必要がある。

もう、洋子の顔が千早に見えることはなくなった。千早の呪いから、これで自分はようやく解放されたと、小坂井は信じようとした。しかし、そうではなかったのだ。呪いのドラマは、その開幕の時機を、息をひそめて待っていた。

一年という時間が巡り、いつかまた夏が来て、ある激しい雨の晩、小坂井は、あの恐ろしい事件に、いきなり巻き込まれることになる。

渦中に引きずり込まれながら、ああ千早のせいだ、と小坂井は何度も思った。千早が、いよいよ洋子に対しても牙をむきはじめたのだと。

13

「ねえ、し、茂さん」

出ると、いきなり洋子が言った。いつもの声の調子と違うので、小坂井はびっくりした。すっかりかすれた声で、一瞬誰だか解らなかった。

「え、誰？　洋子？」

と確認した。いつでも眠れるようにジャージー姿になって自室にいたら、買ったばかりの携帯電話が鳴ったのだ。しかし確認するまでもなく、こんな時間にかけてくる女というと、洋子しかいない。

「そう」

と遠い声が応じた。その声は、すっかりかすれている。まるで別人だ。しかも震えている。歯の根も合っていないようだ。歯が鳴る音が、こちらまで聞こえてきそうだった。

「どこそこ、寒いの？」

小坂井は問うた。今は夏だ。寒いはずもないが、夜も遅いし、表では雨の音がしている。外で雨に濡れているのかと疑った。

「し、茂さん、茂、し、茂……」

彼女は言った。

声がすっかりかすれ、しかも震え、うまく音になっていない。

「どうしたんだよ？」

と小坂井は、笑いながら訊いた。腹ばいになっていたが、起きあがり、あぐらをかいた。

「何？　外にいるの？」

小坂井は訊いた。

「え？　私、震えてる？」

洋子は訊き返した。

「震えてるよ」

小坂井は言った。

「ねえ助けて」

洋子は言った。

「二人で携帯電話買っててよかった、連絡ついて。あなただけが頼りなのよ。お願い、一生のお願い」

そう言う洋子の声が遠くなる。小坂井は、よく聞こうと、携帯電話を耳に押しあてた。

「ど、どうしたんだよ、何があったの？　いきなりびっくりするじゃない」

小坂井の方は、これを冗談にしたい気分があった。

「茂さん、今どこ？」

「今？　家。部屋で漫画読んでる」

小坂井は答えた。

「よかった。じゃ、周り誰もいない？」

「いないよ、一人」

「お酒なんかは？」

「飲んでない」

「よかった。私今、バイトのベビーシッターの家にいるのよ、団地の」

洋子は、相変わらず震える声で言った。

「ああ、水呑《みのみ》の？」

「うん、そう。水呑の向丘《むかいがおか》の、内海《うつみ》団地。そのB棟の、二〇四の、居比《いび》さんのお宅」

「ふうん、バイト先ね」

「そう」

このところベビーシッターのバイトをしていると、洋子は言っていた。

「で？」

「すぐ来てもらえないかしら」

「えーっ」

小坂井は、頓狂な声を出した。

「大きな声出さないで、お願い」

電話が遠くなる。今度のは、洋子が小声になったのだ。声をひそめている。緊急事態をこちらに悟らせたいと考えているようにも思われたから、小坂井も緊張した。

「こんな夜に？　どしゃ降りだよ、表」

そばのガラス窓を見た。雨水が、盛んにガラスを打ち、伝っている。それから壁の時計を見た。八時五十八分だった。

「解ってる。でもお願い。あなただけなの、こんな電話ができるの。私、今大変なのよ」

ささやく声で、洋子は言う。しかし、切羽詰まっているのは伝わる。

「車で崖から落っこったとか？」

小坂井は冗談を言い、自分で笑った。洋子は笑わなかった。

「違うけど、それと同じくらい……、いえ、それよりずっと一大事なの」

「はあ……？」

小坂井は、笑いをおさめて言う。

「ほんとかよ」

それよりも深刻なことなど、あるものだろうか。

「本当よ、生きるか死ぬかなの。お願い、あなただけが頼り、助けて」

話している途中、言葉が乱れた。とうとう泣きだしたようだった。

「死ぬって？」

小坂井は言った。

「ええそうよ」

「怪我してるの？」

「それはまだしてないけど」

「まだ？」

高い声が出た。

「いいの。とにかく来て」

「解った、どうしたらいい？」

「すぐ来て。お願い！」

強い言葉を言うと、また涙があふれたようだ。嗚咽《おえつ》している声がしばらく続く。声が出せないようだ。

困ってしまい、小坂井はしばらく待った。それからこう言った。

「でも俺、足ないよ」

「車ないの？」

涙がにじむ声で、洋子は言う。

「今ない。フィアット、タナカ自動車に返しちゃったから」

「じゃバス？　こっち向かうなら」

「バスまだあるかな。でもスクーターならあるよ、潮工房のマスターの、今借りてるんだ」

「え、じゃあそれで……」

そう言う洋子の声がする。

「でもこの雨、きついよなー、スクーターも古いしさ、途中で止まるかも」

「お願い。なんでもあなたの言うことときく」

「ヴィニールのカッパ着て、フルフェイスかぶれば濡れないかな」

言って、棚の上を見た。そこに、そういうものが載っていたはずだ。

「じゃあそれで来て、すぐ来て。なんでもあなたの言うことときくから。ね？　お願い」

「だいたいどんなことなんだよ。これじゃ、なんのことか解らないよ」

小坂井は言った。

「電話じゃ言えないの。お願い私を信じて。ね、あなたのこと、愛してる」

「はあ、解ったよ。じゃ、すぐ出るよ」

小坂井は立ちあがり、棚の方に寄っていった。

「団地解るでしょ？　内海団地。前に一度送ってもらった」

「ああ。解るよ」

「家の人には言わないで、こっそり出てきて。エンジンも、家から離れてかけて」

「えー、なんだいそれ。銀行強盗でもやるっての？」

「あとで説明する。燃料入ってる？　スクーター」

「それは入ってる」

「よかった」

「窓から家出る？」

「お願い、そうして。それから団地に着いても、坂の下に止めてね、スクーター。そして、歩いてあがってきて。B棟よ。二〇四」

「うん」

「人に見られないようにしてね。団地の下で電話して」

「うん、だけど、今から服着てしたくして、カッパ探して、靴持って窓から出て、スクーター押して、家から遠くまで離れて、それからエンジンかけて、この雨だからね、水呑までだから、三十分はかかるよ、どんなに急いでも。だから、計一時間近くかかるよ」

「解った、待ってる。団地下で電話して。下の入口まで迎えにいく。郵便受けのあるとこ」

洋子は言い、

「解った」

と小坂井は言って、電話をきった。

それから、人に見られないようにだって？　と小坂井は思った。


エンジンは持ってくれた。どしゃ降りの中、小坂井は団地の下に着いた。

ヘルメットもヴィニールのカッパも、しきりに雨が叩いてうるさい。顔もびしょ濡れだ。

スクーターを止め、携帯電話を尻のポケットから出しながら、小坂井は明かりの消えた手近の家の、軒下に入った。リストを出し、辰見洋子をプッシュする。コール一発で、洋子は出た。

「もしもし、着いたよ」

小坂井は言った。

「寒いなこりゃ」

さっき洋子が震えていたのも解る気がした。

「着いた？　じゃ上がってきて、急いでね、お願い。今からおりて、B棟の入口のところで私、待っているから」

そう言った。

「あ、それから」

「うん」

「ヘルメットは取らないで来て」

「はあ？　解った」

電話をまた尻のポケットにしまい、小坂井は雨の中に出て、歩きだした。すると、たちまち雨がヘルメットやカッパを叩きはじめてやかましい。

鼻先に水の匂いがして、道はたちまち登りにかかった。内海団地は、丘の上にあるのだ。前に一度、車で洋子を送ってきた。だから場所は知っている。

坂を上がりきる。すると、団地の建物群が見える。左手の最初の棟をすぎたら、B棟は前方正面になる。

速足で近づいていくが、洋子の姿はない。

おや、待っていないなと思い、ちょっと首をかしげた。しかし、建物は間違っていない。確かにここに送り届けた。あの時、洋子はこの入り口に入っていった。

さらに歩を速め、急いで軒下に入る。雨がなくなったから、ゆっくりとヘルメットを脱いだ。その瞬間、ステンレス製の郵便受け群の陰から、ノースリーヴ姿の洋子が飛びだしてきてぶつかった。そして、しがみつくようにして、抱きついてきた。

「お、おい、やめろよ、濡れるよ」

小坂井は言った。

「いいの!」

洋子は言った。そして、

「濡れてもいい」

と言いながら、どうやら泣いているようだった。

小坂井は、戸惑っていた。抱き返してやることができない。腕も手のひらもびしょ濡れだ。これで背中を抱けば、洋子の着衣が濡れてしまう。

「嬉しい、来てくれて。ありがとう!」

洋子は言っていた。よほど心細かったというふうだ。

それから顔をあげ、自分から顔を、小坂井の濡れた顔に押し当ててきた。そして顔をしきりにずらしながら、唇を探っている。そして、唇を合わせてきた。続いて両手で、小坂井の後ろ首と顎を持ち、ぐいと引き寄せて、強引に唇を割った。舌を入れてきて、前歯を舐《な》めた。

呼吸が荒い。小坂井は驚き、戸惑ったが、ヘルメットを持つ手をだらりとさげたまま、茫然と立ちつくして、されるままになっていた。交際をはじめて一年、ずいぶん親しくはなっていたが、こんなに積極的な洋子をはじめて見る。しかしこのままではいけないと考えて、自分もまた体に力を入れ、洋子に唇を押し当てた。

顔を離し、小坂井を見て、洋子は言った。

「背中、抱いて」

両の目は、じっと小坂井の目を見つめている。見つめながら要求してきた。声があえぐようで、小坂井は首をかしげた。

周囲を見廻し、背後の暗がりも振り返る。ただ雨があるばかりで、人の姿はない。

「俺、びしょ濡れなんだ」

小坂井は言った。

「いいの」

洋子は、小さく叫ぶように言った。

「かまわない、服濡らして！」

それで小坂井は、ヘルメットを持った手、持っていない手、両手をおずおずと洋子の背に廻して抱いた。

洋子は、伸縮素材のノースリーヴを着ていた。もう一度キスをして、それから体を離すと、洋子が探るようにして、小坂井の手を握ってきた。そして強く引いた。

「部屋に入りましょう、来て！」

くるりと背を見せ、廊下を速足で進んでいく。しかたなく小坂井も急ぎ足になり、ついていく。

部屋に入り、玄関の金属扉を閉めると、洋子は手を伸ばし、小坂井の背後になったドアのロックをした。そうしておいて、手からフルフェイスのヘルメットを奪った。そして言う。

「茂、そこ動かないで。じっとしていて」

まるで男を拉致《らち》してきて、自分の領分に閉じ込めたようだな、と小坂井は思った。小坂井は、それでカッパからぽたぽたと雨のしずくをたらしながら、おとなしく玄関先の土間に立って待っていた。

洋子は、まずヘルメットを、台所のシンクの中に、逆さにして置いた。それからシンクの縁にかけてあったゴム手袋を持ち、小坂井のところに帰った。手袋を小坂井に差し出し、

「これ、嵌めて」

と命じた。小坂井は驚き、

「ええ？　どうして？」

と訊いた。

「お願い。その必要があるの。私を信じて。私を助けると思って」

と言って彼の目を見ながら抱きつき、唇を合わせた。

洋子が唇を離したら、小坂井は決心したように、いそいそと手袋を嵌めた。何かの冗談なのかと考え、首をひねった。

「手が汚れるの？」

小坂井は訊く。

「ええ、そうかも」

洋子は言った。

嵌め終わり、小坂井は洋子を見た。小坂井の顔には、わずかな笑みが浮いた。いったいなんなんだと思った。

しかし、小坂井の鼻先にある洋子の顔は、少しも笑ってはいなかった。けれども、励ますように、大きくひとつうなずいた。小坂井も、怪訝な表情のまま、つられてちいさくうなずいた。そうしたら洋子は、これまでで一番不可解なことを言った。

「ね、ここでして」

小坂井は笑いを消し、放心した。そして、

「え？」

と言った。それから、

「何を？」

と訊いた。

「抱いて。私をここで抱いて。今すぐ」

と繰り返した。

洋子の目は、じっと小坂井を見つめたまま、思いつめた、真剣な表情をしている。そして肩を上下させ、呼吸を荒くしていた。それは、欲情しているゆえのようにしか見えなかった。

小坂井は、口をぽかんと開けた。

「え、なに？　ジョークなの？」

洋子は、首を激しく左右に振った。

「どうして？」

と訊く。

「したいのよ、私が」

洋子は答えた。

「わけが解らない。あの……」

ジョークでないことはすぐに解った。じっと小坂井の目を見つめたまま、洋子はフレアースカートをたくしあげていた。それから、下半身をくねらせて、下着を押し下げている。

「あ、あの、だけど……」

と言ったのだが、小坂井は顔を押しあてられ、唇を、つまりは声を塞がれた。

14

強い、断固とした力で引かれ、小坂井は玄関先のキッチンの、板の間に転がった。まだびしょ濡れのカッパを着たままだったから、たちまち床も濡れる。

また唇を塞がれるから、洋子が離れるのを待って、小坂井は必死で言った。

「これ、カッパ、脱がないと……」

「いいの」

あえぎながら、洋子は言った。

「でも、板の間が濡れるよ、よその家だろ」

「かまわない、気にしないで。私が拭いとく」

洋子は言って、またしがみついてきた。むき出しの洋子の足にからみつかれ、巧みに誘導されて、その超常識的なシチュエーションに、小坂井もいつしか興奮した。

あえぎながら洋子は、伸縮素材のノースリーヴの肩のあたりを引っ張り、もがくような仕草で片肌を脱いでいた。そして、苦労してブラジャーの背のホックをはずした。

それで小坂井が、指先でブラジャーを押し下げた。見れば手袋の手だったから、その滑稽な様子に気づき、手袋を脱ごうとした。すると、洋子に押しとどめられた。

洋子は、続いて乳房を小坂井の顔に近づけた。小坂井は察して、乳首に唇をつけ、舌の先で舐めた。そうしたら洋子は声をあげ、体をのけぞらせた。それから自分の声を防ごうとするように、ゆるゆると体をさげてきて、また唇を強く、小坂井の唇に押しあててきた。

左手を高くあげ、洋子は自分の下着を、キッチンのどこかに放っていた。その仕草を小坂井は視界の隅に見たが、彼女の興奮のゆえと理解した。

行為の間じゅう、

「いいのよ茂、中に入れて。今大丈夫だから、中にしてね」

と訴え続けた。

黄色いゴム手袋を塡めたままのそんな行為を、小坂井は気分の隅で滑稽に感じていたが、洋子の積極的な攻勢に、そんな気分もいつか消えてとんだ。

洋子の要求通りに行為が終わり、板の間に、二人はしばらく転がっていた。雨の中に寝ているように、体中が濡れた。見れば板の間は、小坂井のカッパが運んだ雨で、小さな水溜まりができている。板の間の一部には、二メートル四方程度の小さなカーペットが敷かれているのだが、これも湿っていた。

疲れてしまい、小坂井はしばらく動けずにいた。彼としてはまったくそのつもりもなくやってきたのに、思いがけず重労働をさせられたのだ。

ふと気づくと、洋子が立ちあがっている。ノースリーヴの上半身は、まだ右側の肩を出したままだったし、この様子なら、そちら側の乳房は露出したままと思われたが、フレアースカートは下がっているから、腿は隠れている。それほどに異常な姿ではない。

洋子は、小坂井に後ろ姿を見せていた。疲労の中のうつろな視界で、小坂井は恋人の肩や背を、ぼんやりと見ていた。それが、うっという呻き声とともに、いきなり前方に体を折ったから、目を引かれた。小坂井はその動きから、ワインの栓を抜いているところを想像した。町屋の居酒屋で働いていた時、そういう行為を何度も見た。それでなんとなく、口もとに笑みが浮かべた。酒を飲むのかい？　と訊こうとしたのだ。

うめき声が、苦しげな声に変わった。そしてぼたぼたと、液体の垂れる音がしたので、首だけを起こしてみた。酒が垂れたか、シャンパンか？　と思ったのだ。そうしたら、床が真っ赤に染まっていたから仰天した。

「な、何をしたんだ！」

叫びながら、小坂井は跳ね起きた。気づけば、自分はまだカッパを着ている。ヴィニールをがさつかせながら急いでズボンを上げ、ボタンを塡め、洋子の体の前に廻った。

すると洋子は、まだ前方に体を折ったままの姿勢でいて、苦痛に染まった蒼い顔をして、小坂井を見た。心細さに哀願するような目で、洋子は小坂井を見つづける。何とかしてと、その表情は訴えている。しかし、何が起こったのか、とっさに判断がつかず、小坂井はうろたえた。

両手には酒瓶ではなく、ノミを持っていた。小型の細いノミで、革細工に使うものらしかった。刺さった刃物を、今引き抜いたばかりらしいことはすぐに解った。ノミの切っ先のあたりが、粘った泥土のような血で、ぬめぬめと光っていたからだ。

淡いピンクのノースリーヴが、みるみる赤黒い血に染まっていく。傷口から、粘った血が噴き出てくるからだ。それは、引き抜かれたからだった。血の噴出は、刃物が引き抜かれるから起こる。刺したままなら、そんなには血は出ない。そんな話を、以前に組関係者から聞いたことがある。

「どうしたんだ？　何が起こったの？」

まだシャンパンのイメージが去らず、ワインオープナーが誤って刺さったのかと、小坂井は考えていた。しかしオープナーも、ビンも、コルクも、どこにもない。洋子の手にあるのは、ただノミだけだ。

「それ、刺さったのか？　うっかり？」

小坂井は訊いた。しかし、わけが解らなかった。うっかり刺さるような状況ではない。まさか自分を刺すはずがなかろう。そうなら、これは事故的に刺さったということか。しかし、そんな事故が起こるような状況だったか——？

洋子は、必死でうなずいている。その仕草の意味が、また解らない。この出血が、あやまちのゆえと言っているのか？

だが苦痛で、うまく口がきけない。しばらくあえいでのち、

「お願い、言う通りにして」

と、ようやくそう言った。

「な、なんだよこれ、うっかり刺しちゃったの？」

小坂井はもう一度訊いた。

「言う通りに、お願い……」

洋子もまた言い、苦痛から、体をさらに深く折る。あわてて小坂井は支えた。そして、

「あ、ああ、解ったよ」

と言った。そうしたら、血まみれのノミが、カランと床の板に落ちた。洋子の肩を支えたまま、小坂井が反射的に手を伸ばした。けれど、あんまり血にまみれているので触るのを躊躇《ちゅうちょ》した。

「拾って」

洋子は要求してきた。それで小坂井は拾った。自分の手が、ゴム手袋をしていることを思い出した。指が汚れることはない。だが、ひどい恐怖が湧いた。これほど血にまみれたものを、持った経験がない。

「流しの上に……、置いて」

洋子は言い、小坂井は洋子を見た。

「は？　なんで？」

小坂井は言った。

「言ったようにして！」

洋子が、厳しい口調で言った。

「あ？　ああ、解った」

小坂井はパニックになり、それで流しまで行って、ステンレスの台の上にノミを置いた。

「テーブルまで私を運んで」

洋子は続けて要求した。

「あ、ああ、解ったよ」

肩を抱き、小坂井は洋子とともに、歩調を合わせてそろそろと歩いた。はっと気づく。血まみれの手袋のまま、うっかりノースリーヴの背に触れてしまった。背に血がついた。しかし、もうどうしようもない。

テーブルに着くと、洋子は体を反転させ、腰のあたりでテーブルの縁にもたれて立った。苦しげに、少し腰を落としている。

「椅子にすわれば」

小坂井は言った。

「いいのこのままで。あのタオル取って」

洋子は、流しの横の台に、たたまれて載っているブルーのタオルを指差した。

「う、うん、解った」

小坂井は、洋子の体を離し、急いでそれを取りにいった。

「テーブルに置いて。ああそうじゃない、広げて、くしゃくしゃにしてから、ばさっと置いて、無造作に」

「こう？」

命じられるまま、小坂井はそのようにした。

「いいけど、丸めて……。うん、そう、ありがとう」

言っている間にも、血の染みは広がる。

「それ、深いよ、その傷。病院行った方が……」

おろおろしながら、小坂井は言う。

「死んじゃうよ、早くしよう」

「大丈夫、腎臓と肺の間だから。臓器は傷つけてない」

「でも出血多量だよ、出血多量で……」

「見た目ほどじゃない。いいの、大丈夫。茂、あの湯呑取って、お茶を」

「お茶だって!?」

小坂井は頓狂な声を出した。

「今お茶なんて……」

「いいから取って！」

洋子は強く言った。

いそいそと湯呑を取ると、冷えてるよと言った。

洋子は震える手でそれを受け取り、ばさと、自分の傷口にかけた。小坂井は仰天した。洋子の精神は、おかしくなっていると思った。

それから洋子は、まだかなりお茶が入ったままの湯呑をテーブルに置いたが、引こうとする手で、うっかり触れた。

かたんと音がして、湯呑みが倒れた。テーブルにお茶が広がる。丸めたブルーのタオルにも染みた。青い色が濃くなる。小坂井が手を伸ばし、湯呑を立てた。

「テーブルに寝る。ちょっと手、貸して」

洋子は言う。そして小坂井の手を借りながら、ゆるゆるとうつぶせに寝ていった。血が噴き出し続けている傷口は、丸めたタオルの上になった。

「これでいい」

苦しげにかすれた声で、洋子は言う。

「仰向けの方がいいよ」

小坂井が言うと、うつむいたまま洋子はうなずき、くぐもった声で言う。

「これでいいの。仕方ないのよ」

「どうしてよ、死んじゃうぞ！」

小坂井は、泣きそうな声でわめいた。

「なにが仕方ないんだ！」

「大丈夫。私頑張るから。あの抽斗のいっぱいついた戸棚、見て。ほら、あなたの背中の方の戸棚、造りつけの」

小坂井は振り返った。そして顔を戻し、訊く。

「ああ、それが？」

「戸棚の前の床に、棒、落ちてるでしょう？　木の棒」

「ああ、ある」

「そばに、革の紐も、あるでしょう？」

「ああ、うん、あるな」

束になった、革の紐があった。輪のかたちにされ、それが太いから、かなりの長さがある。

「こっちに持ってきて、このテーブルの上に」

それで小坂井は、戸棚の方に歩き、身をかがめて、棒と、革紐の束を取った。それらを手に戻ってきて、テーブルの上に置こうとした。そして悲鳴をあげた。

洋子の腹部から流れ出た血が、テーブルの上に広がりはじめていたからだ。赤い広がりで、テーブルの上は真っ赤だ。テーブルの端に届いた血は、ぽとり、ぽとりと音をたてながら、床にしたたりはじめている。

「大変だ、病院行こう。タクシー呼ぼう、大変だ、死ぬよ！」

「いい、圧迫してる。このままにして、茂。止まるから。私こうしてる、両手上に伸ばして」

洋子は言った。

「え？　ああ。だから？」

「こうしてれば私、助かるの」

「はあ？　何で」

小坂井は言った。全然理由が解らなかった。ただ発狂だと思った。

「だから私の両手、手首、その棒の端と端に縛って」

「な、なんだって⁉」

小坂井は、また大声をあげる。やはり発狂だ、発狂の極致だ。

「おい君、気は確かか？　何を言ってる！」

恋人は、大怪我をして、精神がおかしくなっているのだ。

「駄目、大声出さないで。生きるか死ぬかなのよ」

洋子は言った。小坂井は反論した。

「そりゃ解ってる、見りゃ解るよ。でも、生きるか死ぬかじゃない、これじゃ死ぬか死ぬかだ。とても生きられないよ、死ぬぞ。冗談じゃない、ぼくは血が嫌いなんだ、吐きそうだ」

「しっかりして。もう少し頑張って」

「そりゃ頑張るけど！」

小坂井は悲鳴のような声で言う。

「どうしてなんだよ、意味が解らないよ！」

小坂井は、泣きそうな声でわめく。

「意味？　意味なんて……、言えない」

「なんでだよ！」

　小坂井は頭を抱えた。

「意味が解らないよ。こんなことして、助かるって？」

「そうなの」

「理由を言えよ！　助かるって、何から」

「それは言えない、信じて」

「き、君は頑張れるのか？　死ぬぞ、本当に死ぬぞ。死ぬ気なのか？」

「その覚悟はできてる」

　洋子は言った。体力を消耗して、声から張りが去っている。

「救急車、呼んじゃいけないのか⁉」

「絶対駄目。そんなことしたら私死ぬ」

「呼ばなくても死ぬよ」

「死なない、私を信じて。こうする以外にはないの」

「どうしてなんだよ。どうしてそんな覚悟するんだよ、死ぬ覚悟なんて。いったい何があったっての？」

「ね、茂さん、聞いて。私、まだ茂といたい。セックスだってしたい。茂さんだってそうでしょう？」

　小坂井は、放心して立ちつくしている。

「ねえ、そうだと言って。茂だってそうでしょう？」

　顔を横に向け、洋子は小坂井の顔を見つめた。雨の音が、まだ聞こえている。

「え？　ああ、そりゃそうだよ！」

はっとわれに返ったような表情になり、小坂井は言った。あまりのことに、気を失いそうな表情だった。

「だから手伝って。もうこうするしかないの。考えに考えた末のこと。協力して」

「するけど、それはするけどさ……」

言いながら、小坂井は両手を上下させた。

「私の手首を、この棒の両端に縛りつけて。きつくよ。血が止まってもいい、むしろその方がいいの、そのくらいじゃないと、この計画は無理なの。きつくきつく縛って」

「なに⁉」

小坂井は、いよいよ泣き声になった。

「縛れだって⁉」

近寄ってきて、テーブルの血のない場所に、両手をついた。

「説明してくれ洋子、協力するから。これじゃ、なんのことか解らない。さっきからぼくは、いったい何をさせられてるんだ？　さっぱり解らない。もし何か計画があるなら言ってくれ。そんなじゃ、失敗するぞ」

「もちろん説明する。でも、怖いのよ私。あなただけが頼りなのよ。もしも協力しないって言われたら、ここで見捨てられたら、私は死ぬしかない」

「だから、協力するって言ってるだろう！」

「ねえ、私を自殺させないで、お願いよ」

言って、洋子はまた泣き声になる。

「させないよ、洋子は見捨てない、信じてくれよ」

「信じていい？　いいの？」

「当然だろ？　もちろんだ」

「今から私に何を聞いても、私を棄てないって、誓ってくれる？」

するとと、小坂井は、わずかに躊躇した。恐怖を感じはじめたのだ。それが洋子にも伝わった。別種の恐怖で、洋子はまた泣きはじめる。

「ねえ、どうして黙るの？」

沈黙ができると、表の雨の音が聞こえる。

「ねえ」

すると、小坂井が、ぼそりと、ひと言こう言った。

「千早だ……」

「え？」

「千早が呪ってるんだ」

「何言ってるの」

洋子は言った。小坂井は、それでもしばらく沈黙していたが、やがてあきらめたようにこう言う。虚脱したような小声だった。

「俺なんか、定職にも就いてなくて、大学も出てなくてさ、俳優も挫折して、全然大きなこと言えるわけないじゃんよ」

「え？」

洋子は途端に怪訝な目つきになった。

「何それ、何を言いだすの？」

「頭のことか？　洋子。鬱《うつ》病だとか、統合失調症《とうごうしっちょう》だとか、そういうこと？　だったら別にさ、俺、そういうの……」

「なんで？　なんでそんなこと言うのよ」

洋子は責めるように言う。

「だって、さっきから普通じゃないから洋子。頭おかしいみたいだ。告白っていうから、そういうのかなと。そういうの多いからさ、最近」

「多いの？」

「だってこの頃は、見合いの吊り書なんかにもさ、そういうの、ちゃんと書いてるもんな」

「えっ！」

言って、洋子は絶句した。

「茂、見合いしたの？」

聞きとがめて、洋子は言う。目に恐怖が浮く。

「え？　す、するわけないじゃんよ」

小坂井はあわてるように言った。

「吊り書って、見たの？　そんなの来たの？　あなたのとこ」

「え？　いや、そんな……、正式のじゃないけどさ」

「正式のじゃないけど、来たの？　どういうことよ？」

「いや、だから日東第一教会の、先生からの指示でさ、廻ってきたの」

洋子は息を呑んでいる。小坂井が見合いをする？　自分以外の誰かと結婚する？　そういう激しい恐怖にかられている。新たなパニックに、言葉が出なくなった。

「どうしたんだよ、妬いてるのか？」

小坂井が言っている。痛みと失血に、洋子の意識は遠のきはじめている。これに、さらにショックが加わった。

「茂、結婚する気なの？　私以外の女と」

「するわけないよ」

「本当？」

「本当だよ」

「信じていいの？」

「いいよ」

沈黙になる。

「なんか、ひょっとして暴力団がらみなのか？」

小坂井が訊いてきた。ショックで沈んでいた洋子は、そんな言葉に刺激されて、急激に頭をフル回転させた。

「え、どうしてそう思うの？」

「あれ、何だよ」

小坂井は、流しの下、床の隅に置かれている大きな包みを指差した。

「ひょっとして、ドラッグか何かか？」

彼は、怯えたような表情で尋ねてきた。

ドラッグ⁉ 洋子は心の中で叫んだ。

「茂、あなた、そんな経験あるの？」

力を振り絞り、洋子は訊いた。

「ないことはない。教団がらみで、預かったことがあるんだ。真喜多尊師の頼みで」

「えー」

洋子は言った。

「あの教団、そんなことするの？」

「先生は、麻薬なんて断じて認めておられないが、どうしようもないヤクザな信者がいて、でも救われたがっていて、このままでは警察に捕まるからということで、ほんのしばらくだけ預かり、ぼくに預けられた」

洋子は無言を続けた。

「ぼくはとても信頼されてたから。だから、君もそうなのか？ さっき袋の中、ちょっと見えた。ヴィニールでくるんであって、おっきくて、よく似てたからさ。そうなのかと。そうなのか？」

洋子は沈黙した。

「え？ そうなのか？」

長い沈黙のあと、洋子は言った。

「さすがに茂ね、よく解ったのね。ええ、そうよ」

小坂井は、衝撃を感じて黙った。しばらくして言う。

「やっぱりな。どうしてそんなことに？」

「病院って、いろいろあるらしいのよ、経営上のごたごた。大変らしいの、私が研修に行った福山の総合病院。お世話になった院長先生とか、経営陣、病院が倒産しそうになった時に、心ならずも組関係者に助けられたらしいの。それで麻薬の処理、頼まれてしまって。警察の手入れがあるって言うので、でも病院にも警察が来るってなって、その場にいた私が、とっさに預かったの。断れなくて」

「やばいじゃないか。あれ、相当な量だぞ、あの大きさなら」

「ええ。それは断りたかった。でも私、そこに就職しようかって思っているので、卒業したら、クラスの親しい子も一緒に。だから、断りきれなかった」

「で、どうすんだよ、そんな危ない橋渡って」

「盗まれたことにする」

「なに？　どうして」

「だって、持ってたって困るもの。私、処理できない」

小坂井は、いっとき黙った。

「そりゃそうだけど、でもどうやって盗まれたことに」

「だから、別の組のヤクザに襲われて、こんなふうに刺されて、薬取られたってことにする」

唖然とし、小坂井は絶句した。

「馬鹿なこと言うなよ、海に棄てた方がいいよ、重しつけて」

小坂井は、声を殺しながらわめいた。

「それはできない」

洋子は言った。

「どうしてよ！」

「そんな時間ないもの。ここにいた時間、家に帰ってから親といる時間、学校にいる時間。みんなに証言されるから、こまかく。いつ棄てるのよ。それで……」

「そんなの、俺が棄ててやるよ」

小坂井が言った。

「駄目よ。茂は巻き込みたくない」

洋子が言い、小坂井は黙った。ずいぶんして、こう言った。

「でも……、そうか、なるほど、そういうことか。やっと解ってきた。でも、警察沙汰になったら……」

「しない、誰にも黙っておく。だから、茂も黙っていて」

「え、そりゃ、黙ってるけどさ」

とは言ったものの、小坂井の頭は混乱していた。

「え、じゃ、じゃあ、どうしてここまでするんだよ」

「私に薬預けた、あの病院の関係者だけに知られたら、それでいいの。これで納得してくれる。横合いから、別の組に薬取られた暴力団の人たちも、院長たちから話聞いて、納得する」

小坂井は、宙をにらんだ。

「そうかな……、でも……」

小坂井は、じっと考え込んでいる。

「じゃ、どうして手を縛るんだよ」

「普通に縛っていたら、なんで携帯かけなかったたって言われるから、警察に。手をこんなふうにテーブルにとめられていたら、ここから動けないでしょう？　だから」

「はあ、そうなのか。でも、誰に言われるんだよ、それを……」

「このうちの人、居比さん夫婦に」

「あ……、ああそうか」

　小坂井の頭は、ますます混乱していた。しばらく考えたのち、小坂井は一応納得したようだった。

「でも、じゃ俺が、その病院の関係者に連絡しないでいいのか？」

「そんなことしちゃ駄目。そうしたら、茂が疑われるでしょう？」

「え？　あ、あそうか」

「声を憶えられちゃう。危ない」

「そうか、そうだな……」

「茂は、いっさい表に出ちゃ駄目」

「組関係のやつに襲われるかな」

「院長さんたちに、組員が聞いてね、横取りしたの、茂が怪しいってなれば、茂を襲ってくるよ……」

「そ、そう……、そうだな」

「もうすぐ家の人が帰ってくる。だから、しばらくの辛抱なのよ、私は」

「ふうん、そうか、解った。で、俺、そんな危ないもの持ち帰って、どうしていればいいんだ？」

「茂、部屋に冷蔵庫持ってたよね、茂専用の。お酒とかおつまみ冷やすための」

「ああ。潮工房のマスターがくれたんだ、小さくて使いにくいっていうことで、店には」

「全然小さくないけど、あれ」

「全然。大きいよ。店にはってこと」

「あれに入れておいて、薬。落ち着いたら、私から連絡するから。待ってて」

「冷やすって?」

「うん。その方がいいんだって聞いた」

「冷やす方がいい……、何? その薬。モノは何?」

「茂は見ないでよ、開けないで」

「あ? ああ。開けない」

「約束して」

「解った」

「知らない。でも冷やす方がいいって」

「ふうん……。でも、この棒に手を縛って、どうやってテーブルにとめる、棒を」

「あっちの戸棚、見て」

言われて小坂井は、抽斗がびっしりと並んだ、大型の造りつけの戸棚を振り返った。大型の戸棚には、抽斗が何十とある。

「右から二列目の、下から三番目の抽斗。そこにトンカチと釘が入っているの。革の加工用以外の大工道具は、そこに入っているの。その抽斗ひとつに」

「右から二列目の、下から三番目……?」

指で差しながら、小坂井は数えはじめた。

「そう。その抽斗、引き出してここに持ってきて。そして、私の手を縛ったこの棒を、釘とトンカチで、このテーブルに打ちつけて欲しいの」

「えーっ、釘づけにしろって？」

「そう。しっかり釘づけにして欲しいの。そして、包みの入った袋持って、急いで家に帰っていて。そして私の連絡を待って。ね？」

「う、うん、解った」

　小坂井は言う。

「携帯に電話するから」

　洋子は言う。

第3章 chapter 3

THE CLOCKWORK CURRENT

第三章

chapter3

1

私と御手洗は、新幹線で福山に入った。三階にある新幹線のプラットフォームから、福山城の天守閣がすぐそばに見える。福山駅は、城の内堀よりも内側に在来線や新幹線の駅が造られた、全国でも珍しい駅だ。たぶん唯一ではなかったろうか。私は故郷の山口と距離が近いので、福山に関する知識はなかなか多い。

エスカレーターを下り、ふたつの改札口を抜けて、駅前に出た。近代的な駅舎で、都会的な印象の駅前だが、人の姿は少ない。人影が消えた吉祥寺《きちじょうじ》の駅前といったところだろうか。私は背後を振り返り、福山駅という文字を読んだ。駅舎に遮られ、城はもう見えない。

「ここは城下町なんだね」

御手洗が問う。

「うん、このあたりはみんなそうだよ」

私は言い、正面を指差した。

「でも昔はね、このずっと先、街の南にある鞆という港町が、古代からずっとこの街の表玄関だったんだ」

「ふうん」

「ここらへんはだからただの野っぱらでね、鞆のシッポみたいなものだったんだ。でも江戸時代に一国一《いっこくいち》城令《じょうれい》が出て、鞆の城は壊され、街道に沿ったここに城が造られて、ここが街の中心地になったんだ」

私は説明した。私はけっこう歴史マニアで、このあたりのことには詳しいのだ。ああそうかい、と御手洗は言った。

「つまり、あのボールは、死体だったのか？」

私は県の水理施設で見た実験について、尋ねた。御手洗はうなずく。そして言った。

「今度の事件は、歴史の匂いがするね、石岡君。表玄関と言うからには、瀬戸内海が昔は街道だったわけだ」

「その通りだね」

「内海流入の水に乗り、あるいは出ていく水に乗りして、昔の船はあのボールみたいに旅をしたというわけだ」

「うん、まさしくそういうことだね」

「この事件は、その頃を思い出させるものになるよ。瀬戸内海を三日程度自然漂流して、興居《ごご》島の小瀬戸に入ってくる死体は、どの都市の沖合に棄てたものか、それを調べたんだ」

「ああ。そして出た結論は……」

「ここさ」

御手洗は言って、足もとの地面を指差した。

「福山か」

言うと御手洗はうなずき、言う。

「そうだ、死体はこの街発の可能性が高い」

「六人……」

「六体ともだね。この街の南の海、沖合二キロの地点に死体を浮かべたら、三ヵ所から出入りする機械仕掛けの海水によって死体は運ばれ、興居島の小瀬戸に入る、そういう実験結果になった」

「ずいぶんと雄大な話だね」

「だからこの街にやってきたのさ。さあ、あのタクシーに乗ろう」

「どこに行くの？」

「福山警察署さ」


窓外の景色を見ていた御手洗が、突然叫んだ。

「ちょっと停めて！　運転手さん」

それはゴシックふうの教会を摸《も》して造られた、いかめしい建物だった。その前で白い花嫁衣装の娘らが、手鏡に太陽光を反射させてお互いを照らし合い、声をあげて騒いでいた。

「運転手さん、この建物は、教会？」

「ああ、こりゃ、結婚式場です」

運転手は言った。

「ということはつまり、この特売場みたいな騒ぎは結婚式？」

「はあそうです」

「コスプレ・イヴェントかと思ったぜ、石岡君」

「本当だ」

「花嫁でごった返してる。大安売りかな、一ダースはいるな」

「花婿もいっぱいだね」

「こりゃ、合同結婚式です。日東第一教会の」

運転手が言った。

「ニットー・ダイイチ……？　宗教？」

私は、会場入り口に掲げられた看板の日本語を読んだ。

「はい、そうです」

続いて私は、英文字も読んだ。

「ＣＯＮＦＵＣＩＵＳ……、これはどういう意味だろ？　なんでみんな鏡でふざけ合ってるの？」

「ちょっと三分くれよ。観てくる」

ドアを開け、御手洗は、タクシーを出ていった。

そして二十分後、私たちは福山警察署の応接室のソファにかけていた。

「ほら石岡君、こんなチラシが会場の隅に置いてあった」

御手洗が横で差し出すのを見ると、大きめの活字で印刷された、Ａ４サイズの白い紙だった。文字の中央には、鉛筆で描いたらしい恐竜の絵がある。

私はその冒頭の部分を、声に出して読んだ。

「瀬戸内海の怪物？　なんだって？　おい、本当かい⁉」

私は仰天した。

「続けて、石岡君」

御手洗は言う。それで私は、またチラシに目を落とす。

「瀬戸内海でボート訓練中、私たちはこんな恐竜に遭遇しました。この絵は教団員の一人が、思い出して描いたものです。ふえー」

絵を見つめ、私は言った。そこには、胴周りが五、六メートルはありそうな、黒々として巨大な海蛇のような怪物が、二つの目を光らせ、水面から鎌首をもたげているところが描かれていた。手前側には、怪物に真二つに粉砕されたボートと、海に投げだされたり、空中に跳びあがっている人間の姿が、何人も描かれている。

「なかなか上手だね」

御手洗は言った。

「上手だけど……」

私は言って、なんだか絶句してしまった。

「怪獣だよ。本当にこんなことがあるんだろうか。しかもこの日本で」

この世の出来事とは思えなかった。

「こりゃ、空想科学、冒険小説の世界だよ。子供の頃よく読んだ」

「続けて最後まで読んでくれたまえ石岡君」

「ああ。一度は遠くを泳いでいる姿を見かけただけですが、もう一度は教団のボートを襲ってきました。ボートは破壊され、私たちは全員海に投げだされましたが、命からがら泳いで岸まで逃げのび、九死に一生を得ました。

神に守られた私たちは、誰一人恐竜の餌《え》じきにはなりませんでしたが、この海で、この怪物の犠牲になった人たちは大勢いると思われます。

瀬戸内海には、まだ世界中に知られていない、恐ろしい怪獣が棲《す》んでいます。目撃した漁師たちは、鞆に何人もいます。これもこの世界が、ついに終末の間際にまで来てしまっていることの証です。われわれ一人一人の心に棲む悪魔が、このような怪物を産んだのです。われわれは信仰に目覚め、自らを高めて、今この国が直面している幾多《いくた》の国難を、乗り切っていかなくてはなりません」

読み終わって私は、唖然として御手洗の顔を見た。

「なんなんだこれ。信じられないよ」

御手洗の顔には笑みはなく、小さくうなずき続けている。

「瀬戸内海に恐竜？　聞いたこともない。テレビでも、観たことがない」

私が言うと、御手洗は、

「食べられた犠牲者は、今のところ六人だね」

と真顔で言った。

「男が好物なのかな、女は食べられてない……」

御手洗は腕を組む。私は、なかばあきれる思いで放心した。

するとその時、そばでついていたテレビの音が耳に入った。お昼のニュースの、男性アナウンサーの声だった。福山市、と言ったからだ。まさかテレビのニュースでまで、この怪物のことを告げるつもりかと緊張したのだ。

「昨日、福山市南町《みなみ》の阿部義弘《あべよしひろ》さん宅の蔵から、幕末の黒船来航時、もしもアメリカと開戦となった際の、福山藩の兵士の出陣の位置を示した図が発見されました。これは当時、江戸幕府、老中《ろうじゅう》首座の地位にあった阿部正弘《まさひろ》が、側近に命じて作らせたもので、歴史的にもきわめて貴重な資料であるとして、関係者に注目されています」

御手洗がテレビの方を向いたので、私も注目した。

「恐竜じゃなかったね」

御手洗が言った。

「あ、これ、ここの歴史博物館だ」

私は言った。一度入ったことがあったからだ。

「駅のすぐ北だよ、近くなんだ」

私は言う。

「さっきの結婚式場の方かな?」

「そうそう! あそこからすぐ近くだよ」

福山歴史博物館の玄関が映ってのち、インタヴューに答える男性が映った。画面下方に、「福山歴史博物館、主任学芸員、富永和利《とみながかずとし》」の文字が浮いた。彼は言う。

「この文献は、以前より存在が言われていました。しかしこのたび、思いがけず地もとから発見されて、われわれ研究者は大変喜んでいます」

「出陣図、なんでしょうか」

とアナウンサーが訊く。

「正確には、『御出陣御行列役割写帳《ごしゅつじんごぎょうれつやくわりうつしちょう》』と言います。嘉永《かえい》七年に作成されたもので、大将、阿部正弘の馬の位置、大筒隊や、玉薬入長持担当の兵隊などの、行進の順番を示したものです。阿部家の方から、寄贈の申し出がありましたので、当館の貴重な財産になるものと思って、非常に喜んでおります」

「歴史資料が発見されたんだね」

御手洗が言い、私もうなずいた。

「怪獣の次は歴史資料か」

続いて女性が映った。ほっそりした美人だったので、私は思わず身を乗り出した。下方に、「福山市立大学文学部助教授、滝沢加奈子《たきざわかなこ》」の文字が浮いた。

彼女は言う。

「発見されたと聞いて、大変興奮いたしました。日本の一大転換期を語る、とても貴重な文献資料になります。阿部正弘という優秀な人材を輩出した福山市にとって、大きな財産になると思います」

「文献中に、謎めいた文字があるとうかがいましたが」

アナウンサーは言って、ぐいとマイクを向ける。

「はい。『星籠』という朱文字が、『黒船』という黒文字が書かれたすぐそばに、書き込まれています」

「せいろ……」

「はい。せいろか、せいろうか。星の籠《かご》と書きます」

「何なんですか？　それは」

「意味するものは、まだ解りません。ペリーが遺している、アメリカ側の資料にも出てきません。今後の私たちの、研究課題です」

「黒船のそばに書かれていた？」

「はい。だから幕府側の、対黒船用の、何らかの戦略を示していると考えられますが、まだ解りません。幕末史の研究でも、これまで一度も出てきていないんです」

「それは貴重な資料ですね」

「はい」

助教授がまた説明を始めると、何を思ったか御手洗は立ちあがり、つかつかとテレビに寄っていった。そしてテレビの横に立ち、画面を指差しながら、美容師のような講釈を始めた。

「助教授らしからぬ、可愛い髪型だね石岡君。ほら、額《ひたい》全体に前髪を垂らしている」

「あ、そう？　実際若いんだろ」

私は言った。

「君好みだね、往年のアイドルふうだ」

ニュースは別の話題に移り、すると御手洗は、テレビのそばを離れ、新聞のラックに寄り、引っ張り上げてテーブルに置いて、記事をあさりはじめた。

どうやら求めているのは、同じ内容を報じる地方欄だった。「阿部家から新資料」とか、「星籠」の文字が、私の位置からも見えた。御手洗が、ソファにどしんとすわった時、彼方のドアがあいて、背広姿の男性が入ってきた。

彼は腰をかがめながら近寄ってきて、私たちにこう言った。

「やあやあ、これはお待たせしました。桜田門《さくらだもん》の、竹越《たけこし》課長からお話、うかがっとります。課長の黒田《くろだ》、言います」

さらに腰をかがめ、名刺を差し出す。御手洗も私もソファから立ちあがった。

「御手洗と申します。こちらは石岡君です」

御手洗が言うので、私もおじぎをした。竹越から話を通してもらっていたことを、私はこの時はじめて知った。

「お名前はかねがね、本日は東京から？」

彼は訊き、

「横浜からです」

御手洗は答えた。正確には、呉からだった。

黒田は黒ぶちの眼鏡をかけ、痩せぎすでやや出っ歯の人物だったが、警察官によくある尊大な気配はまったくなくて、セールスマンのような人懐こい笑顔と話し方だったから、私はほっとした。これなら御手洗も、辛辣《しんらつ》な言動はしないであろう。

「ようこそ福山へ。遠路はるばるご苦労さまでございます。で今回はどのような……、ま、ま、どうぞおかけください。今お茶が来ますんで」

と手で示しながら言うので、われわれはソファに復した。黒田も、テーブルをはさんでわれわれの反対側に腰をおろした。

「松山沖の、興居島の小瀬戸という入江に、死体がどんどん流れ着くんです。去年の十月くらいから間隔をおいてです。もう合計六人にもなりまして、それらはこの福山市から来ていると思われます」

「えっ！」

黒田は仰天した。驚くと、彼の背筋がぴんと伸びた。

「死体は傷んでいて、身もとはわかりませんが、すべて男性です」

御手洗は言う。

「福山からというのは、それは確かですか？」

「呉の水理実験場での実験では、そういう結果が出ました。可能性は高いです」

「福山の……、では鞆から」

「陸から二キロ程度沖合から、と考えられます。そういうこと、ご承知ではありませんか」

「全然。初耳です」

黒田は目をむき、口をぽかんと開けながら言う。本当に驚いている。

「それで、こちらで捜索願が出ていないかと」

「そりゃあまたしかし、不思議な話ですなあ。その六人がみな福山市民なら、そりゃ、騒ぎになっとってええですな」

黒田は、土地の者に特有の言い方で言った。

「それで、捜索願のリストを拝見したいのです。昨年の夏くらいから一年間程度の期間でけっこうです」

黒田はうなずいて立ちあがり、壁際に置かれたデスクの、受話器をとった。

「ああ捜索願のリスト、頼むわ。うん、そうじゃ。去年の夏くらいからな、うちに出とる捜索願全部。そ、プリントアウトしてな、こっち、持ってきて、な」

受話器を置いて、御手洗に向き直る。

「今リスト、来ますけ」

言いながら、ソファに戻ってきた。

「お世話さまです」

御手洗が言った。それからしばらく福山城の話などしていたら、ドアにノックの音が聞こえた。

「はい」

ずいぶん早いなと思ったら、湯呑を載せた盆を持つ、娘が入ってきた。

「お茶ですー」

彼女は言った。

「あ、ごくろうさん。そこ、置いといて」

黒田は言った。

「うわあ……、本物だー」

盆を運んで来ながら、娘が小声で言うのが聞こえた。

湯呑をひとつずつテーブルに置きながら、

「御手洗センセ」

と彼女は言った。

「なんです？」

御手洗は言う。

「煎茶なんですけど、好きですかー？」

「好きですよ」

御手洗は言って、自分の前に置かれた湯呑を持った。

娘はにこにこしながら御手洗と私とを何度か振り返り、小学生のように両手を振って部屋から出ていった。

電話が鳴り、黒田が立ちあがり、電話のところに行って受話器を取った。御手洗も、つと立ちあがり、お茶を持って窓のそばまで歩いていった。

「はい、はい黒田。福山西署の刑事から？　何じゃろ。ああ、つないでくれ……。はい、はい……、本署の黒田です。何？　殺し！」

窓際で振り返る御手洗。

「どこ？　鞆？　マンション。鞆署から急報、鞆署の君ら、今現場に向かおうとしている？」

「待ってください」

言って、御手洗は速足で寄っていく。

「ちょっと、ぼくの言う通りにしてくれませんか」

「ちょっと待って」

受話器を手で押さえ、黒田は御手洗に言う。

「どうしろと？」

「死体はどこで出ました？　どのようにして発覚しましたか？」

「鞆町鞆のカモメ・ハイツいう……」

「どうして発見されましたか？」

「大家が、台所の流しの下から、階下に水が漏るいうて、修理させてくれ、いうて部屋をノックしたんですが、返事がないんで、合い鍵で入ったら、ベッドに女の死体があったと」

「女性の住んでいる部屋ですか？」

「いや、男です。男の部屋で」

「部屋の主は？」

「おらんようで」

「ふむ。では大家さんに、もと通り部屋は施錠《せじょう》して、自宅に戻っていて欲しいと伝えてください。そして鍵は轄署の捜査員に預けて。しかし捜査員は決して現場には入らず、近づかず、パトカーもマンションの付近には近づけず、刑事は変装して、近所に張り込んでいてくださいと」

「はあ」

「マンションの出入り口をただ見張っていて欲しいと。現場の部屋は何階です？」

御手洗は訊く。

「おい、現場の部屋は何階だ？」

黒田が電話の相手に訊く。そして、御手洗に向き直った。

「二階じゃそうなです」

「下からは、二階の廊下や、現場の部屋のドアは見えませんか？」

「二階の廊下とか、現場の部屋のドアは見えんか？　うん、うん、うん、そうか」

御手洗に向き直り、受話器を右手でふさいで言う。

「マンションの裏手の路地からなら、窓越しに廊下が見えるそうです」

「では現場の部屋に、部屋の主か、怪しい人間が入りそうなら、すぐに黒田さんの携帯に電話を入れるように言ってください」

「は、はあ、それで……」

受話器をふさいだまま、黒田は問う。

「ひたすら普段通りに。こっちが死体を発見したことを、周囲に気づかれないようにと、そう言ってください」

黒田はうなずき、電話に言う。

「大家にすぐに施錠をして、自宅に戻っているように言うてくれ。鞆署はパトカーも現場には近づけず、君らも現場には入らず、しかし鍵は大家から借りてだな……」

そこで御手洗を見る。

「変装して」

御手洗が言った。

「変装して付近に張り込んどってくれ。あ……？　そんなもん、なんでもええ、なんでもええ、漁師じゃ、漁師。そして部屋の主や、怪しいやつが部屋に入ったら、すぐにわしの携帯に連絡を頼む。普段通りにしとってくれ、わしらが死体を発見したことを誰にも気づかれるな。追ってまた指示するから」

黒田は、受話器を戻す。

「それでいいです。鑑識班の人を、一人だけ呼んでください。四人で現場に向かいましょう」

「そいじゃ、今パトカーを」

「いや、タクシーで行きます」

御手洗は言う。

2

署の前でタクシーを拾い、私たちは海べりの道でタクシーをおりた。鑑識班の、磯田《いそだ》という男と一緒だった。

「この道沿いのはずじゃが御手洗さん、じゃがまだ、だいぶん距離がありますで」

黒田が心配そうに言った。

「それでいいんです黒田さん、一人で先に行ってください。マンションは解りますか？」

「見当はついとりますが、まあ、張り込んどる鞆署の者に訊きます」

「では彼から鍵を受け取って、先にマンションに入ってください。われわれはそれを見て、あとから行きます」

それで海沿いの道を、黒田課長は一人で歩きだした。

間隔をあけて、鑑識員の磯田にも、行くようにと御手洗はうながした。彼は、フーテンの寅さんのような、大きめの革カバンを持っていた。それを下げ、ぶらぶら歩きだす。さらに間隔をおいて、私も御手洗と並んで歩きだした。

潮の匂いはするが、コンクリートの堤防があるので、道から海は見えなかった。道端に金網の張られた台があり、上に小魚がたくさん並べて干されている。

「この海が瀬戸内海だね」

御手洗が言い、私はうなずいて、左手の先には、仙酔島という島が浮かんでいて、そこに海水浴場があるのだと説明した。福山の人たちは、夏の海水浴には大半ここに行くと聞いている。

先行する人たちに、速足になって追いつかないよう気をつけながら、私たちは歩いていった。ずいぶん歩いて、防波堤に腰かけた麦わら帽子の男から、鍵を受け取る黒田の姿が遠く望めた。麦わら帽子の男が道路の反対側を指差している。あれが現場のカモメ・マンションですと教えているのであろう。黒田はうなずき、道路を横切っていく。東京の道路と違い、道に車の姿はない。

間隔を置いて、鑑識班の磯田も、道路を横切りはじめる。だいぶ距離があったが、私たちも横切った。現場のマンションに着いた。見れば、道路の向かい側の堤防にすわる男が、それだと指差してくれている。

階段をあがって、廊下に出た。緑色のリノリウムが敷かれていた。正面突きあたりのドアが開いていて、白手袋を塡めた黒田が、手招きしてくれていた。速足で寄っていくと、ドアの横の壁に、二〇五という数字と、秋山《あきやま》という表札が出ていた。

入ると、土間からのあがりぶちに暖簾《のれん》が下がっていた。触れないよう、腰をかがめて下を通った。そこは食堂だった。テーブルと五脚の椅子があり、ソファをよけて進めば、ドアの開いたままの寝室があって、ベッドの上に、毛布をかけた下着姿らしい女性が横たわっているのが見えたから、私はぎくりとした。ベッドの足もとには、彼女の着衣らしいものが散乱している。

鑑識員の磯田が、私と御手洗に、無言で白手袋を渡してきた。

「指紋は採らんので？」

黒田は訊いてきた。タクシーの中で、御手洗が言ったのだ。

御手洗は、手袋を塡めながらうなずき、言う。

「今はやめてください。時間がないし、検査の形跡が残ります。今夜やりましょう」

「では今は何ぅせいいうて？」

「観察です。十分ほどですませます」

言って御手洗はまず窓に寄り、閉まったカーテンをごく細めに開けて、表を見た。

「海が見えるな、そろそろ夕陽の時刻か。とても具合のいい部屋だ」

「なにに具合がいいんだよ？　夕陽観るのにか？」

わずかに責める気分で私は言った。磯田や黒田が、少々手持ち無沙汰そうに立ちつくしていたからだ。

「高い酒が並んでいる」

部屋の隅のガラスケースを指差して、御手洗は言った。続いて小型冷蔵庫に寄り、扉を開ける。

「キャビアにチーズ。生ハムにメロン、刺身にエビ……。デブのもとだな」

「御手洗さん、なんに具合がええと？」

黒田が訊いた。

「え？　ああ、もちろん逢引きですよ」

言って御手洗は死体に寄り、白手袋の手で、ゆっくりと毛布をめくる。

黒いスリップ姿の女性だった。顔だちは悪くなかったが、化粧は濃く、若くはなかった。御手洗は、女性の体の下に手を入れた。

「スリップの下は裸だ。そして、かなり汗をかいている」

続いて瞼《まぶた》に触れた。

「瞳孔が開いている。くもりはない。コンタクトレンズ着用。足には複数の痣《あざ》が見える。磯田さん、足の指の間を見てくれませんか？」

「足の指？　なんでです？」

黒田は訊くが、鑑識員は、足の指を開いている。

「赤い点がある、各指の間に」

彼は言った。

「赤い点？」

黒田が問う。

「注射痕です」

磯田が言い、御手洗はうなずきながら、肩のあたりに顔を近づける。

「洗剤の匂いが強い。間違いない、覚せい剤でしょう」

「シャブ？」

黒田は言う。

「福山は、覚せい剤は？」

御手洗は訊いた。

「いやもう、わが町ではそういうようなことは、まったく過去のことです。清潔で売っとります。暴力団もありません」

黒田は答えた。

「磯田さん、微物を頼みます。始めてください、こちらはこちらでやりますから」

死体にかがみ込んだまま、御手洗は言う。

「毒物反応はなく見える。絞殺痕も、殴打痕、刺殺の痕跡もない」

そして御手洗は身を伸ばし、女の体と、ベッドの足もとに脱ぎすてられた女性の着衣を見おろしながら言う。

「年齢は四十代なかば。煙草を吸う。かなりのヘヴィースモーカーだ。酒も多く飲む。慢性的な睡眠不足。飲み屋勤務の可能性が高い。暮らし向きはそれほど豊かではなく、子供を一人育てている。出産は帝王切開。子供はもう大きい。小学生か、中学生。おそらく男の子だ。彼女自身は近眼で、たまに眼鏡を着用する」

「どうしてです？」

黒田が訊き、御手洗は、女性の顔の中央を指差す。

「鼻の左右にかすかな眼鏡の跡がある」

「たまというのは……」

「今はしていないでしょう？　鎖骨《さこつ》骨折の痕《あと》がある。目の下にもわずかな傷、交通事故かもしれない」

「それは前ですか？」

「ずいぶん前です。そして腰痛持ちだ。ついでに胃も悪い。下腹部には帝王切開の痕。しかし切ってもう十年以上が経っている、したがって子供は大きい。乳首の様子から、母乳で育てたことが解る。頻繁にシャワーを浴び、強くこするから、肌の赤くなった箇所がある。この部屋でも浴びている。急いで化粧をしている。それはおそらく、覚せい剤による体臭過敏妄想のゆえだ。化粧のあわて方から見て、ベッドの相手は、待たせられない、尊敬する男であった可能性がある」

「ははあ！　たいしたものですなー」

黒田は、感心して言った。

御手洗は、顔に鼻を近づけて匂いを嗅ぐ。額から顎の方にと下っていく。続いて、床から洋服を摘みあげる。

「この町の住人である可能性が高い。あわてているが化粧は濃く、これは日頃の習慣を示しています。しかし指輪、ネックレス、イヤリング、装身具の類がいっさいない」

「それは……」

「現在の彼氏は、暴力団関係者だ」

「なんでです？」

御手洗は、左側の胸の上部を指差して言う。

「ここに刺青《いれずみ》がある。男に気持ちがなければ、ここにこんなものは入れない。新しいから、関係はまだ続いている可能性がある。その彼氏が持ち去ったのです」

「何故」

「それにより、何かが露見するからでしょう。今はそれ以上言えない。髪を少し引き抜かれた跡がある。暴力的な男です。そして額中央に擦過傷《さっかしょう》、うん？」

御手洗は、死体の額に顔を近づける。

「なんです？」

「暴力団員は撤回です。ここに一緒にいた男は、組員ではない」

「では？」

「彼氏ではないということです」

「彼氏ではない男と情事を？　死因は？」

「彼女にはそうする理由があった。たぶん、大きな利益があったのです」

「しかし殺された」

「いや……」

御手洗は、かがんで死体に顔を近づけた。

「まず薬物のショックによる心臓マヒで間違いないでしょう。が、解剖待ちですね」

「では殺しではない……？」

「違います、事故でしょう」

「夫じゃないのか」

「ここにいた男は夫ではない。夫とは、かなり前に別れている。これは誰の部屋です？」

「まだ解りません」

「金廻りがいい人物だ。暴力団でないのなら、何だろうね石岡君」

「まだ解らないのか？」

「明白だ、明白なことだよ」

御手洗は、鑑識班員の方を向く。

「さて、われわれはあっちのダイニングを調べています。性行為の有無、精液の有無、死後の経過時間等を、急いで調べてください」

御手洗と黒田、そして私は、ダイニングに移動した。

黒田は、片端から抽斗《ひきだし》を開け、点検を始める。私も、彼にならってそうした。

御手洗はトイレのドアを開けて中に入り、すぐに出てきた。続いて大型冷蔵庫の扉を開け、野菜入れの底あたりを調べている。

「ポンプや、粉の類はないな、さすがに持ち去っているか……」

言って黒田は、抽斗を閉めている。そして言う。

「収穫はなしか」

「そんなことはないです、こんなバッジがありましたよ」

御手洗は言った。

「どこに？」

「彼女の持ってきた化粧道具の中です」

「どこにありました？」

「この椅子の上です。これは近眼眼鏡、ハンドバッグの中にありました。携帯は持ち去られているが、バッジは男が見落としたんです。今はまだ持っていかない方がいい」

言って御手洗は、バッジを食卓に置いた。

「これはCの字？　何のバッジです？」

身をかがめてバッジを覗き込みながら、黒田は言う。

「さあね、しかしあの壁にかかっていた額と関係がありそうです」

御手洗は壁を指差す。

「額？」

黒田は、背後を振り返った。しかしそこには白い壁があるばかりで、額などはない。

「はずしています。たぶんついさっきです。壁に額の跡が残っている」

もとあった化粧道具入れにバッジを戻し、バッグにしまい、食卓に付属した椅子の上に置きながら、御手洗は説明する。

「わずかに傷があります。かなりあわてはずしている」

壁に寄りながら、指差す。

「ここには、誰か住んでいるんですかね」

黒田は問う。

「本が一冊もない。本棚がない。雑誌一冊ない。食べ物と飲み物だけでは人は生きられませんよ」

「では」

「料理の痕跡もない、ステンレスに油汚れがない。住んでいませんね」

御手洗が言った時、磯田が寝室から姿を現した。

「十分になりました」

聞いて、御手洗はうなずく。

「死後二時間半程度と思われます。性行為の痕跡はありますが、精液の有無は解りません。しかし、どうもなさそうです」

「ほかに何を拾いました？」

「陰毛を少々。しかし男のものか女のものか解りませんし、目指す人物のものかどうかも不明。この短時間では、とてもそれ以上は……」

御手洗は、調べるために開けていた流しの下の開き戸、食器戸棚の扉などを、次々に閉めていく。

「トイレも流されていて、何も残っていません。ではこれでいい。今できることはみんなやりました。早く退散しましょう」

言って窓に寄り、カーテンのかげから下の通りを見た。人影はなく、止まっている車もない。

「死体はこのままに？」

黒田が訊く。

「そうです。寝室の死体は、もと通りにしてくれましたか？」

御手洗が磯田に訊いた。

「はい」

「ではカバンを持って、一人ずつ廊下に出てください。黒田さんは最後です。ドアに施錠をしてください」

御手洗は命ずる。

3

マンションの前に、黒塗りのヴァンがやってきて止まった。中から四人の人影が出てきて、速足でマンションの入り口に消えた。

建物の陰にしゃがみ、それを見ていた私たちは、路地の奥に止めていた警察の車に戻った。黒田課長は助手席に入り、警察官の運転でわれわれの車は静かに進み、三十メートルばかり後方につけて、エンジンが切られた。窓の明かりを私は見ていたが、現場の部屋の窓には、明かりはともらなかった。

ものの十分もかからなかった。今入った四人の男たちが、手錠を塡められて姿を現した。連行する側は三人だった。距離があったし、夜の暗がりの中なので、彼らの人相は見えない。しかし体つきから、三人は若者のようだった。

「無事終わったようじゃな」

助手席の黒田が言った。

「部屋で待っていた連中が、入ってきた連中をおさえた」

「はい、そうですね」

後部座席から、私が返事した。

「おっしゃる通り、日が落ちたら怪しげな連中が湧いて出ましたなぁ」

黒田が、こちらを振り返りながら言った。

「死体処理班です」

御手洗が言った。黒田はうなずく。

「死体を取りにきたんですなぁ、あの連中。連中の乗ってきた車は、署のもんが動かすようです。やつら、おとなしくキーを渡したようですな」

フロントガラス越しに、彼らが乗ってきたヴァンに乗り込む刑事の姿が見える。四人は、その先のパトカーに一人乗せ、あとの三人は歩かせて連行するようだ。

「おいおい入らんわ。大丈夫かいのう、逃げられんかな」

黒田課長が、前を見つめたままで言う。それから、またこちらを振り返る。

「今からあれら、福山西署に連行します。西署は鞆署とも言うとりますが。このすぐ先です。先生、わしらも行きますか？」

「どっちでもいいです、あんまり興味がない」

御手洗は言った。

「おい、御手洗」

私が言った。横柄《おうへい》な口調はつつしまなくてはならない。黒田課長はわれわれ何の権限もない者に、精一杯低姿勢で接してくれているのだ。

「だってどうせ何も言いませんよ。徹底黙秘です。そして素性を語るものは、何も身につけてはいない、今行っても無駄です」

「じゃ、あとならいいのか？」

私が訊いた。

「まあね、ぼくならしゃべるよ」

「ほんとかよ。そもそも死体処理班って、どこのだよ。あの連中、そもそも、どこの誰だ？」

「ナンバーから、あのヴァンの登録をあたれます」

黒田が言う。

「それもいいですが、あたるまでもない。所有者は知っています」

御手洗は言った。

「は？　誰です」

黒田が驚いた顔を、こちらに振り向ける。

「あとでそこから弁護士が来る。失敗を知ったボスは、作戦とストーリーを作り変える。こうです。彼らは部屋の所有者と知り合いで、死体があることなど知らずに入った、休憩のために。そして証拠不充分で釈放となる」

「はあ……」

「連中のボスはそれなりに脳みそがあり、ぼくにはもうすべてが解っています。下働きのあの連中に訊くまでもない。必要なら説明してあげられますよ」

「あら、本当ですか」

「暴力団か？　御手洗」

「違うが、大差はない。福山はいい街だが、どうやら彼らにのっとられようとしていますね」

「え？　のっとられる？　本当ですか。そ、そりゃ大変だ」

　黒田は言う。

「あながち言いすぎではありません。水面下で着々進行している。存在しないそうですが、暴力団も協力している」

「いや暴力団いうのはもう……、ただ建設業者の一部がですな、今も……」

「名前なぞはどうでもいいです。覚せい剤がさばける団体ということです」

「あ、さようで」

「だがこの連中はどうということはない。彼らに思想などはない。問題は彼らを動かしている者たちだ。その連中がこの街をのっとり、それで何をしようとしているのか、あとはそれが知りたいだけです」

　そういう御手洗の言葉の尻にかかって、黒田課長の携帯電話が鳴った。懐から携帯を引き出し、黒田が応じる。

「はい黒田。うん、うん……、こっちはかたづいたけ。うん、うん、そうじゃ、何？　殺し？」

　御手洗と私は、後部座席で身を乗り出した。

「解った、すぐにそっち帰るけ。おい、署に戻して」

エンジンがかかり、車は走りだしてUターンする。黒田は、携帯電話を懐に戻す。

「そいじゃあええですか、御手洗さん。今から福山に帰りますが、鞆を放っておいて、つきおうてもらいますが」

「かまいませんよ」

「いやおっしゃる通りじゃ、平和じゃった街なのに、急に騒々しうなりました」

「何があったんです？」

「国道二号線の、延広《のぶひろ》町交差点の歩道橋から、人が一人突き落とされたいうて。今救急車で病院に運ばれとります。突き落としたやつは逃げたようで」

「歩道橋から？」

「はい」

御手洗は腕を組み、考え込んでいる。

「今度は歩道橋……。またなんで歩道橋なんだ？」

思わず私が言った。

「全然違う荒っぽい事件だな」

「タクシーの屋根に落ちたようで。しっかし、なんでこうなことするんかな。酔っ払いかいな」

黒田も腕を組み、うつむく。

「ともかく重傷のようで、しゃべれんようなから、病院行っても……。現場へ廻りますか？」

「いや、病院に行ってください」

御手洗が言った。

「でも、何も聞けんようなですよ、意識がないもの」

「話してもらう必要はない。所持品と、顔を見たいのです」

病院に着き、救急病棟に入った。救急治療室から、看護師が廊下に走り出てきた。先頭に立った黒田がこれをかわし、救急治療室に入った。後方をついて入ると、そこはすでにがらんとしていた。

白衣の医師らしい男をつかまえ、黒田がバッジを見せて話しかけた。

「福山署、刑事課長の黒田です。今日歩道橋から落ちて運び込まれた人物の、着衣や、所持品を見たいんですが」

「お待ちください」

言って、彼は奥へ消えた。そして、プラスティックの籠を持って戻ってきた。

「これです」

「ありがとう。では忙しいでしょうから、ええですよ、これで」

医師は去っていき、黒田は籠を持って部屋の隅まで歩いた。そこにあるテーブルに籠を載せた。

「迂闊《うかつ》だな」

横に立った御手洗が言った。

「重大証拠物を抜かれる危険があるのに」

「そりゃあま、この警察バッジの威力でしょうな」

「そんなの、いくらでもコピーが作れますよ。敵の組織は大きい」

「組織が大きい？　本当ですか？」

御手洗は、籠の中の衣類をかき廻しながら言う。

「今その証拠を探します。いずれにしてもこの着衣類は警察で押さえて、保管しておく方がいいです。あとで必要になります」

「裁判でですか？」

「そうです。財布はある。一万二千円入り。しかし免許証もＩＤも、どこにもない」

「家に置いてきた」

「かもしれない。しかし、そもそも持っていない可能性がある」

「何故です」

「取れないからです」

「ええ？　そいじゃ、身もとが解らんな」

「身もとなどないんです。したがって保険もない。ほらこの衣類、すべて襟《えり》の裏側のラヴェルが切られている。これも、これもです。ズボンもそうだ」

「本当じゃ、どしてじゃろうか」

「ポケットにはブローチ、イヤリング、すべて金だ」

「あれ、手鏡だ。丸い鏡がある」

私が見つけ、手に取った。

「あら、ほんまじゃ、なんじゃろ、その鏡」

御手洗は、ちらと見て、

「魔鏡だ」

と言った。

「魔鏡？　魔法の鏡か？」

私が言うと、御手洗はうなずく。

「ちょっとした手品の小道具さ」

自分の顔を映してみた。

「この鏡、変わってるよ、表面がガラスじゃない、金属だぜ」

「金属を研磨して作るんだ、古代の鏡の形式だ。おっと、ほらあった」

御手洗は、小さな紙片をつまみあげた。明かりにかざす。

「何です？」

覗き込みながら、黒田が問うてくる。

「メモです」

「なんと書いてあります？」

「読めない。わざと潰して書いてあるが、文字になっていない」

御手洗はテーブルに置いた。私と黒田が、折り重なるようにして覗き込んだ。だがまったく読めなかった。何かが書かれてはいるのだが、ぐしゃぐしゃとした線が、折り重なって続いているばかりだ。

「暗号か？」

私は言った。

「まさしく」

御手洗は言う。

「しかしそれは結果だ。われわれが日本人だから、これは暗号になってしまう」

「どういうことです」

黒田が訊いた。

「日本の文字ではない」

「日本の文字ではない？」

「おかしいな……」

御手洗は言い、まだ籠の中を引っかき廻す。

「何だ？」

私が言った。

「求めるものがないんだ。石岡君、その鏡の裏を見せて。ああ、いいぞ、あった！」

御手洗は叫んだ。

「何です？」

鏡の裏を指差して御手洗は言う。

「鞆の現場にあったバッジと同じマークだ。これでいい、これですっかりストーリーが読めた。先生！」

御手洗は、やってきた医師を呼びとめた。

「福山署ですが、この服の持ち主の顔を見ることはできますか？」

「集中治療室なので、今は入れません。背骨は重傷です。今夜が峠だから」

「あ、そこをですな、なんとか」

横合いから黒田が食いさがった。

「捜査上必要なことですけ」

医師は立ちつくす。そしてこう言った。

「患者さんの、身内に知らせたいんですがね」

「身もとは不明なんです。そのためにも体をあらためないと」

「治療室には入れないが、顔は見られます。じゃ、こちらへどうぞ」

言って、医師は先に立つ。

案内されたところは、医師の控室のようだった。白衣を着た医師らしい人物が二人いて、牛丼を食べていた。

「こちらです」

示されたデスクの上に液晶のディスプレイが載っていて、首までシーツをかけ、目を閉じて仰向けに寝ている患者の顔が映っていた。

「顔は包帯を巻かれていない。よかった」

御手洗が言った。そしてさらにこう訊く。

「体のどこかに、注射痕はなかったですか？」

「注射痕？　何故です」

医師が問い返す。

「覚せい剤の、注射の痕です」

「気がつかなかったな」

「足指の間も、見てもらえませんか？」

医師はモニターに近づき、ボタンを押してこう呼びかけた。

「田辺さん、患者の足指の間、ちょっと見てもらえませんか？　注射針の痕はないかな」

すると、カメラの下を看護師の肩が横切った。

「ないですね、注射痕は」

彼女の声が、壁の小さなスピーカーから聞こえた。

「あそう、ありがとう」

医師は答える。

「ではこれでけっこうです。行きましょうか黒田さん。盗まれる前に、男の着衣も持って」

御手洗が、黒田に向かって言った。


病院の駐車場に出て、車に向かって歩いた。黒田は、さっき寝ていた被害者の、着衣が入った紙袋を持ち、携帯電話で誰かと話し続けていた。話が終わり、携帯を懐にしまいながら、

「ああわしもう眠たいわ、あとはもう明日にさしてもらえませんか、御手洗さん」

と言った。

「いいですよ。これ以上事件が連続しなければ」

御手洗は言った。

「起こりますかね？　事件」

黒田は訊く。

「犯人が逃げている。可能性はあるでしょう」

「勘弁して欲しいわ。鞆署の方も、おっしゃる通りだんまりで、音《ね》をあげとります。いったいどこのどいつだと」

「今の電話は鞆署ですか？」

「そうです」

「明日、ぼくが行って話しましょう」

「お願いします。わし、もう歳じゃから。今のあの重傷の被害者、身もとは……」

「解るが、そこに知らせても、よいことは何もないですよ」

「と、言われると」

「鞆のマンションと、同じことが起こります」

「え、この病院に？」

「そうです。病院となると、一ダースくらいがバスで乗り込んでくるかもしれません。全員逮捕したら、鞆署の留置場がパンクします」

「冗談じゃない、そりゃ戦争だ。こっちも兵隊が要る、明日にして欲しいわ。しかし、そいじゃあ先生、さっきのあの患者と、鞆の遺体の女性と、関連があると？」

　御手洗はうなずく。

「明白なことです。戦争が嫌なら、ニュースは押さえることですね。鞆の女性の身もとは判明しましたか？」

「いや、まだです」

「飲み屋を探すことです。ママが帰らず、騒ぎになっている店がきっとある。さて、どこかに宿を取らないとな……」

御手洗が言うと、黒田がすかさず言った。

「署の女の子が、駅前のニューキャッスルを取っといたそうです。なんや、あんたさんらのファンじゃいうて」

「え、なんか……、悪い予感」

思わず、私は言った。

「ニューキャッスルは、福山では一番ええホテルで。ええでしょうかね、それで」

「助かります」

御手洗は答えている。

「ああ眠たい、わし、昨夜もよう寝とらんのです。もう、突っ込みそうなわ」


ニューキャッスル・ホテルのフロントで手続きをしてくれると、黒田はそそくさと帰っていった。フロントで鍵を受け取り、エレヴェーターで部屋にあがった。大きなキングサイズのベッドがひとつきりの室内で、やはり私の悪い予感は当たった。

「やっぱりな、一人ひと部屋じゃないし……」

思わず脱力し、椅子に腰をおろしながら私は言った。

「ベッドがふたつある部屋でもない」

ふと壁を見れば、おぞましいものがある。ピンクのモールで縁どりされた、巨大なハート形の鏡だった。

「なんだよこれは。なんなんだよいったい」

壁を指差しながら、私は不平を言った。

「新婚さん用の部屋だよ、とほほだよ」

しかし御手洗は、そんなものは目に入らないらしく、しきりに腕を組んで考え込みながら、部屋をうろうろしていた。ついと立ち停まり、しばらく立ちつくしてからこう言う。

「シャワー、先に浴びてもいいかな」

「どうぞ。風呂でもシャワーでも」

私は答えた。


翌朝、ホテルのレストランで朝食をとっていると、黒田課長が現れた。いそいそ速足で近づいてくると、私の隣にかけた。

「おはようございます」

と言うので、私たちも挨拶した。

「あ、おはようございます」

すると黒田は妙なにやにや笑いを顔に浮かべ、不可解な粘着質の声を出し、こう訊くのだった。

「石岡さん、よう眠れましたかなぁ」

そして私の体を、上から下まで見ている。

「な、なんですか」

私は言った。すると黒田は言う。

「いや、よう眠れたかなぁ思うて」

「寝ましたよ」

私は答えた。

「はあ、ほうですか。そりゃえかった」

「な、なんですか」

私は言った。署の女の子たちに、どうやらおかしな話を吹きこまれているようだった。

「鞆の方は？」

御手洗が訊いた。

「あ、そうそう。いや大当たりですわセンセ」

黒田は手を打って身を乗り出す。

「あの死んどった女性、宇野《うの》芳江いう名前で、現場からほど近い、やっぱり鞆町鞆で、『しあわせ亭』いう飲み屋をやっておった女性でした」

「子供は？」

御手洗が問うと、黒田は身を引き、懐から手帳を出して繰りながら、

「いや、これもおっしゃる通りで、中学生になる男の子が一人おります。名前は智弘《ともひろ》いうて。いやあ不憫《ふびん》なことですわ、亭主はおりませんのでなあ。じゃからこの子、これから一人になるからね、どうするんかな、思うてね」

御手洗も、深刻な顔でうなずいている。

「それから、さっき連絡がありました。男が病院で死んだいうて」

御手洗はうなずく。

「亡くなりましたか」

「はい。鞆で女が下着姿で死んで、福山の国道で、男が歩道橋からタクシーに落ちて死んで、そいで松山の方にようけ死体が行くんでしょう、福山から。そいでも福山からは、死体が全然出とらんのですわ」

「死体が出てない？　この街では」

御手洗が顔をあげ、驚いた表情になった。

「出とりません。そもそも捜索願、いうもんが出とりません。消えたもんがおらんのじゃから」

黒田が言い、私が御手洗に向かって続けた。

「興居島と同じだよ。興居島でも、福山でも、住人では死んだ人がいない。じゃああの死体はどこから来たんだ？　どこから湧いて出たんだよ。怪談だよ、こりゃ」

「死体、出たじゃないですか、昨日。二人も」

御手洗は黒田に言う。

「じゃからあれがはじめてで」

「はじめては女性の方だけです」

御手洗は言った。

「は？　男ははじめてじゃない？」

「死体回収の連中が持ち去ってうまく隠していれば、ゆうべも死体は出なかったことになっていました」

「ああ、うーんそうか、確かにあの男は身もとが解らんわな……」

黒田は感心したように言って、腕を組んだ。

「女性がはじめてなんですよ、福山の住人と、身もとが判明したのは」

御手洗が言う。

「はあ、そうじゃなあ、言われてみたら」

　黒田は言う。

「女もはじめてなら、身もとが判明したのもはじめて……」

「そうです。ああいうかたちで連続していたんです、この街の殺人は。そして被害者たちには捜索願が出ていなかった。だから殺人事件は存在していない」

「なんで出んのじゃろう」

　黒田はうつむき、考え込む。

「死体も、被害届も、捜索願も存在しなければ、警察にとって事件は存在しません。そうなら、世の中にも存在しない」

「確かに。福山で、去年の夏からこっち、捜索願出とるのは一件だけです。久松町《ひさまつ》の、小松《こまつ》時計店の一件だけ。店主の小松義久《よしひさ》、六十三歳が行方不明になっとりますな、捜索願が妻から出とります。でもこりゃ関係なかろうなあ」

「解りませんよ、それは」

　御手洗は言う。

「ほうですかのー。時計屋のそれが一件だけ、それしか出とりません。なんせ平和な町ですから」

　黒田は、そこのところを何度も強調する。

「平和な町なら、関連があってもいいです」

　御手洗は言う。

「ほいならしかし、こりゃ、どういうんじゃろうなぁ、御手洗さん」

「六つの死体が、この街の沖あいの海から西に向けて移動していったことは明白です。しかしここで死体が出ていないなら……」

「出とりません」

　黒田はまた言う。

「そんな届など出さないような組織から出ているんでしょう」

「届なんぞ出さんような組織？」

「覚せい剤が扱えるような組織です。そうなら、仲間が消えても被害届など出さないでしょう」

「ああそうか、暴力団ね」

　黒田は言って、小刻みにうなずいている。

「福山市立大学から何も連絡が入らないなら、今日はそういう組織か、鞆署に向かうことに……」

　御手洗が言うと、黒田はびくんと顔をあげて、頓狂な声を出す。

「福山市立大学？」

　黒田課長はきょとんとしているが、私も驚いた。

「そうです」

「またなんで福山市立大なんです？」

「そうだよ、なんだい藪から棒に」

　私も言った。

「いったいどこから出てきたんだよ、それ」

　すると御手洗は、え？　という顔をし、続いてああそうかという顔をした。まだ言ってなかったかな、と思っているのが私には解った。

　彼には時おりこういうことがある。自分にとってあまりに自明なので、とっくにこっちに説明し、解ってもらっているものと思っていたのだ。

「まあ、道々話しましょうか」

　と紅茶を飲みながら、御手洗は言う。

　その時、黒田課長の携帯が鳴った。懐から抜き出し、ぱかんと開いて耳にあてながら、黒田は言う。

「なんぼなんでも、大学は関係ないでしょう、福山市立大なんぞ……。はい黒田。何じゃ？　うん……、うん……、何？　福山市立大⁉」

　飛びあがりそうになり、それから首を回して、唖然として御手洗を見ている。

「はあ、はあ……、わ、解ったわ、しっかかし、ほんまかいな。ほんならすぐ廻るわ、御手洗さんらと一緒に」

　携帯電話を切り、懐にねじ込む黒田課長。そのまま、しばらく放心している。

「いや、びっくりしましたわ、福山市立大です」

「何だと言ってます？」

「いや、先生が一人おらんようになったと……。どうして解ったんです？」

「どうしてと言われましても……」

　御手洗は言う。

「あまりに明白なことなので、かえって説明できないな」

「今度は大学の先生か……。いったい何やこの事件は。時計屋に水商売に、大学の先生？　わけが解らんわ、いったいこれら、どういう関連性があるんです?」

言って黒田は、じっと御手洗を見る。

第4章 chapter 4

第四章

chapter4

1

滝沢加奈子は、暗い路地裏の道を、速足で歩いていた。彼女のパンプスがたてる靴音が、夜の空気の中にかつかつと、かん高く響いていた。

彼女の後方を、若い男がゆっくりとついていく。ジョギングシューズを履いていて、靴音はまったくしない。

加奈子の前方のコンクリート壁に、丸い光がすっと降ってきた。勢いよく下降し、彼女の目の高さでぴたりと止まる。加奈子はぎょっとして立ち停まり、丸い光を見詰めた。

光の中央に、白いひげの老人の顔が、ぼうと浮かんでいる。それを見てのち、彼女はさっと振り返ろうとした。その瞬間、だっと駈け寄ってきた男に、後方から羽交い締めにされ、大声で悲鳴をあげた。

丸い光は消え、男の声が耳もとでした。

「神の前で、神の御前《みまえ》で……、どうだ君、神の顔、正視できるか？」

聞こうとはせず、目を閉じて加奈子は悲鳴をあげ続ける。その口をふさぎながら、男は石敷きの地面に、加奈子とともに倒れ込んだ。

激しい息遣いと、衣擦《きぬず》れの音。体の下で、擦れた砂利《じゃり》が音をたてる。もがきながら、男は叫ぶ。

「君は神を冒瀆《ぼうとく》しているんだ。神の指示を無視しているんだよ！」

「誰か、助けて！　痴漢よ！　痴漢！　助けて！」

加奈子は必死で叫び、地面に横になったまま、思い切りハンドバッグを振り廻した。

男の頭に、激しく当たった。男がひるみ、瞬間身を縮める。

その瞬間を逃さず、加奈子は必死で男の体を蹴った。

立ちあがろうとしていた男が、それで勢いよく尻もちをつき、さらにひっくり返った。

「なんだ？　どうしたぁ？　大丈夫か!?」

闇の彼方から男の大声がした。勢いよく駈けてくる靴音。襲ってきた男は、とっさに立ちあがり、迫ってくる靴音と反対の方向に、全力疾走で逃げだす。

中年の男が駈けつけ、女のそばに立って見おろした。それから、下方に向けて手を伸ばす。

うつむいたままの加奈子には、その手が見えなかった。急いで暗い石の上に正座し、乱れたスカートをあわてて引きおろし、むき出しになっていた両腿を隠した。

「はい、大丈夫です。すいません」

と、急いで言った。男は伸ばしていた手を引っ込め、こう訊く。

「痴漢？」

「はい」

加奈子は答え、のろのろと手を伸ばして、そばのハンドバッグを拾った。

そこに、別の男に先導され、制服の巡査が駈けてきた。加奈子はゆっくりと立ちあがる。

「大丈夫？」

巡査も訊く。

「痴漢らしいよ」

最初の男が、警官に伝えた。警官はうなずき、さらにこう尋ねる。

「大丈夫かな？　怪我はない？　交番で休んでいく？」

加奈子はうなずき、言う。

「いえ、大丈夫です。明日仕事が早いので、帰ります」

「被害届出しますか？」

警官は訊いた。

「いえ、いいんです」

加奈子は答えた。

「ＯＬさん？」

「いえ、福山市立大の教員です」

そう答えて会釈をし、加奈子は歩きだした。


翌朝、福山市立大学の講義室で、助教授の滝沢加奈子は、日本史の講義をしていた。

黒板に文字を書き終えると、学生に向き直り、語りはじめる。

「戦国時代、瀬戸内海を舞台に、独自の海上王国を築いた村上水軍《むらかみすいぐん》の総帥は、村上武吉《たけよし》といいます。彼の居城は、芸予《げいよ》諸島のひとつ、能島《のしま》にありました。これは、島の周囲がわずかに七百二十メートルという、とっても小さな島です」

言ってから、加奈子は鉤《かぎ》つきの棒を振り上げ、頭上から瀬戸内海の地図を黒板の前に引きおろした。そして指で能島を示す。

「これが能島です。こんなふうに、ごく小さな島なんです。武吉は、わざとこういう小さな島を、水軍の司令部に選んでいます。有事の際には、小早船《こばやぶね》という彼らに独特の軍船が五百艘《そう》も集合して、この島をぐるりと取り巻いたといわれます」

午前中の陽が、講義室と教壇に射している。学生たちは、手もとの参考書と見較べながら、加奈子の講義に聞き入っている。

「そもそも、図面などがともなった軍船の資料が日本の歴史に登場するのは、この村上水軍からと言ってもよいでしょう。能島の武吉の城は、本丸、二ノ丸、三ノ丸と揃った本格的なものでしたが、瀬戸内海に無数にある島の中から、武吉がわざわざこの小島を選んだのは、敵に攻められた際を想定してのことでした。

この島の周囲の海は狭く、潮の流れが大変速くて、瀬戸内海随一の難所です。よほどこの付近の海の性格を知っていないと、船を自在には操れません。加えて小島なら、敵も陸上戦が展開できません。戦国武将は、陸上戦には馴れていても、水上戦には馴れていません。一方村上水軍は、瀬戸内海をよく知っており、海上での戦闘には絶対の自信を持っていました。ちょっとスライドで説明しましょうか。そこ、みなさん、カーテンを閉めてもらえますか？」

窓ぎわの学生が何人か立ち上がり、それぞれが自分に近い窓のカーテンを閉めはじめた。お昼前の陽が遮られ、講義室はたちまち暗くなる。

加奈子は地図をしまい、スライド用のスクリーンを引きおろした。学生に礼を言い、スライド投影機のスウィッチを入れ、木造の小船の映像を、まずスクリーンに映した。

「これが村上水軍の、小早船です。こんなふうにスリムにできていて、訓練によって、一糸乱れぬ動きをする漕ぎ手による高速船でした。この左右の板は、矢を防ぐためのものです。

瀬戸内の島民であった彼らは、もともと島で農業を行っていました。しかしそれでは暮らし向きがとても貧しかったのですね。そこで、瀬戸内海を通航する船から、通航料を取ることにしたんです」

助教授はリモコンを操作し、画像を瀬戸内海の全体図に切り替えた。

「瀬戸内海はこんなふうに、三ヵ所から大量の海水が出たり入ったりしている、いわば四角いプールなんです。内海なので波も穏やかで、船の航行は安全です。だからこの海は、ずっと東西の旅人たちの大通りでした。

たとえば大坂から九州に行こうと思う船は、大坂の沖で、流入してくる潮に乗って西方向に進みます。けれどこの大きなプールに海水がいっぱいになると、内海の中央部で、海水の動きは止まります。船は進まなくなるわけです。それで付近の港に上がって、六時間『潮待ち』をします。

六時間が経つと、この広大なプールの水は出ていきはじめますから、港から船を出し、今度は出ていく潮の流れに乗って、また西に向かえば九州に着くんです。瀬戸内海というのは、こういうふうに、天然のベルトコンベアを持ったとても便利な海でした。

蒸気船という最新科学が登場するまで、船はこの潮流と、風に乗って海の旅をしましたから、瀬戸内海の持つこの流入、流出の潮の流れは、とても重宝なものでした。だから瀬戸内海は、太古の昔から、陸路以上の大通りだったんです。文明開化まで、軍隊も、宗教も、経済も、みんなこの海の大通りを西に向けて、あるいは東に向けて、動きました。

　けれどこの旅では、不便なこともいくつかありました。まず潮待ちですね。この旅の中途では、一度は潮待ちをする必要がありました。これは、どうしても避けられません。だから神功皇后も、空海《くうかい》も最澄《さいちょう》も、源義《みなもとのよし》経《つね》も足利尊氏《あしかがたかうじ》も、その時代時代、歴史上の著名人たちはみんな同じ港にあがり、六時間の間、潮待ちをしました。その港こそがここ、私たち福山市の、鞆なんです。

　もうひとつの不便は、海賊ですね。穏やかで安全な海ということは、海賊にとっても活動がしやすいということです。静かな海は、海兵の訓練もやりやすくなります。古今東西、広く穏やかな海には多く海賊が発生しています。北欧のヴァイキングも、広大な入江に発生しています。

　だから村上水軍の大将、村上武吉は、こういう瀬戸内海大通りならば、通航料が取れると踏んだわけです。こんなに便利で安全な街道は、ほかにありません。しかし無数の島があるので、海流は時々刻々変化し、エンジンがない船の時代、最善のルートは季節ごと、時間ごとにくるくると変化します。これは長年この海に暮らさないと解りません。

　陸上の道は、戦国乱世のことで危険ですし、商品の輸送なら、最も大量の積み荷を、一度に運べるものは船です。しかしそれは、海賊の目標になりやすいということでもあります。村上水軍自身、各商船に通航税を要求して、拒否されれば海賊に早変わりし、略奪行為を行いました。一方、おとなしく料金を払った船に対しては、ほかの海賊から守ってやったり、水先案内をしたりといったサーヴィスも行います。

　彼らが拠点としていた芸予諸島は、大小百余島から成っていて、その隙間はこんなふうに狭く、潮の流れが時に急激に速くなって、瀬戸内海最大の難所です。そういう海水の動きと、これを活用した水上戦略にたけた武吉は、その中でもとりたてて小さい能島を、あえて自分の居城に選んだわけです。武吉は、非常に頭脳のある人物でした。

通航料は高かったんですけれどもね、積荷の一割と言いますから。米千石を運んでいれば、百石も取られてしまう。でも略奪されるよりはましですから。通航料を払った船には、こんなふうに、丸の中に上の字を書いた、赤い船標《ふなじるし》が船首に立てられます。すると村上水軍により、通航が保証されることになっていました」

加奈子はまたリモコンを操作して、旗の画像を映した。

「この通航料は、大名といえども、払わなくてはいけなかったんです。何故って、大名たちは陸上では強い軍隊を持っていましたが、瀬戸内海の上では、どの大名も到底村上水軍には勝てなかったからです。大将の武吉は、自分の周囲の若者を徹底訓練して、こういう海兵に仕立てていったわけです。そして彼らの収入を安定させ、島民の暮らしを豊かにして、兵農分離を実現していきます。つまり島の若者たちは、農業から離れ、専門の海兵になっていったわけです」

そこまで説明して加奈子は、ちらと腕時計を見た。

2

講義を終え、加奈子が廊下を歩いていると、向こうから、同じ助教授の藤井照高《ふじいてるたか》が歩いてきた。そして手をあげて笑いかけながら、こう声をかけた。

「滝沢先生、君に電話かかってたよ」

「あ、ほんと。誰から？」

加奈子が応じると、藤井は歩速をゆるめる。

「福山歴史博物館の富永だよ」

「あらそう、富永さん。なんだろ」

「先生に是非お見せしたい、すごい資料が出ましたってさ」

二人は向かい合い、立ち尽くした。

「えっ、ほんと？　なんだろ」

加奈子は言った。

「かなりすごいものだってよ」

「えーっ、本当に。楽しみ。村上水軍、関係あるかな」

「それは言ってなかったな。ところでさ、いい店見つけたんだ、今晩一緒に行かないか、食事に」

「えっ」

びっくりしたように加奈子は言い、棒立ちになる。

「な、なんだよ、なんでそんなに驚くんだよ。たまにはいい返事しろよな」

藤井は言う。

「お誘い、ありがとうございます」

加奈子は頭をさげた。

「かしこまったね。三十代なかばっていう自覚あるね。ヴェトナム料理。興味あるって言ってたろ」

「私ね、ホイアン、行きたいの」

「ホイアン、いいね。じゃまずは料理だ。段階踏もうじゃないの」

「段階？」

「そう、まずは料理。次はお酒。その次は……」

「ストップ。でもたぶん私、博物館行かなくっちゃならなくなる」

「そんなの、すぐ終わるだろ。資料のコピーもらうだけだ」

「でも、解んないじゃない。そのお店、今日でなくてもいいんでしょ？」

「俺、一緒に行っちゃいけないのか？　歴史博物館」

「あなた、専攻違うでしょ。コミュニケーション・サイエンス」

藤井の授業はそれになっている。

「そんじゃよ、博物館の近くの公園で待ってるから、俺。終わるの」

「どうして今日にこだわるの？　ヴェトナム料理は逃げないわよ」

「どうせ富永と駅前で一杯ってなるんだろ、そのあとで。新発見の資料を一緒に検討しようとかってさ」

「段階踏もうかしら。まずはお食事、次はお酒、その次は……」

「おい」

「じゃ、ともかく、彼との電話次第ってことにしましょ」

加奈子は言う。


助教授たちの控え室に、加奈子は速足で入っていった。一直線に自分のデスクに歩み寄り、電話を取る。そして暗記している番号をプッシュした。コール音一回で、富永は出た。

「あ、富永さん、お電話いただいたようで。すいません、講義中でした」

加奈子は言った。

「あ、滝沢さん、今昼飯、口に入れたところ」

富永は言った。

「あ、ごめんなさい。かけ直しましょうか」

加奈子はあわてて言った。

「できるの？」

咀嚼《そしゃく》しながら富永は問う。

「え？」

「もしかしたらすごいものだよ。すごいものが出たんだ。待てないでしょ？　君のことだから」

急いで呑み込みながら、富永は言う。

「はい、待てません」

加奈子は正直に言った。

「でしょ？　だよね」

「新発見ですか？」

「間違いないよ、新発見だね。しかも謎だよ、すごい謎が出た」

「えーっ、そういうのが好きなんです私。何ですか、どんな謎？」

「君、好きなの？　謎」

じらすように、富永は言う。

「歴史の謎にささげたこの生涯です」

加奈子は言った。

「そういうものにささげるなよな。もっといいものがあるでしょ、女の子なら」

部屋に入ってきて、加奈子の隣のデスクの椅子を引きながら、藤井が言う。ゆっくりと自分の席につく。

「いや、確かに謎なんだよな」

富永も言っている。

「じらさないでください」

加奈子は言った。

「阿部家の蔵からさ、すごい資料が出たんだ、阿部正弘関連。正弘の直筆には見えないんだけどね……」

「阿部の、老中時代のものですか？」

「老中時代のものしかないよ、この街には。彼は福山藩にはほとんど戻ってないもの」

「どんなものですか？」

「ペリーが来るじゃない、浦賀《うらが》に、最初に。黒船乗って」

富永は言いはじめる。

「はい。嘉永六年」

「老中首座の職にあった阿部正弘は、結局は独断に近いかたちで、日米和親条約を締結するでしょう」

「はい、翌七年に。老中首座がもし阿部でなかったら、黒船と戦争になっていたかもしれませんわね、幕府の返答がぐずぐずしてて」

「そう。ペリーは戦争、匂わせてたしね、砲弾外交でさ」

「はい」

「阿部が優柔不断だとかいう後世の評価もあるけど、全然そうじゃないよ。そういうことが、この資料からも解りました。出陣図が出たんです」

「出陣図……」

「うん。正確には、『御出陣御行列役割写帳』、嘉永七年甲寅《きのえとら》春二月、とあるな」

「ああ、締結の年ですね」

加奈子は言う。そのあたりは加奈子の得意領域なので、すっかり頭に入っている。

「うん。開国はするにしても、日本としては譲れない一線ってものがあるじゃない」

富永は言う。

「はい、あります。植民地化と、アヘン汚染の回避」

加奈子は言う。幕府はオランダ経由で世界やアジアの正確な情勢を入れており、警戒すべきポイントをしっかりと心得ていた。世間で考えられている以上に、幕府外交担当は有能だった。

「そうなんだ。まあ阿部の時点では、まだ開国はしてないけど、いずれ開国は避けられない趨勢《すうせい》。だから少しでも中国が被《こうむ》った厄災につながりそうなものは、すべて絶対に承服できない」

「そうなんです。これは中国の例を見て、幕府のトップはよく理解していました」

アジアで植民地化、保護領化をまったく経験しなかった国は、日本だけと言っても言いすぎではない。

「アメリカが、もしも受け入れられない無理難題を言ってくるなら、その時は戦争をすると、阿部は各藩に伝えてた。その場合の陣形ですね。これは江戸詰の福山藩士、四百二十五人で構成された部隊」

富永は言う。

「はい」

「その陣形。いざ有事となった際は、福山藩の侍が、日本防衛の最前線に立つところだったわけだよね。

阿部はその時の自分の馬の位置、その周囲を固める兵の配置。軍内部の兵隊の位置なんかを、細かく定めて図に描かせてます」

「ああ、それが出たんですね」

「そう。具体的なブツが出た」

「それは大発見ですわね！」

加奈子は思わず、興奮した高い声を出した。

「そうだね。でも、こういうものの存在はさ、前から予想はされてたし、和親条約周辺の文献は、今までにもいくつも出てます。今回のこれは、阿部の直接の指導というのが目新しいけど」

「で、謎は……」

「それなんだ。この御行列役割写帳の最後に、不思議な文字があるんだ」

「不思議な文字」

「うん。出陣図の最後尾にね、意味不明の言葉が書いてあるんです」

「意味不明の言葉……？」

「うん。少なくともぼくは、これまでのどんな資料でも見たことがない、読んだことがない言葉。この言葉の意味も解らない。すごく不思議な言葉です。それもね、なんだか綺麗な言葉なんだ、詩みたいな」

富永は言う。

「どんな言葉？」

「いや、読み方が解らないの。とにかく……」

「見せてくださいますか？　私にも」

急《せ》き込んで、加奈子は言う。

「当然」

富永は言った。

「来てよ、もちろん。それで電話したんだもの。こっち来て、是非早く見て欲しいの。君は見たことがないか、それとも似たようなもの、前に見たことあるか。ともかくね、君の意見が聞きたいんです」

「はい」

「どうしてすごいかっていうと、この言葉ね、黒船の図のところに書かれてあるんです」


福山歴史博物館の学芸員室の壁には、黒船を描いた幕末当時の瓦版《かわらばん》が、額に入ってかかっている。食べかけの弁当に暫定的に蓋をして、その絵をじっと見つめながら、富永は話していた。

部屋の窓から射し込む木漏れ日が机に載っていて、その中に和綴《わと》じの資料が置かれ、問題の箇所が開かれている。富永の右手が、紙面の端を押さえている。弁当を食べていたのだが、その右手には、白い手袋が塡められたままだ。

「黒船……、ペリーの黒船ですね？」

電話の向こうで、加奈子の細い声がする。黒船から視線を戻し、富永は電話に向き合う。

「そう、だからね、この書面の性格からして、これはもしかして、武器じゃないかと、ぼくは思うんです」

富永は、真剣な声で言う。富永の周囲の学芸員たちは、みなもくもくと弁当を食べている。

「えーっ、武器ですか？」

加奈子のかん高い声が聞こえる。

「そう、それも、対黒船用の日本の特殊兵器では、という想像が湧いちゃうのね、ぼくは」

富永が言うと、加奈子の声がますます高くなる。

「えーっ、まさか！」

富永は、それを聞いて笑った。

「だよね、まあね」

言いながら、うなずく。

「そんなの、聞いたことありません。私、阿部正弘はずいぶん研究しましたけど、でも……」

「だよねー、それが常識。でも常識ほど危険なものはないよ」

「はい」

「君、それでこの街来たんでしょ？　阿部研究のために」

「はい。それに母方の実家もあるし……。でも聞いたことない、そんなの、黒船用の兵器なんて、これまで」

「でしょ？　だから謎なの」

「そもそも幕府、黒船を攻撃する気なんてあったんでしょうか、当時」

加奈子は言う。

「あり得ないよねー」

富永も即座に応じる。

「当時の日本人の感覚では。黒船っていうのは当時、幕臣も、各藩藩士も、無敵の怪物って感じで、大変に恐れていたわけだから。第一大きいものね、小山のようで」

「はい」

「それが海に浮かんでる。こんなもの、誰も見たことがない。黒船って聞いただけで震えあがってたんだもの。そもそも大きな船がないいんだものね、日本には。蒸気エンジンもない、大砲も、日本のものとは桁違いに強力。そんな黒船を迎え撃てる特殊兵器なんて、当時の日本には存在し得ないよね」

「はい。それに、それは海軍があってこその発想です、海上の兵器っていうのは。でも日本には……」

「ないよね、海軍。陸から大砲はぽんぽん撃ったけど、悲しいかな届かない。おっしゃる通り、そもそも海軍がないんだもの、水の上では戦争ができない。でも黒船の砲弾は届いちゃう」

「飛距離は、日本のものの四倍だったっていわれてますね」

加奈子は言う。

「そう、四倍」

富永は言って、うなずく。

「日本のはまだお団子みたいな鉄の玉だけど、向こうのは回転かけてるしさ、弾丸自体が爆発するものがありましたね」

「アームストロング砲ですわね」

「うん。威力が全然違うよね、だからひたすらお帰りくださいってお願いするしかなくってさ」

「はい。海軍なしでは攻撃の方法がないですから」

「でもさ、阿部は、けっこう恐れていないように見えるんだよね、黒船。もしそうなら、この兵器のゆえかもと……。ぼくのロマンなのかなぁ、単なる……」

「行きますっ！　その資料、それが書かれているんですね？」

加奈子は大声を出す。

「うん、可能性はあると思うな」

「すごい！　行きます」

また加奈子は叫んだ。

「もしかしたら研究者人生、生涯何度もはない発見かも。見逃さない方がいいよ」

「午後から講義がひとつあるんですが、終わったらすぐにそっち向かいます。富永さん、帰らないでね、お願い」

「そりゃ、君が来るならもちろん帰らないよ」

富永は言う。

「四時なら行けます。待ってて」

「四時ね、君にお願いされちゃあ帰れないよ、朝までも待つよ」

「そんなには待たせません」

「あそう。じゃ、学芸員室で待ってる」

「はい。じゃ、あとで！」

言って、加奈子は電話を切った。富永も受話器を戻し、もう一度壁の黒船の絵を見てから、また弁当に戻った。

「帰らないでね、お願い。帰らないでね、お願い、と」

受話器を戻すのを見ながら、藤井は言った。

すわらないまま話していた加奈子は、そのままデスクを離れ、フロアを行ったり来たりする。そして指を口のところにあてながら、

「幕府に新兵器、幕府に新兵器……」

とつぶやいた。

藤井も椅子から立ちあがり、床にひざまずき、芝居がかって言う。

「お願い帰らないで、富永さまー」

「あれは新資料に言ったのよ」

歩きながら加奈子は言う。

「ほう、新資料にね。富永もそう思うかな」

立ちあがり、膝をはたきながら藤井は言う。加奈子は相変わらず考え込んでいる。

「黒船用の新兵器……」

「新資料に足が生えて家に帰るのかい。正弘の新兵器のおかげで、今夜は一人で食事か。またコンビニ弁当だ」

「正弘の秘密兵器？　秘密の水軍……？」

「はいはい、俺は相手にされてないのね」

「幕末の正弘が、秘密の水軍を持っていた？」

「心ここにあらずだな。なんだい、女子高生みたいに声弾ませちゃってさ。あれじゃ誤解されるぞ」

あきらめてデスクに戻り、藤井は椅子を引いてすわった。

「もしもそんなものが幕府にあったのなら、歴史は覆《くつがえ》る」

ふと立ち停まり、宙を見つめて加奈子は言う。

「俺もひっくり返りそう、ああ腹減ったー」

「ランチに行きましょ」

加奈子はいきなり言った。

「え」

言って、藤井は加奈子を見る。

「私お腹すいた。藤井先生、食堂行かない？　お昼よ。今日はランチで我慢して」

そしてつかつかと廊下に向かっていく。藤井はあわてて立ちあがり、急いであとを追った。


滝沢加奈子と藤井照高は、食堂のテラスで、並んで食事をしていた。時間がわずかにずれたせいで、周囲にはもう人影はない。

「そもそも阿部ってさ、福山藩主だって知らない人多いよな。地もとの福山市には、一度も帰ってきてないだろ？」

カレーライスを口に運びながら、藤井は言う。

「ううん、一度だけある。でも国難の時代だから、その対応に追われて、確かに藩政はおろそかになったわね。彼、アメリカのペリーを饗応したじゃない？」

加奈子は言う。

「そういえばお互いに食事に招いてたよな、黒船の上でもパーティやってさ」

「そう。侍が真っ赤な顔になっちゃって」

パスタをフォークに巻きながら、加奈子も言う。

「泥酔して」

「甲板で。アメリカと日本ひとつの心、とかって、憶えたての英語を繰り返しながら自分に抱きついてきたって、ペリーは書いてるわね」

それを口に運びながら、加奈子は言った。

「うん、俺も聞いたことある。鳥の丸焼きをおみやげ用に袖に入れて、和服をべとべとにした侍もいたって」

「ああそれ、お持ち帰りは、当時の日本の作法だったから。でも日本人、料理をみんな一緒くたにして紙に包んでいたから驚いたって、ペリーが書いてるわね。阿部の方もペリーを招いて夕食会やって、これはあまり好評じゃなかったらしいのね、あっさりしすぎで、量も少なかったって」

「ふうん、だろうな、アメリカ人に、和食はね」

せわしなく食べながら、藤井は言う。

「でもその時、リキュールとして、鞆の保命酒《ほめいしゅ》をアメリカ人に出しているのよ、わざわざ福山藩から取り寄せて」

「あ、そう。故郷を忘れていたわけじゃないんだな、彼氏としても。でさ、さっきの秘密兵器って何？」

問われて、考え考え加奈子は言う。

「阿部って人、すごく先を見通せる人じゃない、すごいイメージ力で、ある意味、天才だと思う」

藤井はうなずく。

「ま、開国してのちの指図なんて、確かにすごいね。即刻祖法である大船の禁解いて、オランダから蒸気船購入してさ……」

「でも日本人に操船術がないと意味ないから、これは阿部の死後になるけど、身分は低いけど優秀だった榎本武揚《えのもとたけあき》をオランダに留学させて、万国公法も学ばせて、のちに日本海軍の基礎になる海軍伝習所を長崎に作って、下級旗本だったけど優秀な勝海舟《かつかいしゅう》を抜擢して重役に据えて、日本全国で唯一英語が堪能《たんのう》だった一漁師のジョン万次郎《まんじろう》を通辞に起用して、のちにハリスを感嘆させることになる、優秀な岩瀬忠震《いわせただなり》を折衝役に抜擢して……」

加奈子はすらすら説明する。

「うん、うん。さすが歴史の先生。開国した責任上ってことはあるけどな。国が滅ぶかもしれないって崖っぷちに、自分が立たせたわけだから」

「みんなことなかれの嘘でごまかす人材じゃないのよね、今挙げた人たち。阿部はそういう従来型の幕臣たちにうんざりしてたから。身分は無視、能力主義で選んでいる。確かに自分が開国した責任上ってことはあるでしょうけど、阿部以外なら、もっと危険な状態に陥ったと思うの」

「まあ、身分制度のあの時代にできることじゃないやね、非難囂々《ごうごう》だったろうな」

「まあ、この時点ではまだ大丈夫だったみたいだけど。そうする一方で、鎖国時代の洋学の禁をすぐ解いて、東大の前身の洋学所を作ったり、陸軍の前身の講武所を作ってと、獅子奮迅《ししふんじん》の活躍よね。近代国際化日本の礎《いしずえ》は、みんな彼が作ったともいえる。これ、あまり知られてないわよね」

「非凡だよな。先をすっかり見通してた。むしろのちの薩長《さっちょう》明治政府が、朝鮮征伐からずるずる大陸侵攻をして、アメリカ怒らせて、無謀な太平洋戦争やってと、国の舵取り間違えたかな」

「うん、そうかも。少なくとも戦争の大義が不明」

「戦争の大義？」

「誰と戦争してるのかが不明じゃない。植民地介入してきた白人を、アジアから追い払うっていうのなら解るけど、それならどうしてあれほど中国侵攻にこだわったのか」

「政府は戦争不拡大の方針だったのにな」

「そう、アジア人はお仲間なのに」

「ともかく、薩長が新政府や文部省を作ったから、そういう阿部の功績、隠したのかな」

「それと、彼は早死にしたから。三十九だもの、若いわね。私と大差ない、頭下がりますねー」

加奈子は言って、藤井は笑った。

「阿部が長生きしていたら、日本の歴史は違ったかな」

「それはやっぱり、全然違ったわね」

加奈子は言う。

「このことはよく考えるの。彼がいたら井伊直弼《いいなおすけ》は登場せず、すると安政《あんせい》の大獄は存在せず、討幕の理由が作れない。第一薩摩の殿様の島津斉彬《しまづなりあきら》と阿部は親友だから、薩長主導のああいうかたちでの明治維新はなかったわね」

「うん、まあね」

「ともかく、そういう切れ者の阿部だから、なんの勝算もなく開国はしなかったと思うの」

「ずるずる流されてのものじゃないと？」

最後のカレーライスを口に運んで、藤井は言う。

「違うと思う。何か秘策を持っていたんじゃないかって思うのよ、胸の内に」

「秘策？　何のための？」

「だからアメリカに無茶を言わせないだけの力の行使ができるっていう、いざとなれば」

「ははあ、それが新兵器？」

加奈子はゆっくりとうなずく。

「それが今回の新資料ってわけだ」

「そう。だったらすごいなって」

藤井を見て、加奈子は言った。

「ああそう。君はそういう探究に生涯を懸けてるわけだ」

「そうよ。いけない？」

言って、また藤井の顔を見た。

「女の子なら、もっと夢のあるものに懸けるもんだぜ」

「女の子って、私もう三十五よ」

「まだ赤ちゃん産めるでしょ」

藤井は言う。

「女の子の夢ってそれ？　そういうの、もういい。男もいい」

加奈子はきっぱりと言った。

「ほんとかね」

「うん」

「男が阿部正弘でも？」

「え、阿部正弘なら……」

加奈子は言い淀み、視線を伏せる。

「なら？」

「考えてもいい」

「あのね、俺の気持ち、解ってんでしょ？」

藤井は、横の加奈子の腿の上に手を置いた。

「お茶持ってくる」

とたんに加奈子は立ちあがった。

「はぐらかすなよ！」

と藤井は、加奈子の背中に叫ぶ。

3

加奈子は、学生たちにまたスライドを見せながら、午後の講義をしていた。

「長男の総帥、村上武吉は、芸予諸島の能島、村上通康《みちやす》は来島《くるしま》、村上吉充《よしみつ》は因島《いんのしま》にそれぞれ居城を築いて、彼らはゆるやかに連携していました。ですから彼らの海上の軍隊は、『村上三島水軍』というふうに呼ばれます。

彼らの出城はほかの島にもあって、有事の際には武吉の号令一下、太鼓を打ち鳴らし、これを聞くとほかの島々の太鼓も次々に鳴っていって、内海中の村上の軍船がたちまち駈けつけました。

こういう村上海賊衆の存在は、天下取り時代の戦国大名たちにとっては、なかなか使い勝手のよいもので、金銭で雇って彼らに兵の食糧を運ばせたり、海戦の際には彼らを傭兵ともしました。

　村上水軍が名を上げたのは、一五五五年の厳島《いつくしま》の合戦です。彼らは毛利元就《もうりもとなり》軍の求めに応じて参戦して、周防《すおう》の陶晴賢《すえはるかた》軍を打ち破り、毛利軍を大勝利に導いたとされています。これで毛利は、中国地方の大大名にのしあがります。けれども村上水軍の厳島の合戦への参戦は、正確には資料が不充分で、まだ史実としての確証はとれていません」

　加奈子はスライドを変えた。

「続いてもうひとつの有名な海戦は、当時無敵を誇っていた織田信長《おだのぶなが》の軍勢とのものです。織田信長は、石山本願寺《いしやまほんがんじ》勢と鋭く対立しますが、先の毛利は、この石山本願寺勢に、食糧援助などで肩入れをします。村上水軍は、以前の毛利との関わりから織田方の水軍と戦をすることになり、小早船三百艘の水軍で織田軍をさんざんに翻弄して、壊滅させます」

　加奈子はスライドを進め、弓と矢の写真を見せる。

「村上水軍の強さの秘密は、徹底訓練された兵隊の、一糸乱れぬ動きにありましたが、もうひとつの秘密は、さまざまに工夫された科学的な新兵器です。彼らは、相手の船を素早く燃やしてしまう戦法を、得意としていました。これは迅速な小早船で敵の軍船を包囲し、帆を中心に、徹底して火矢を射かけることから始まりました。村上の火矢は、当時の他の軍勢が使っていた火矢よりも、長い時間燃えました。火薬も仕込まれていました」

　さらにスライドを進める。

「続いて、『投げほうろく』と呼ばれる武器です。これは現在オリンピック競技にもなっているハンマー投げですね、室伏《むろふし》選手の。火をつけた黒色火薬の球を、頭上で振り廻して、敵の船にどんどん投げ込みます。火薬弾を撃ち出す小筒も装備していました。これらが次々に甲板で炸裂《さくれつ》するので、敵はパニックに陥って、混乱するんです。こうした科学兵器は、村上水軍以外は、どこの軍隊もまだ持ってはいませんでした。

当時の船は、すべて木造の帆船です。この攻撃を受けるとまず帆が燃え、続いて甲板が燃えます。村上水軍の船は、漕ぎ手がよく訓練されているので足が速く、統制が取れているので、彼らによる火攻めの攻撃を、なかなか防ぎきれなかったわけです。

村上の船団は、味方の船が失われた際のこともよく考えていて、どの船が消えたらどう隊列を組み替えるかなど、細かいところまで、段取りが決められていました。

そのほかにも水軍の武器として『手スマル』。これは敵の船のへりに引っ掛けて、素早くよじ登るための鉤つきの縄梯子《なわばしご》です。それから大熊手、小熊手など、工夫された道具を数多く持っていました」

加奈子はまたスライドを進める。

「さて、水上戦に敗れた織田信長ですが、彼はさすがに戦国の革命児で、この時代、世界にもまだ例を見ない、とんでもない新兵器を作って瀬戸内海に乗り出してきます。それがこの巨大鉄船です。巨大な船をくまなく鉄板で覆って、燃えないようにしたもので、しかもこの船は、破壊力の強い大筒も載せていました。これにはさすがの毛利・村上連合水軍も歯が立たず、敗退します。

その後この船は、堺《さかい》を中心に、瀬戸内の航路に睨《にら》みをきかせます。荒木村重《あらきむらしげ》が謀反《むほん》を起こした時には、海上から有岡城《ありおか》を砲撃もしています。

信長はこの巨大鉄船をたいそう気に入って、これに乗って淡路島《あわじ》に渡り、息子たちのために四国領を画定して、その足で中国地方に遠征する計画を立てます。しかしその直前、本能寺《ほんのうじ》で斃《たお》れます。一説ですが、本能寺で彼がわずかな手勢しか連れていなかったのは、この巨大鉄船に乗れるだけの小人数しか連れていかなかったから、とも言われます」

加奈子は手もとに置いた、資料のページを繰る。大学は入り江に近く、開いた窓からかすかな潮の匂いを感じる。

「するとここで、不思議なことが起こるんですね。信長のこの巨大鉄船、信長の死後、忽然《こつぜん》と姿が消えるんです。以降、どの記録にもいっさい出てきません。本来なら、村上水軍を破った名軍船として、歴史上に名が遺《のこ》っていてもいいのですが。だから、世の中にほとんど知られていません。こんなに大きな、とんでもない鉄甲船なのにね。

豊臣秀吉に引き継がれたはずなんですが、秀吉関連の文献にも全然出てきません。解体されたという記録もない。みなさんもこの船のこと、知らなかったでしょう？　不思議です。忽然と消えうせるんです。いったいどこに行ったんでしょうね」

午後の講義を終え、加奈子は福山市立大学の正面玄関から出てきた。急ぎ足になる。福山歴史博物館に急いでいるのだ。

すると、建物の角の壁に背をもたれて立っていた若い男が、つと身を起こし、自分を追って歩きだしたのが視界のすみに見えて、加奈子は恐怖を感じた。

大学前の大通りには、まずいことにタクシーがいなかった。左右を素早く見渡し、一瞬迷ったが、タクシーが走っていそうな大通りまで、歩くことにした。一刻も早く、資料を見たかったのだ。まだ陽は高く、このあたりは人通りも多い。

大通りの歩道に達した時、男がかなり追いついてきているのが解った。加奈子はさっと振り返り、後方の男に向かってやや大声を出した。

「なんでしょうか」

すると男は立ち停まった。

「ついてこないで」

加奈子が言うと、男は棒立ちになる。

「いつまでつければ気がすむんです？　もういい加減にして！」

すると男は、妙に棒読みふうの声でこう言う。

「ぼくら、神によって結ばれている」

「なんですって」

加奈子は険しい口調で言った。

「鏡を研磨して、始祖の意志を確認し、互いの心を照らし合ったはず。ぼくら二人は、東方礼義の国の神により、定められた運命なんだ。このネックレス……」

男は、自分の首筋に手をやった。しかし加奈子はもうそれ以上男を見ず、視線を前方に戻して、走ってきたタクシーを停めた。

「あ、待って！」

男は言ったが、加奈子は急いでタクシーに乗り込み、運転手をうながして、走り去った。

加奈子は福山歴史博物館の学芸員室にいて、富永に示された毛筆の資料に見入っていた。加奈子は椅子にすわり、富永が広げてデスクに置いた資料を見ている。見ながら、富永に手渡された白い手袋をゆっくりと嵌める。

　富永はすでに嵌めており、加奈子の背後に立っている。広げた手の指先で資料の端を押さえ、ページの上を、反対の手の指でなぞりながら言った。

「ほら、こんなふうに隊列が書かれてる。中心の『御馬』、これが大将の阿部正弘ですね。その周囲を側近が固めます。『御近習』とか『御供番』ってあります。侍の名前は、朱文字で書かれています。篠崎《しのざき》仁《に》左衛門《ざえもん》とか鹿野《しかの》富三郎《とみさぶろう》とか嶋六助《しまろくすけ》とか……」

「はい」

　加奈子は言って、うなずいた。

「これ、大名行列に似てるけど、こんなふうに隊列組んで江戸城出ていって、海沿いに布陣する計画でいたらしい。これ、お行列図だから、絵巻みたいに長いんですね。一応綴じられてますけど、形式は、絵巻です。ほら、大筒隊、玉薬入長持、つまり火薬持った部隊が続いている。こんな調子で、ずっと先まで続いてます」

　言って、富永も横の椅子にすわった。

「はい。新兵器かも、というのは？」

「それはこれ」

　手袋の手を伸ばし、しおりをはさんでいた場所を、富永がそろそろとめくった。

　ページが開くと、加奈子は目を見張り、息を止めるようにして身をかがめ、そのページに見入った。

「これが……」

つぶやき、手袋を嵌め終わった手で、そっとページを押さえた。富永はそれで手を離し、言う。

「そうです」

「黒い文字と赤い文字……」

「うん、そう」

富永はうなずく。

「船のかたちをした囲みの中に、ここ、ほら、黒船って黒文字がありますね」

「はい」

「これ、四つあります、舟形」

「はい」

緊張した声で、加奈子は応える。

「そしてほら、これです。黒船のそば、赤い文字で星という字と、籠という字」

富永の指が示す場所に顔を近づけ、加奈子はつぶやく。

「星籠《ほしかご》……、『せいろう』かしら……」

「『せいろう』か、『せいろ』か……。これ何だろう。どうです？　君、心当たり、ありますか？」

首をひねりながら加奈子はゆっくりと上体をあげ、背もたれに寄りかかる。そして、

「ないです、こんな文字」

と言った。

「黒船の文字、四つあるでしょう？」

富永は訊く。

「はい」

加奈子は応える。

「これ、この図は、最初のペリー来航時のことを念頭においているのだと思うのですね、阿部は」

聞いて加奈子は、大きく深くうなずく。

「あきらかにそうですわね。これ、サスケハナ、ミシシッピ、サラトガ、プリマスの四隻です」

「そう。さすがによくご存知だ」

「翌嘉永七年に戻ってきた時には、七隻に増えてましたけど」

加奈子は言う。

「うん。そしてこれら四隻の軍船のそばに、黒船ひとつにひとつずつ、『星籠』という赤い二文字が書かれてるんです。そして、細い線が両者をつないでいる、黒船と星籠と。これは、何を意味していると思いますか？」

もう一度上体をかがめ、加奈子は資料に顔を近づける。

「さあ……」

言いながら、また顔をあげる。

「星籠ってこの文字の意味として、何が考えられますか？　あなたは阿部さんの専門家だ」

「富永さん、専門家はあなたも同じでしょう」

加奈子は笑って言った。富永の顔を見ると、彼はひらひらと、顔の前で左右に手を振る。

「ぼくは浅学非才《せんがくひさい》、しがない一介の学芸員。あなたは将来を嘱望される学者だもの」

「やめてください、私こそ、一介のただの阿部正弘ファンてだけかもしれない」

加奈子は言った。

「でもそれ、お仕事でしょ？」

「それを仕事にできているんですから、幸せ者ですねー」

加奈子は言った。

「じゃ、ほかに何も望まない？」

富永は訊く。

「望みませんね」

答えながら加奈子は、ああまた彼、こんな話に持っていこうとしている、と思い、警戒した。

「夫や子供……」

「この星籠って美しい文字の前ではかすみますすねー」

加奈子は急いで言った。

「本気で言ってる？　真っ赤な嘘じゃない？」

「いえ」

真顔できっぱりと言い、資料の話に戻りたいという意志を示した。すると察したらしい富永はうなずき、こう言う。

「確かに美しいよね、この字づら。やっぱり阿部の強力秘密兵器って……、ぼく、期待しすぎかなあ」

「常識的にはそうですよね、だって水の上の敵なんですから。これがもし新兵器なら、幕府に海軍がなくっちゃならないことになります」

加奈子は言った。

「そうか、そうだよな。じゃ、陸上用のすごい新兵器をもってさ、黒船を攻撃に……」

「それを船に載せてですか？」

「うん」

「そんな兵器の開発、聞いたことあります？　富永さん」

「ないよな」

「阿部の時代の江戸幕府には、海軍はありません」

「ないね」

加奈子は、資料の上に、クリップをそっと置いた。そして、舟形に囲まれた黒船の文字に向かい、それをゆっくりと押していき、そうしながら言う。

「新兵器があっても、それを船に載せて、こうして、黒船の近くまで行かなくちゃならないでしょう？海の上を。そうしたら、黒船の大砲で簡単に沈められてしまいます」

「そうだよな。それじゃ、強力新兵器にはならないよね」

富永も言い、腕を組む。

「幕府に海軍があれば、それは大砲を積んだ軍船もあるでしょうから、簡単には沈められない……、あっ」

言って加奈子は、天井を見あげ、表情を凍りつかせた。

「なに？」

組んでいた腕をほどき、富永は問う。

「あ、いえ、ちょっと思い出したんですが。時代が違いますから駄目なんですけど、信長の巨大鉄船っていうのがありましたよね」

「ああ、信長が九鬼嘉隆《くきよしたか》に命じて造らせた軍船ね」

富永が言った。

「そうです。よくご存知じゃないですか」

「馬鹿にしないでよね」

「あ、ごめんなさい」

「冗談だよ」

富永はすぐに言った。

「あの船があったら、それなりに対抗できたかなって」

言いながら加奈子は、そばの消しゴムを取って資料の上に置いた。

「あれを持ってきた？　でも大砲ったって、日本のはただの鉄の玉だよ。あれは戦争が火矢の時代だったから、鉄板で覆ったあの船が強力な新兵器たり得たんだけど、幕末はもうアームストロング砲の時代だからね、世界は。的中率も、飛距離もまるで違うよ」

「はいそうですね、そうでした」

加奈子はすぐに認めた。

「日米間だものなぁ、もっとすごい、進んだ火器じゃないと……。となると新兵器説は、やっぱり幻かあ、阿部のただの風流書付かいな、星の籠って」

「いえ、そう決めつける気にもなれないんです、私」

加奈子は言った。

「と、いうと？」

「だってこれ、出陣図でしょう。兵士と武器の配置図です」

「そう、そうなんだよ。のんきに風流を書くような書面じゃないよ」

富永も言った。

「ここです、ほら、これ見てください」

ちらと富永の顔を見てから、加奈子は資料を指差す。中に黒船と書かれた舟形を示した。

「これとこれの二艘だけ、船体の左右に四角いものが描かれています」

「ああそうだ、本当だ。これは？」

言って、富永は加奈子の顔を見る。

「外輪だと思うんです。蒸気エンジンの外輪」

「ああ！　うん」

「案外知られていないことなんですけど、四隻の黒船、すべて外輪船ではないんです」

「え、そうだっけ」

富永は言った。

「はい。四隻とも蒸気船だと思っている人が多いんですが、サラトガとプリマスは、ただの帆走スループなんです」

「あ、そうか、フリゲート艦だけど、この船は帆船だよね」

富永は膝を叩いて言う。

「そうです。左右に四角い箱が描かれているのはこの二隻だけ、サスケハナとミシシッピでしょう」

「そうだ、そうだよね、ということは……、どういうこと？」

「つまり、よく観察しているんです、幕府側。ただ恐れてるってだけじゃない、敵をよく見ています。そうならこの図も、きちんと考え抜かれた戦略を示しているのかもしれない。徳川の歴代の人材と照らしてみても、阿部は開祖の家康に匹敵する能力があると思います」

「ああ、そうだねぇ」

言ってうなずき、富永は鹿爪《しかつめ》らしい顔になって、腕を組んだ。

「そうか、そういうことね」

富永は言って、しばらく沈黙した。それからおもむろに顔をあげ、こう言う。

「ねぇ滝沢さん、おなか減らない？　何か食べにいこうよ。駅前にいい店できたんだ、イタリアン」

すぐに手をあげて、加奈子は言う。

「あ、ごめんなさい。私もう食べてしまいました」

「え、本当？　つき合い悪いじゃない。じゃ、軽くビールだけでもつきあってよー。まだ話し足りないよ、世紀の大発見なんだぜ、もうしばらく検討会やろうよー」

「今度にしませんか？　今日は私、早く帰って、明日の講義の準備しなくちゃならないんです。これのコピー持ち帰って、しばらく一人で考えたいし。討論は、考えまとめてからの方が……」

「なんだい、君のために頑張って探したんだぜ、この資料」

富永は言った。

「ごめんなさい。大学の教員って、けっこう大変なんですよ、雑用ばっかりで。それからすいません、これ、コピー、もらえるでしょうか」

「それはもちろん取っといたけどさ、君用に。星籠のところはカラーコピーにしておいた」

「あっ、ありがとうございます」

言って、加奈子は頭をさげる。

「また面白いもの出たら、連絡するよ」

富永は言う。

「是非！　お待ちしてます」

「君が喜ぶプレゼントは、ブランド品より、指輪より、こういう新資料だものなあ」

富永は、あきらめたように言った。

4

福山歴史博物館の玄関前に、加奈子は一人歩み出てきた。陽はすっかり落ちている。右に折れ、福山駅の方向に向かい、水銀灯の下を大またで歩いていく。付近の芝生から、さかんに虫の声が聞こえる。

横合いの暗がりから、背の高い男の影が、ふらりと出てきた。

「終わった？」

彼が話しかけ、

「え？」

と言い、加奈子はとっさに身を引き、逃げ腰になった。

男の顔が、水銀灯の明かりの下にゆっくりと入ってくる。

「ああ、藤井先生」

ほっとして、加奈子は言った。

「そう、待ってたよ」

藤井は言った。

「ああびっくりした。来てたんですかぁ」

加奈子は言った。

「なんだいそんなに驚いて。誰かと間違えたの？」

藤井は言った。

「あ、いえ……。来てたとは思わなくて」

「悪いか？　君が心配だからな」

「それは、ありがとうございます」

加奈子は頭を下げた。

「歩こうか」

藤井は言い、加奈子も、彼と肩を並べて歩きだした。

虫の声の中を、二人でゆっくりと歩いていった。秋に特有の、干された草のような匂いがする。夏にも、春にもない、静かな休眠の気配だ。

左方向に廻り込んでいくと、夜間用に照明された福山城の天守閣が、左手の夜空にそびえ立つ。

「わが国最大の国難の時代の、あれが舵取り役の城だな」

それを見ながら、藤井が言う。加奈子もうなずく。

「ええ、綺麗ね。こんな田舎町の一藩主が、華の江戸城にいて、国を代表してアメリカと対峙していたなんて、なんだか不思議」

藤井も、白く光っている天守閣を見つめたまま歩き、うなずいている。それから、ゆっくりと視線を戻してきて言う。

「重い国の扉を阿部が開いて以降の日本は、文字通り世界の一員になっていったわけだよね」

「うん。開闢《かいびゃく》以来、あれは日本の最大の転機だったわよね」

加奈子は言った。

「間違いないな。それまでの日本は、世界って言ってもせいぜいアジアだけで。日本のグローバル化は、この街の殿様が起こしたんだ」

藤井は言う。

「うん、そうよね」

加奈子は言った。

「阿部以外のほかの誰が老中首座の地位にいても、あれほどきっぱり開国の決断はできなかったと思う。時の将軍や、天皇と同じ判断をしたと思うわね」

「攘夷《じょうい》、鎖国の継続……」

「そう。だってそれが祖法だもの」

「祖法って、儒教的な正義だよな」

「そう。でもそれは結局怠惰《たいだ》の隠れ蓑。何もせず、何も考えず、ただ現状維持ってことだもの」

加奈子は言う。

「開国は避けられないところまできていたものな、正義ってやつには流行がある」

「そうね、それを必要とする国情や、世界情勢があるのよ」

「鬼畜米英を殺戮《さつりく》するのが正義という時代もあったし」

「うん。同様に、日本を殲滅《せんめつ》するのが正義という相手側の正義が台頭した時代もあるわね」

「それは今もまだ続いているよ、ある種の国では」

藤井は言い、加奈子は黙ってうなずく。

「マシュー・ペリーの東インド艦隊が、最初じゃないよな、日本に来たの」

「ロシアね」

「対米露、わが身かわいさだけでいうと、何もしない方が安全だよな。それで戦争になって、民が何万人死んでも、自分が切腹するよりはましだ」

「それで江戸が焼け野が原になっても……」

「鬼畜アメリカがやったって言える。でもひとたび開国文書に調印したら、起こったことのすべてが自分の責任になる」

藤井が言い、加奈子は言った。

「だから江戸城内の幕臣たちは、みんなことなかれだったのよね。とにかく異国船には帰ってもらえと。帰ったら、遠い異国のこと、そのうち忘れてくれるだろうと。江戸のエリートたちの知恵はその程度」

加奈子は、現代の日本人たちの、こういうところが最も嫌いだった。

「実際あったよな、そういうこと、それまでに」

藤井は言う。

「忘れてくれたこと？　あったわね。でも今度のは違う、捕鯨の問題が絡んでいるからアメリカは絶対引かないって、阿部は知ってた。アメリカの蒸気船が来ることは、別段風説書でオランダが前もって知らせてくれていたから。だから阿部は、事前に何回もはかっていたのよね、側近に」

「それで弱腰って言われた。各藩合議制って案まで出したっていうね、阿部は。結果として、これが徳川体制を弱めたともいえる」

「でもそれは弱腰じゃない。国内問題なら独善もいいけど、対外国の問題なら、国内の知恵をすべて出し合って闘うのが筋じゃない、問題が根本的に違うわよ」

「それが解らなかったんだよな、当時の各藩」

「そう。国際問題なんて、ずっとなかったんだもの」

「平和ボケ」

「そう」

「でもそこまでしても、各藩は阿部の弱腰をののしるだけで何も言わず、何もせず、いたずらに時間が経過しただけ」

「うん。江戸城内の幕臣も、責任発生を恐れて意見は言わず、ひたすら祖法遵守《じゅんしゅ》をと」

「切腹が怖いものな。だから阿部は、一人で決断する以外になかった」

「そう」

「アメリカがあんなに紳士的だったのは、各藩、むしろ意外だったんじゃないかな。アメリカは独立戦争したばっかだから、しばらく植民地は作れないよ」

「それはないのよ。このあとの一八九八年、アメリカはスペインと戦争してフィリピンを獲るし、ハワイも併合するの。でもとにかく帝国主義の欧州勢は、途中の中国で引っかかっていたものね。でも幕府の入手していた情報ってすごいのよ。のちの薩長とか土肥《どひ》とは、実は較べものにならなかった」

「そうだよな、こののちの幕臣の岩瀬とか、西周《にしあまね》とかが持っていた情報は、土佐《とさ》の坂本龍馬《さかもとりょうま》なんかとは比較にもならなかったよな」

「ええ。坂本さんは、市井《しせい》にあっては海外事情に通じていたとは思うけど」

「坂本さんかよ。で、この時の阿部も、すでにアメリカの思惑を正確に知っていた？」

「ええ、そう言っていいわね。来る船の名前も、持っている装備、戦力もしっかり把握していた」

「で、秘密兵器だったかい？　今日の富永の話」

藤井は言い、加奈子はうつむいて、しばらく考え込んだ。

「ううん、まだ解らない」

顔をあげ、加奈子は言う。

「どうせ富永の妄想だろう？」

藤井は言った。

「え？　どうしてそう思うの？」

加奈子は、藤井の顔を見た。

「だって阿部って、水野忠邦《みずのただくに》の天保《てんぽう》の改革、不成功ゆえの後任だろう？　いわば経済担当大臣だよな。倹約倹約の時代に、幕府に金あるわけないよ。末端の兵隊だって、質屋に走ったって言うじゃないか、黒船襲来したらさ。鎧兜《よろいかぶと》、みんな売っ払っちゃってたから」

「福山藩も、財政は火の車よね」

加奈子は静かに言った。

「だろ？　金もないのに新兵器造れるわけないよ。戦争なんかできる時代じゃないだろ？」

「それはその通り、だけど、富永さんの言うことにも一理があるの。あの人も、優秀な研究者よ」

加奈子が言うと、藤井はいきなり加奈子を抱きしめ、キスをしようとした。

「あっ」

加奈子は言った。

藤井は、強く抱きしめたまま、加奈子をそばのベンチに無理にすわらせていった。加奈子の体がベンチの上に落ち着くと、間髪を入れず、スカートの中に手を入れた。

「やめて！」

低く叫んで、加奈子は藤井の手首を摑んだ。外に出し、スカートをおろして腿を隠した。

「性急にしないで！」

強く言って、藤井の体を突き放した。

「加奈子、俺の気持ち知ってるだろう？　まごまごしてたら、富永にさらわれる」

「まだあなたの加奈子じゃない」

言って、気持ちを鎮めるために、加奈子は深呼吸した。そして言う。

「どうしてそう思うの？」

「あんなやつを褒めるからだ」

「ええっ？　なにそれ」

「博物館の、主任学芸員止まりの男だろ」

「あきれた。やめなさいよ、そんな言い方」

「教授になるわけでもない」

「やめて！」

もう一度強く言った。

「そんな言い方、男として最低でしょう？」

「でも優秀なんだろ？　君らは同じジャンルだ、俺は違う」

興奮した口調で、藤井は言う。

「今日だって食事行かなかったじゃない」

加奈子は言った。

「おい、やっぱり誘われたか？　結婚しよう、な？　加奈子、結婚。そしてホイアン行こう、な、新婚旅行。それから、自由に研究に打ち込めばいいじゃないか」

「無理よ、結婚したら……」

思わず言ってから、加奈子はちょっと言いよどんだ。

「あんなに熱心に資料探してくれないか？　富永。君は、色仕掛けで歴史、研究してるのか？」

加奈子は、さっとベンチから立ちあがる。

「歩きましょう藤井さん。そんな意味じゃない。そんなじゃ、これから二人で会えなくなるわよ」

加奈子が歩きだすと、藤井はあわてて速足になり、あとを追ってきた。

「ごめん、悪かったよ。俺の気持ち、解ってんだろう？」

追いすがりながら言う。

「同じこと、何度も言わないでよ」

藤井の方を見ず、いらついたような口調で、加奈子は言う。

「ごめん、ボケ老人だから俺。もう四十目の前、焦ってんの。親も」

つと立ち停まり、くるっと向き直って、加奈子は藤井の方を向いた。

「じゃ、分別盛りでしょう？　あなたこそ解って」

「何を？」

藤井はきょとんとして言った。

「何を？　私たち、教育者でしょう？　藤井さん」

加奈子は言った。

「え？　あ？　そうか？」

藤井は、びっくりしたように言う。

「そんな自覚ないのね」

「全然」

それで、加奈子はちょっと噴いた。

「駄目なんだよな俺、いくつになっても」

加奈子は、前方に向き直って歩きだした。

「高校生じゃないのよ、私たち。大学生を教育している立場なのよ」

「あ、ああそうだな」

「三十女のスカートの中に無理やり手入れて、恥ずかしくないの？　教育者が」

「俺、痴漢です」

藤井は言った。

「今すごい謎が現れてるのよ、この謎を解きたいの。ほかのこと、何にも考えられないの、解って」

加奈子が言うと、藤井は足を停めた。驚いて振り返ると、藤井は立ち尽くし、呆然としている。

「どうしたのよ」

すると藤井が口を開きかけたので、加奈子は手を上げて機先を制した。

「ストップ。解ってる。そんなことばかり言ってると、オールドミスにまっしぐらだぞ」

藤井は首を左右に振っている。そして言う。

「違う」

「じゃ何？」

「じゃ、俺が解けばいいか？　星籠の謎。そうしたら考えてくれるか？　俺とのこと」

暗がりに立ち尽くし、藤井は思いつめた表情をしている。

5

「藤井さん、本気で言っているの？」

加奈子は訊いた。

「当然だよ、当たり前だろ」

藤井は応えた。

「でもあなた、専門領域が違うでしょう？　コンピューターが専門なんじゃない？」

「俺には、俺なりの人脈とか、ルートがあるよ。それに発想も、一般とは違うものを持っている」

「でも歴史は、私や富永さんが一生をかけている学問なのよ」

加奈子は言った。

「それは解ってるし、尊重はしてるさ。でも別ジャンルの頭脳が介入することは、決して無駄じゃない。必ず、何らかの道を拓く、無意味じゃないよ」

「歩きましょう、藤井さん」

言って加奈子は、右手を藤井の左手の肘のあたりに添え、回れ右させた。

「君、どうやって帰る？」

藤井が訊いてきた。

「あなたは？　藤井先生」

加奈子は問い返した。

「俺……、ちょっと中途半端だな、バスかタクシー。両方ともちょっと中途半端」

悩みながら、藤井は言った。

「私も、歩くにはちょっと遠いけど、タクシーはもったいないかな、あんまりたびたびじゃね」

「じゃ、どっちにしても、二国に出ようか」

藤井は言った。

「国道二号線ね」

「新資料の話しながら、そこまで歩こう。あそこなら、必要ならいくらでもタクシー拾えるし、市立大の方向で、君の帰り道だろ？」

「ええ」

「送っていこう。足がしんどくなったら、タクシー拾えばいいよ」

「そうね」

加奈子は言った。

「君、お腹は？」

「すいてない。部屋に帰れば、何かあるし」

加奈子は言った。

「よし、じゃあ二国までの間、今日君が見た新資料がどういう性質のものか、できるだけ詳しく話してくれないかな」

「うん、解りました」

言って、加奈子は話しはじめた。

話は城跡公園をおりても続き、駅の北から入って駅舎を抜け、南口の駅前に出ても続いた。バス乗り場やタクシーの乗り場をすぎ、天満屋《てんまや》という、この街最大のデパートのビルの横をすぎても、話は終わらなかった。ようやく終わった頃には、駅前の大通りと、国道二号線との交差点が、もうすぐ目の前に迫っていた。

それまでじっと聞いていた藤井が言いだす。

「嘉永六年だったかな、最初の黒船来航」

「はいそうです」

加奈子は、学生に対するように応えた。

「たった四杯で夜も眠れずだよね、ジョウキ撰」

「うん、よく知っていますね」

「おい、慶應大学馬鹿にするなよ。川柳にもあるこの蒸気船は、四隻だった。名前、それぞれ教えてくれるかな」

「サラトガ、プリマス、サスケハナとミシシッピ」

「サラトガ、プリマス、サスケハナ、ミシシッピ」

つぶやいて、藤井は反芻《はんすう》した。反芻しながら、駅前通りを南下していく。二人の背後になった駅舎越しに、白々と夜間照明された福山城の天守閣が、ゆっくりと遠ざかる。

「そしてこのうちの、蒸気外輪船は……？」

「サスケハナとミシシッピ」

加奈子は言った。

「サスケハナとミシシッピ。この二隻の外輪船以外の、ただの帆船の二隻にも、その『星籠』の朱文字は添えられていたんだね」

「いました」

加奈子は応えた。うなずき、藤井は言う。

「もしもその朱文字の『星籠』が兵器だとしたらだ、そうならこれは、格別蒸気エンジンの外輪船専用のものではなかったということだな」

「え？　どういうこと？」

「だって、外輪船っていうのは、攻撃しやすくないか？　推進のためのメカが、大きく水上に露出しているんだぜ。これさえ破壊してしまえば、船は止まるってことでしょ？」

「ああそうね」

「外輪船の推進力は、でっかい水車によって起こされている。これが左右の船べりに二輪、取り付いてぐるぐる回っている」

「うん、この水車の発明が、画期的だったわけよね。大きな推進力を生んだわけ」

「そんなことはない」

藤井は即座に言った。

「え？　違うの？」

「それは見かけ上の話で、こんな大型の外輪は、決して効率がよくはないんだ。推進用の回転体全体が、すっかり水中にあるものに較べたら、エネルギーのロスは大きい」

「そうなの？」

「そうさ。それにこんな大型の外輪が敵から丸見えなら、こんなに攻撃しやすい目標はない。大砲を撃ち込めばいいじゃないか、おあつらえ向きの的だ。そうしたら、すぐにただの帆船に成り下がってしまう」

「ふうん……」

「こんな大げさな推進装置は、たちまち最大の弱点になってしまうんだ。軍艦なら、まさしくアキレス腱のはずだよ。『星籠』というのが、こうした外輪専用の攻撃兵器なら、帆船の……、えーと、サラトガとプリマス？」

「そう」

「この二隻には、『星籠』の文字は付いていなかったかもしれない」

「うん……」

うなずきながら加奈子は、国道二号線に左折した。そして言う。

「なるほどね、のちの時代のスクリュー型軍艦に較べたら、黒船は敵の攻撃に対して案外無防備だったかもしれないわね」

「あきらかにそうだね」

藤井は言ってうなずく。

「外輪という最大の弱点を、専門的に攻撃する兵器というものは、あり得るかも知れないわね」

「そう思うね。のちのプリンスオブウェールズや、レパルスの時代になるとさ、航空機が戦艦への最大の攻撃兵器になるわけさ。それを世界に知らしめたのは日本軍だけどね。戦艦対戦艦の戦いなんて時代は、すぐに終焉《しゅうえん》したわけで。お互いに遠くから大砲をぽんぽん撃ち合うなんてね、ナンセンスだ。無駄だよ、当たらないもの。航空機で雲霞《うんか》のように押し寄せて、ピンポイントで狙って、次々に魚雷や爆弾を落としてだな、効率よく破壊していけばいい」

「うん」

「以来この方法が、対戦艦攻撃の主流になって、皮肉にも日本自身、不沈戦艦の大和の主砲は一発も撃たせてもらえず、航空機によって沈められるんだけど」

「皮肉なこと？　それ」

「皮肉だね。日本が教えた方法によって、日本のトラの子の大戦艦は沈められたんだから。ともかく、戦艦への専用兵器は航空機だったわけだ。同じように、対外輪蒸気船への専用兵器も考えられるかもしれない」

「あんな大きな外輪が見えている船だから」

「あれ、まさしく射的の的だよな、丸くて」

「うーん」

「幕末の最新兵器もまだその段階だったから、だから外輪専用兵器もあり得るかと考えたけど、どうもそういうことではなかったらしいね、サラトガにも、プリマスにも、朱文字がそばに書かれていたということなら」

「そうね」

加奈子も言って、考え込んだ。

「航空機か……」

「航空機が幕末にあったら、複葉機かグライダー程度のものでも、黒船には効果的だよな。まず巨大な外輪が、集中攻撃を受けて破壊される。そうしたら黒船はただ海に浮かぶ動かない標的になるからさ。大きいから格好の攻撃目標だ。あっという間に蜂の巣にされるぞ」

「ああ」

「外輪の片側を壊すだけでもいい。そうしたら、ぐるぐる廻るだけで、船は前に進めない」

「でも、舵はあるでしょう？」

加奈子は言った。

「まあね。ある程度は進むかな。それから大和の場合、わざと片側だけに攻撃を集中された。そうしたら、片側ばかりが浸水して船は傾いていくから。そしてついには横転するんだ」

「反対サイドに注水するシステムもあったんでしょう？　バランスとるため」

「あった。でもそれも、いずれは追いつかなくなる。そしてとうとう横転させられた」

夜の国道二号線を、東に向かって二人は進んでいった。この道は、夜間でも交通量が多く、タクシーの姿も多い。二人のすぐ横を、たくさんの車が、かなりの速度で走りすぎていく。

「もうひとつ、今の君の話を総合すると」

「うん」

加奈子は応じて、藤井の顔を見る。

「もしもそれが、対黒船用の秘密兵器としたならだけど、江戸からうんとはなれた場所で開発されたものである可能性が高いと俺は思う」

「え、どうして?」

「だって、江戸幕府には海軍はないんだろ?」

「ない」

「だったらそんな水上兵器の開発なんてできないし、横浜、横須賀《よこすか》、鎌倉、それとも千葉《ちば》とか品川《しながわ》あたりで、軍なしで開発していたら、必ずそういう記録が遺るよ、目撃情報が出るから」

「うーん、そうねー」

「江戸圏内だったら、必ず記録が遺る、幕府のお膝もとなんだもの。それに、レオナルド・ダ・ヴィンチかなんかならいざ知らずさ、人間が操るものなら、一朝一夕にはできないものなんだ。完成に至るまでには、何十年、何百年という長い開発時間の積み重ねが必要なものなんだ。その蓄積が、技術のノウハウってものになる。すべての機械、みんなそうだよ」

「ああそう」

「そうさ」

「黒船来ました、はい造りましょうって……」

「絶対無理だね」

「うーん、じゃ、どこで造るの？」

加奈子は訊く。

「君は、水軍発生の条件は何か、知っているかい？」

「さあ……」

「静かで広い水の存在だよ」

「ああ、そうね、そう！」

加奈子は急いで言った。思い出したのだ。

「水面がめったに荒れず、いつも波穏やかで、静かで広大な水面が必要なんだ。それで言うと、北は津軽の海だな」

藤井が言い、

「ああ、うん」

と加奈子はうなずく。

「南は有明の海、それに鹿児島湾」

「ああ九州ね」

「そしてここ、瀬戸内海だ」

「そうか、瀬戸内海よね！」

加奈子は言う。

「瀬戸内海はそれに、阿部のお膝もとよね」

言いながら加奈子は、歩道橋の階段に足をかけた。その横で、少し遅れた藤井が、二段飛ばしで加奈子を追い越していった。

二人並んで歩道橋の上に出ると、大通りの上を、風が渡っていくのが感じられた。

「おい、タクシー拾うなら、ここにあがらない方がよかったな。方向、あっち向きの方がよかったろう?」

藤井が言った。

「ううん、いい。ここまできたら、もう歩いて帰る」

そう言った時、加奈子の足が停まった。それで藤井が行きすぎる格好になって、不審げに彼も足を停め、加奈子を振り返った。

「どうした?」

加奈子は、とっさには声が出なかった。前方にまた、あの若い男が立っているのが見えたからだ。

「ああ、またあの人だ」

加奈子は言った。怯えてしまい、その声が少し震えた。

歩道橋の手すりにもたれていた男が、つと背を起こし、こちらに向かってゆっくりと近づいてきた。

「なんだあれ、君に気があるのか?」

振り返って藤井が訊いた。うなずいてはいけないと加奈子は思ったが、ではどう説明したらいいかというと、解らなかった。

「なんだなんだ、俺がいるってのにあの態度、俺も舐められたもんだなー」

藤井が言った。

「高校、大学、ラグビー部のこの俺をよ」

「ずっと、あとつけられていて……」

加奈子は、ようやくそう言った。

「変なことされたか？」

そう訊かれて迷った。されたともいえるし、まだされていないともいえる。

「ねえ君、もう逃げないで」

遠くから、男が話しかけてきた。

「ぼくらは、結ばれているんだ、前世から」

「なに？　結ばれてる!?」

その言葉で、藤井の頭に血が上った。

「この俺を差し置いて、結ばれてたまるか！」

言い置いて、藤井は男の方に歩いていった。

「やめて、藤井さん」

加奈子は、藤井の背中に言った。

「おい！」

言うが早いか、藤井は男の胸倉を摑み、歩道橋の手すりまで猛然と押していった。男の瘦せた背中は、簡単に手すりに押しつけられた。

「なにすんだよ」

若い男は言った。

「なにすんだはねえだろ、こりゃ、俺の彼女なんだよ」

藤井はわめいた。

「それは無理だ。ぼくはこの人と、前世から結ばれてる」

「なに寝ぼけたこと言ってんだよ！」

言って、男の胸倉を左右にゆすった。

「まだ気づいてないだけだ。あんたには関係ない、邪魔しないで」

「関係ないわけねえだろ、こりゃ俺の彼女だ！」

藤井は言い、しかし男は冷静にこう言った。

「そんなはずない、彼女はあんたのことなんて、言ってはいなかった」

「え？」

と藤井が虚をつかれ、ひるんだすきに、男は姿勢を沈めて藤井を突き飛ばした。藤井は思わずよろけた。この瞬間に攻撃を加えられたら危なかったが、男は藤井には目もくれず、加奈子の方に向かい、歩いてきた。

「話をしよう、滝沢さん」

男は言った。

「馬鹿野郎」

言いながら、体勢を立て直した藤井が、男の背後から組みついた。そして右に左にと振り廻し、男の体をまた手すりに叩きつけた。

「おまえ、しれっとしやがって、なんなんだよいったい！」

わめき、それからまた胸倉を摑み、彼を歩道橋の縁に追い詰めて、叫んだ。

「手を引け馬鹿野郎、この女は俺のだ！」

そして加奈子の方を向き、こう叫ぶ。

「加奈子、君は帰れ。ここは俺にまかせろ！」

言われて加奈子は立ち尽くし、一瞬躊躇した。その瞬間、藤井がまたこう叫ぶ。

「早く！」

それで加奈子は歩きだし、揉み合っている二人の男の脇をすり抜けて、自宅に向かって走りだした。

第5章 chapter 5

THE CLOCKWORK CURRENT

第五章
chapter5

1

鞆の海べり、岩場の潮溜まりの上に、這いつくばる少年がいる。近くから、セミの声が聞こえる。

少年は、潮溜まりの海水を両手ですくって口にいれ、ゆすいで吐く。潮溜まりに白い水が広がった。

少年の鼻先の水面が影になり、彼は顔を少し横向けた。背後に、男が立ったからだ。

「どうしたんだ、ヒロ君」

と男は言った。

「ああ、忽那《くつな》さん」

と少年は応え、上体を起こした。

「いじめに遭ったのか？　学校で」

と彼は語りかけ、そばの岩の上に腰をおろした。

少年もそばの岩場に尻をおろし、体を小さくして、膝を抱えた。

「笹井《ささい》たちが、口の中に消石灰《しょうせっかい》を入れやがったんだ」

少年は、つぶやくように言った。

「消石灰って、校庭に白い線引く、あれか？」

忽那は問い、少年はゆっくりとうなずく。そしてこう言う。

「そいで腹、殴りやがった」

聞いて、忽那は横を向き、海の沖を見た。海風が、彼の髪をちらちらと揺らす。

「風が出たな」

忽那は言った。そのまましばらく黙って海を見ていたが、やがてこう言う。

「こんなきれいな海がそばにあるってのにな、馬鹿の心は洗われない」

意味が解らず、少年は黙っていた。

「最低のやつらだな。怪我はしなかったかい？」

忽那は訊いた。少年は、首を左右に振った。

「ちょっと、唇の端切ったけど」

まぶしそうに細めた目をこちらに戻してきて、忽那は少年を見た。

しかし何も言わないので、少年が言った。

「忽那さん、なんか、生きてるのって、面白くないね」

「そうか？」

忽那は言った。

「ろくなことないよ。ぼくは何のために生まれてきたんだろう。宇野智弘って人間はさ」

言って、少年はため息をつく。

「どうしてこの世に出てきて、ここにいるのかな」

聞いて、忽那はちょっと苦笑に似た表情をした。そばにあった小石を拾い、海に向かって投げた。それから言う。

「誰にも答えられない難問だな」

「ろくなことない。このまま生きててどうなるのかな、ただおとなになって……」

「ヒロ君、いじめの暴力があるから、そう思うんじゃないか？」

忽那は遮って言った。

智弘はしばらく黙って考えた。それから、うなずいた。

「うん」

「世の中に、強いやつと弱いやつがいるって、そう思ってないか？」

またしばらく考え、うなずいた。

「うん」

忽那は、首を横に振った。そして言う。

「それは間違いだ。弱いやつ、強いやつなんていない。みんなそれぞれ弱さを持っていて、弱さの種類が違っているんだ」

「弱さの種類が違うの？」

「ああ。いじめなんてするやつが、この世で一番弱いのさ」

「そうは思えないけど」

「それは腕力だろう？　今だからさ。そんなもの、おとなになったら解らない。そいつ、将来は貧弱な痩せっぽち親爺になっているかもしれないぜ」

智弘は黙った。

「ぼくは何人もそういうの、見てきた。こういうのは、おとなの経験の方が確かだぜ」

「うん」

智弘は、ゆっくりとうなずいた。

「いじめをやりたがるやつってね、たいてい自分がいじめられてるものなんだ」

「誰に？」

「人間とは限らない。親を含めた彼の家庭が、すごく不安定で、信用できなくて、彼を絶えず圧迫しているのかもしれない」

「そうなの？」

「ああ、社会にいじめられているんだ。今に解る。すぐにじゃないかもしれないが。よし、歩こう」

忽那は言って、立ちあがった。

岩場から上がると、側道がある。二人は並んで、それをさらに登っていった。

やがて、陽光を照り返す瀬戸内海を見おろせる高台に出た。そのあたりの道は狭く、前後になって歩かなくてはならなかったから、忽那が先を行った。

「ヒロ君、自殺しようなんて思ってないよな」

忽那が、前を向いたままで訊いた。

「ないよ」

智弘は応えた。

「最近多いからな、中学生の自殺。もし死にたくなったら、ぼくに言ってくれよ」

「手伝ってくれるの？」

驚いて立ち停まり、忽那は少年を振り返った。少年が笑顔を見せたから、忽那も笑った。歩きだし、言う。

「そう？」

「お断りだ」

「挫折の手伝いなんてまっぴらだ。それは挫折だし、人生を途中退場。急ぐ必要なんてないのに、人間、待ってれば死ぬんだ」

「あいつらに復讐しないうちは死なない」

智弘は言った。

「ああ？」

忽那は、もう一度振り返った。そしてつぶやく。

「それほどの相手か？」

智弘は応えなかった。

「とにかく、学校なんてな、命懸けてまで行くとこじゃない。もう死ななきゃならないって感じたら、ぼくに言ってくれ」

忽那は言った。

「どうするの？」

「学校やめるんだ。馬鹿がいっぱいのくだらない学校なんて、即刻やめよう」

「やめてどうするの？」

忽那は立ち停まる。

「どんな仕事したい？　ヒロ君」

智弘も立ち停まった。

「解らない、この街には仕事ないし。どこか都会出て……」

「福山とかか？」

「福山も、仕事あるかな」

忽那も、うなずきながら黙る。

「大学に行ってもなぁ……。漁師になるしかないな、お母さんの紹介で。お母さんの店、漁師の人、いっぱい来てるから」

忽那は、右手で海を示した。

「あの海見ろよ、ヒロ君」

智弘も海の方を見る。

「広くてきれいだろ？」

「うん」

「海は清潔だぞ。馬鹿はいない」

「うん」

「海に乗り出そう、そしたら、二人で。一緒に船造ってさ」

忽那は言った。

「勉強は？」

智弘が訊く。

「そんなの、ぼくが教えてやる、船の上で」

「漁師になるの？　やっぱり」

「そうだな、生きていかなくっちゃならない分は、獲るか。嫌か？」

黙り込む智弘を、うながして歩きだす忽那。

「漁師嫌か。それじゃ、海賊やるか」

「え？」

「船停めて、乗り込んでいって、こっちが必要なものだけいただくんだ」

「逮捕されちゃうよ、海上保安庁に」

「そうか？　じゃ、悪い船だけにしよう」

「悪い船なんているの？　瀬戸内海だよ」

「いるよ。実はね、いっぱいいるんだ、みんな知らないだけ」

「ふうん。じゃぼく、こっち行くから」

智弘は言った。気づくと、二人は二股の分岐点に立っている。

「え、どこに行くんだ？」

驚いて、忽那は訊いた。

「忽那さん、仕事あるでしょ？　ぼくはもう少し歩いていく。一人になって考える」

少年が言うので、忽那はうなずいた。

「よしわかった、ヒロ君、よおく考えるんだぞ。今は嫌なこといっぱいでもな、それはあと何年かって間だけのことなんだ。おとなになったら全然違ってくる」

「おとなになったら、いじめはなくなるの？」

少年は訊いた。

「少なくとも、暴力の理不尽はなくなるさ。おとなの社会では、それは犯罪だから」

「ふうん、そうか」

少年は言って、こう続けた。

「どうして子供は、犯罪にならないのかな」

忽那はうまく答えられず、ただこう言った。

「そうだな」

少年はそれを聞いてから、背中を見せて去っていった。


忽那と別れ、智弘は一人林に分け入って、抜けた。すると道はさらに上りになり、丘の上に出た。彼方まで続く広い草原が広がった。背の高い草が見渡す限りを埋めている。その間を、ゆるくうねりながら、細い道が続いている。草を掻き分けるようにしながら、少年はその道をたどった。

しばらく行くと、タイヤを四つとも失い、すっかり塗料が剝げ落ち、灰色の鉄板を見せている大型のアメリカ車が、一台ぽつんと見えてきた。

智弘は近づいていき、朽ちかかり、なかば草に埋まったアメ車の横に立った。ドアは四つとも失われていたが、後部座席の前に立った。

広々とした草原の、草を倒しながら風が渡ってきた。彼方の林のすぐ上で傾いている夕陽が、その草を黄金の色に染めている。

後部ドアが付いていたあたりのボディには、屋根に鳥居のマークが刻まれていて、その下には注連縄《しめなわ》が下がっている。朽ちた大型の自動車が、小さな神社に変わっている。

智弘はその前でちょっと手を合わせ、それから後尾に廻ってトランクを開けた。中からトンカチや、スコップを引き出した。そして、スコップを引きずりながら車を離れ、小道を行く。

前方に、また林が現れる。行く道は、その中に分け入っていく。智弘は、林の中に入った。中は薄暗い。もう表の陽が翳ったからだ。

道の左右に、ロープの巻かれた丸太が何本か、ぶら下がっていた。上空の枝から吊るされているのだ。道に向いた丸い断面には割れ目があり、そこに何本か、小枝が刺さっている。

寄っていき、智弘はその割れ目にさらに小枝を挿して、トンカチで打ち込んだ。そうしておいてから、ナイフで小枝の先を削って尖らせた。

そんな作業が終わると、林に踏み込んで、下がっているロープを、体重をかけて引く。突き出した小枝だらけになった丸太の反対側が、すると木々の間に引き上げられていき、姿が消えた。

重みに堪えながら、智弘は頑張ってロープの端を枝に結んだ。それから上空を見上げた。するとそこに、同じ仕掛けの丸太が、枝の中に隠れていた。

智弘は満足そうに微笑み、それから道に出てきて、中央にスコップを突き立て、穴を掘りはじめた。次第に表の陽が落ちていき、林を抜ける小道は、暗くなっていく。

2

翌日の午後、見るからに悪童という顔つきの少年三人組が、坂を登ってくる。

丘の上からその様子を見ていた智弘は、駈けだし、背後の林に入っていった。丸太を吊り上げ、その端を枝に結びつけている、その結び目あたりを握って確かめ、ナイフを出して、切断の準備をした。

その瞬間、智弘は突き飛ばされ、湿った草の上に転がった。

顔を上げると、大型ナイフでロープを切断している男の影が目に入った。どさっと、丸太の前方が地面に落ちた。智弘少年は、ショックのあまり、声が出せないでいる。何日も日にちをかけて、準備した武器だったのだ。

「やめろ、ヒロ君」

おとなの、冷静な声がした。

見れば忽那が立ち、大型の登山ナイフを出して、智弘の仕掛けた丸太のロープを、次々に切断していった。

尻餅をついたまま、啞然として見ている智弘に、忽那は言う。

「こんなことしちゃ駄目だヒロ君。相手が大怪我するぞ。傷害になってしまう。これじゃ逮捕だ、前科がつくぞ」

事態に、ようやく理解が追いつき、智弘は涙声で叫んだ。

「どうして！　邪魔しないでよ！」

しかしかまわず、背中を見せて小道に歩み出ていく忽那。その背中に、智弘少年は叫ぶ。

「これはぼくの闘いだ。忽那さんは関係ない！」

するとと忽那は、振り返って言う。

「そうか？」

言って、静かな目で、智弘を見た。

「友達だろう？　ぼくたちは。君が収監されたら、もう会えなくなるんだぞ。違うところに住んで、別々の人生を歩むことになる」

「収監って何？」

「刑務所に入れられることだ。これはあまりに悪質だ、子供のやることじゃないぞ。ヴェトナム戦争じゃないんだ」

「じゃあ、あいつらのやったことは何なんだ、悪質じゃないっての？」

忽那は黙って立っている。

「忽那さんは知らないんだ、だからそんなことが言える。あいつらが、どんなにひどいやつらか」

少年は、溢れ出した悔し涙を、拳で拭っていた。忽那は立ち尽くし、草の中の智弘を、じっと見つめた。

「ぼくが、今までどんなにひどい目に遭ったか、あんな馬鹿のために。あんなくだらないやつら……」

忽那は横を向き、靴で二、三度地面を踏み、落とし穴を壊す。そしてこう言う。

「そんなくだらないやつらのために、一生を棒に振ってもいいのか？」

それから、開いた穴を指差す。

「ここにも竹が入っているな、落ちたらかなりの怪我になるぞ。もしも相手が骨折したり、重傷で歩けなくなったりしたら、実刑だ。どんな事情があろうとだ、相手が不具者になったら、情状は酌量されない。

少年刑務所に行くんだぞ。そして君は、前科者として生涯を生きるんだぞ」

くるりと背を向け、道を越え、反対の林の草むらに踏み入って、そちら側の林にもあるロープを切って、吊った丸太の前方を落とした。そしてもうないかと、上空を眺め廻す。

道に戻りながら忽那は言う。

「それがどんなことか、君は知らないだろう？」

無言になる智弘。少年の頬に、泥で黒く染まった涙が流れてくだる。

「就職もできず、結婚もできず、非合法の仕事でしか生活費を稼げない。覚せい剤売るしかなくて、売ったらまた刑務所だ」

聞きながら、少年はしゃくりあげた。

「前科者になったら、酒場で廻ってきた大麻をうっかり吸っても、他人の自転車をちょいと借りても、粗暴な酔っ払いを一発ぶん殴っても、相手が事件にすると言ったら、執行猶予なんてつかないんだ。スピード違反でも、速度によっては刑務所だ。簡単に戻されるんだよ、刑務所に。だから、人生の大半が刑務所暮らしになる。出たり入ったりで、ほかの生き方を知らずに歳をとる。それが、一生を棒に振るということなんだ」

少年は、何も言えずにいる。忽那は、静かに言う。

「友達がそうなるのを、黙って見ていろって君は言うのか？」

「刑務所に入れるべきはあいつらだ。あいつらがぼくにどんなことをしたか、忽那さんは知らないだろ！」

少年は、また涙声で叫んだ。叫び終われば、顔が歪む。

「だったら、なおのことこんなことするなよ。あいつらを入れろよ、自分が入るなよ」

忽那は言う。

「あいつら……、入れられるもんか」

「そうか？　じゃ、ぼくが入れてやろう」

「無理だよ」

智弘は言った。

「さあどうかな。金を要求されたんだろう？」

忽那が言い、智弘は無言になった。

「さっき、坂を登ってきている悪童三人組の姿が見えた。あれが君の敵なんだろ？」

智弘は無言でいる。

「ズボンのポケットから、札の端がちょっとのぞいているな。お金を渡すって言って、ここに呼び出したんだろう？　そしてそのお金は、お母さんの財布から盗んだのかい？」

草むらにすわったままの智弘は、無言のままで、動こうとしない。

「あの子たち、日東第一教会に住んでる子たちじゃないか？」

忽那は訊いた。少年は答えない。

「どうなんだ」

忽那はもう一度訊いた。

「ああ、そうだよ」

智弘は、ふてくされたように言った。

「それがどうしたんだよ」

少年は言ったが、こんな言い方はちょっと乱暴だったかと反省した。

「教会の幹部の子。神様の子だって、自分で言ってる」

そう説明を加えた。聞いて、忽那は鼻で笑った。

「神の子がゆすりか？」

智弘は黙り込んでいる。

「世の中は、茶番で充ちているな」

笑いながら忽那が言い、意味が解らないので、智弘はえっ？　と訊いた。

「こいつは罠《わな》だ、君を犯罪者に誘い込む」

忽那は言った。

やはり意味が解らず、智弘は泣きながら忽那を見つめた。忽那は言う。

「長い一生にはねヒロ君、行く手に罠がたくさん口を開けてる。引っかかっちゃ駄目だ。一生を棒にふるぞ」

「じゃあどうすればいいの」

「相手の要求に応じちゃ駄目だ。事態がどんどん悪くなる」

「だから、それだからぼくは……」

「解るが、このやり方は駄目だ。人は、絶対に越えてはならないという一線は、しっかり持つべきなんだ。まともな生き方とは、そういうことなんだよ」

もう一度、忽那は少年の顔を見る。

「金を盗む、相手に大怪我をさせる、それが、越えてはいけない一線だ。一度でもこれを越えると、何度も越えることになる」

言い置いて忽那は、智弘のそばを離れ、坂を登ってくる少年の方に向かっていった。

林への入り口で忽那は、坂を登ってくる三人の少年たちの前方に立ちはだかった。そしてこう、大声を出している。

「おい君たち、私は鞆署の刑事課の、忽那という者だが」

黒い手帳らしいものを見せていた。智弘はその背中を、遠くから見ていた。

「今聞き込みをしているんだ、協力してくれるね。このあたりに、子供に金銭恐喝している者がいるという捜査願が、鞆中学から入った。こりゃ悪質だからな、緊急逮捕しなくちゃならないんだ。君ら、心当たりはないか？」

子供らは、棒立ちになり、てんでに首を左右に振っている。それから、ゆるゆると後ろ向きになり、駈けだして、今きた道を戻っていく。

しばらくそれを眺めてから、忽那は智弘の前に戻ってきた。

「転がるように逃げてったぞ。これであいつら、当分おとなしくしているよ」

笑って言った。聞いて智弘は、草地から立ちあがり、駈けだした。

「ヒロ君！」

その背に向かって叫び、忽那も、追って駈けだす。

林を飛びだした智弘は、草原の中央の道を全力で駈けていく。そのあとを追い、忽那も全力で走る。ゆるやかな坂を、前後して駈けくだった。

朽ちた大型アメ車の前まで来ると、智弘は鼻先からサイドに車体を廻り込み、注連縄が下がる後部座席前の草むらに、ばさと倒れ込んだ。

後半は歩いて、忽那はボディの横にやってきた。そして腰で車にもたれて立ち、荒い息を、しばらく吐いていた。そうしながら、ふと自動車のボディに刻まれた鳥居のマークに気づき、それをじっと見つめる。

そして、

「ここにも宗教か」

とつぶやいた。

智弘が、草の中からこう、大声で問いかけた。

「忽那さん、こいつだけは許せないってやつに、今まで出遭ったことないの？」

忽那は、鳥居のマークから視線をはずし、黙って車にもたれて立ちつくした。草原を渡ってくる風に、しばらく無言で髪を揺らした。じっと立ち尽くし、昔の記憶をたどっているように見えた。

少年は、また大声で訊く。

「こいつを殺さないと、自分が死んでしまう、もう自殺するしかないって、そんなあくどいやつに。自分が逮捕されることなんて、とっくに考えてた。でも逮捕されても、死刑になっても、その方がましだって、そう思えるようなやつだ」

「あるさ」

その声にぶつけるように、忽那はあっさり言った。

「じゃあ解るだろ」

勝ち誇ったように、少年は言った。

「犯罪者がなんだって言うんだ、あいつら殺して犯罪者になるのなら、ぼくは本望だ」

「それが罠だ」

忽那は即座に言った。

「なんだい罠って」

少年は問う。

「それ以外ないって思えるだろう?」

問いかけると、少年は黙る。

「ほかの道は、みんな閉じているように見えるんだ。残った道はこれがたったひとつだけだって確信する。それが罠なんだよ」

少年が黙り、沈黙が支配すると、風の鳴る音が聞こえた。この音は、いったいどこで生じるのか。遠い林の梢の間か、それとも周囲の草の中からか。

「忽那さんは、その嫌なやつ……、どうしたの」

小声になって、少年は訊いてきた。

「つまり報復かい? しなかった」

忽那は言った。

「どうして」

「意気地がなかったからだ。そのことも、長いことぼくを苦しめた」

忽那は、淡々と告白する。

「どうして呼びつけて、骨の二、三本も折ってやらなかったのかと。なんて自分は腰抜けだったのかと、寝られない夜をすごした。幾晩も、幾晩も、本当に長い間だ。どうだい? 解るだろう?」

「つらかった？」

忽那は苦笑した。そして言う。

「それを訊くのか？　ヒロ君。そんな必要ないだろう。君自身、よく知っているはずだ」

しかし草むらから、その問いへの返事は戻らなかった。

「ああつらかったさ、生きていられないほどに、つらかった。今生きていること自体が、自分の意気地のなさの証のように思えたよ。今の君と同じようにね。人間はそんなふうに弱い、みんなだ。だからみんな、宗教が必要になる」

そして忽那は、朽ちた車体に刻まれた、鳥居のマークあたりを叩いた。

それから、じっと目をすえ、遠くを見た。彼方でそよぐ木々の間から、小さなかけらのように、わずかに海が見えていたのだ。そのことに、今気づいた。

「だがおとなになって、そいつを街で見かけた」

その小さな海を見ながら、忽那は告白を続ける。

「型のくずれた、よれよれの背広を着て、ぼうっとした表情の、さえないサラリーマンになって、自転車に乗ってた。だから、許した」

遠くの木々、その小さな海の上に、夕陽が落ちかかっていた。草がまた、黄金の色に染まりはじめた。

「どうしてもこいつを許せないいって思い詰めた子供の頃、あれはどうしてなんだろうって思って、しばらく考えた。いったいどうしてなんだろう。こいつと刺し違えて死にたいとまで思い詰めた。あれは、いったいどうしてなのか」

言いながら忽那は記憶をたどり、腕を組んだ。

「そして解ったんだ」

言うと、智弘はすぐにこう訊いてくる。

「どんなふうに？」

しかし忽那は、記憶と思索に沈んで、そこから動けずにいた。それで少年はもう一度訊く。

「どんなふうに解ったの？」

「結局、自分の劣等感なんだ。子供の時は意識してないから解らなかった。だが、結局そういうことなんだ。いじめっ子のこいつ、世の中に出ても自分よりしっかり評価され、通用して、きっと上の立場を得ていくものと、なんとなくそう思っていた。知らず、そう思わされていたんだ、やつの威圧感で」

草に寝て、じっと考え込んでいるらしい智弘。忽那はちらとそれを見た。見ながら言う。

「だがそうじゃなかった、逆なんだ。世の中に、一流として通用しないようなやつだから、自分でそれを知っているからこそ、あいつはそばの仲間をいじめて、うさを晴らすしかなかったんだ。そういうことが解ったんだよ、おとなになったそいつを見て」

少年は、今度は何も言わない。

「だから、あんなやつに、自分の全存在懸けて報復しなくてよかったと思った」

「そうなの？」

智弘は言った。

「ああ、やったらくだらない無駄をしていた。それがよく解った。まして刑事事件になどしていたら、無駄以上だ、自分がとんでもない大損をしていた。罪を犯して、自分の人生に傷をつけて、全然引き合わない、まるっきり、それほどの相手じゃなかったのに。取るに足らないやつだった」

「そいつ、おとなになってから、世の中に通用しない？」

智弘は訊いてきた。

「そうだ、そいつには、それが薄々解っていたんだ、子供の時」

智弘は、ゆっくりと起きあがった。

「どうして解ってたって……」

「実はぼくも解っていたからさ、思い出した。そいつの父親を知ってたんだ、ぼくは。ロバのパン屋をやっていた」

「ロバのパン屋？」

「うん。ロバがパンの入ったガラスケース引いてきて、道ばたでパンを売るんだ。まだ車が少なかったからね、あんなことができた」

「ロバのパン屋、今はないね」

「ない。パン屋、それ自体はかまわない。パン屋の親爺、ぼくも大好きだった。でも昼間はいい人のそいつの親父、夜になると毎晩酒を飲んで、変な威張り方して、しょっちゅう喧嘩していた。酒癖が悪かったんだ」

「どうして解ったの？」

「いじめっ子が自分で言ってたし、町では有名だったたから。たぶん、やつ自身も殴られてた、酔っ払い親爺に。だから、喧嘩馴れしたんだ。暴力が日常になってたから、人を殴り馴れてたんだ」

少年は草の上にすわり、小さくうなずいていた。

「人を殴るのって……」

「ああ、普通、簡単じゃないだろう？　そういう環境にあるやつなんだよ、そういうことができるのは」

少年はじっと考えている。

「だからそいつは、誰よりも、本人が一番みじめな思いをしている、毎日ね」

「じゃああいつらも……」

「ああ、たぶんそうさ」

忽那が言うと、少年はじっと考えている。忽那は、寄りかかっていたアメ車から身を起こした。そして言う。

「落ち着いたか？　ヒロ君。じゃあ帰らないか？　もう日が暮れる」

忽那は言った。しかし少年は、動こうとはしなかった。

「ヒロ君、ぼくに腹が立つか？　そうだろうな。あんなに時間かけて準備したのに、ぼくに邪魔されて」

しかし、少年は何も言わない。忽那は、また車体に背をあずけた。

「今はまだ解らないだろう。でもきっと、あれでよかったと思えるようになるよ。いつか、きっとそういう日が来る。帰らないか？」

忽那はじっと待った。だが、少年はまだ、気持ちの整理がつかないらしかった。それで、忽那は言った。

「一人でしばらく考えたいか？　いいとも、じゃ、ぼくは行くよ」

言って忽那は、寄りかかっていたアメ車から、また身を起こした。

「ゆっくり考えてね。だけどヒロ君、これだけは憶えておいてくれ、ぼく自身の経験から言うんだ。目を開けて、よく周囲を見ることだよ、道は決してひとつじゃない、ひとつだけじゃないんだ、無数にあるんだよ」

そして智弘少年を見た。草の上にすわる彼は、じっと下を向き続け、何も言わなかった。それで忽那は、最後にこう言った。

「今日は、悪かったよヒロ君、ごめんな」

そして少年に背を向け、忽那はアメ車を離れて歩きだした。そのまま小道に出て、ゆるい坂を下った。しばらく下った頃、背後に、駆けてくる靴音を聞いた。振り向くと、智弘少年だった。追いすがってきて、忽那のすぐ背後で停まり、そのまま、あとについて歩きはじめた。そして言う。

「ぼくも帰るよ。お母さんが心配するから」

振り返り、忽那はうなずいた。そして言う。

「そうか、じゃ帰ろう」

言って、少年に背を向けた。

3

忽那と智弘は、港のそばまでおりてきた。裏町の路地を縫っていくと、忽那の家の横に出る。外にとり付いた金属の階段の前で、忽那は立ち停まる。忽那の家は二階の二部屋だけで、一階は倉庫になっている。陽はまだ落ちていなかった。彼方に見える飲み屋の提灯にも、まだ灯は入っていない。

「ヒロ君、ちょっと寄っていかないか？　君にあげたいものがあるんだ」

しょんぼりしている智弘には、しかし決心がつかない。無言のままでじっと立ち尽くしている。

「今お母さん、お店開ける準備中だろ？　今帰ってご飯とか言うと、邪魔だぞ。寄っていけよ」

忽那は智弘の腕を取り、階段に足をかけた。

「さ、行こう」

強引に智弘の腕を摑んで、忽那は階段をあがった。

忽那の部屋に、二人は入ってきた。そこは、食卓が置かれた板張りのダイニングだった。食卓のそばの棚には、漁船や軍船、客船の模型がいくつも飾られている。この模型に興味を持ち、智弘は忽那の家に来るようになった。忽那は、「忽那造船」という、漁船を造っている小さな造船所の社長だった。

「すわってくれ、今お茶淹れるから」

忽那は言った。そして食卓の椅子を引き、すわるように智弘に示した。

食卓の上には、首長竜の骨格の模型が載っていた。バルサ材を連ねて作った簡易模型だった。

「あ、これ」

それを見つけて、智弘が言った。

「ああそうだ、君なら解るだろう？　それがなんだか」

「フクシマ・フタバスズキリュウ？」

「そうだ。フタバスズキリュウ。あとは、手のひれつけたら完成だよ」

「本当だ」

「ヒロ君、これの化石が出た場所によく行ってたって、前言ってたろ？」

忽那が言う。

「うん、大久川《おおひさ》。博物館で本物の骨も見た」

智弘は言った。

「首長くて、骨多いよな。麦茶でいいか？　冷たいの」

忽那は言う。

「いいよ」

智弘は答えた。

「腹減らないか？　カレーあるぞヒロ君、食べないか？　一緒に」

「え？　でも悪いよ、忽那さんの夕食でしょ？」

少年は言った。

「おいおい、遠慮するなよ、子供のくせに。誰かと食べる方がうまいんだ。早く食べないといたんじゃうからな、食べて欲しいんだ。よそうぞ」

それで智弘と忽那は、食卓で向かい合い、二人でカレーを食べた。食べながらも智弘は、そばの骨格模型をじっと見続けていた。

「それ、高校生が発見したんだよな、その水中首長竜」

忽那は言った。

「うん、鈴木直《すずきただし》って人が、高校生の時に見つけたんだ。いわき市の大久川のほとりで。全身の骨が、すっかり揃って出たんだよ、そういうのはすごくまれなんだ、世界でも」

智弘は答えた。

「そうか」

「うん、恐竜の骨っていうのは、たいてい三割くらいが出るだけなんだ」

「じゃあ、あとのかたちは想像なのか？」

「そう」

「でもそのフタバスズキリュウっていうのは、世界中に、福島にしかいないんだろう？」

「うん。福島だけ。似たのは海外にいたんだけど、鼻の穴の位置が違ったの、頭骨の」

「へえ」

「だからそういう名前が許されたの。日本には大型の恐竜はいないって言われてたんだけど、これの発見以来、だんだんに出るようになったんだ」

聞いて、忽那はうなずいた。

「大昔は、日本の海にもこんなのが泳いでいたんだな」

「うん」

「なんか、想像するとすごいな、そういう世界。ヒロ君、福島育ちだったよな」

「うん、南相馬《みなみそうま》」

「フタバスズキリュウのそばか？」

「うーん、割りと。ぼくも恐竜の学者になりたかった。だから大久川に行って、よく化石探したんだ、恐竜の化石」

智弘は言う。

「一日中、表にいたのか？」

「そうだよ」

「南相馬って、確か原発のそばだよな」

「うん。原発のすぐ近くまでも、よく行ったよ」

「海でも泳いだか？」

「大丈夫だったよ」

「危なくないのか？」

「泳いだよ」

食事を終えると二人は、常夜灯の立つ鞆の波止場まで歩いた。波止場にある少年の母の店まで、智弘を送っていくためだ。

肩を並べて、二人は雁木の上を歩いていった。足もとには、一艘にひとつずつ明かりをともした漁船群が、係留されている。

智弘は、忽那にもらった首長竜の骨格模型を持っていた。もう左右のひれはついて、完成している。

「お金は戻しておけよ、お母さんの財布に」

忽那は言った。

「うん」

「盗みは駄目だ、どんな理由があっても、正当化はされない」

「うん、最後の一線だね」

智弘は言った。

「そうだ、それが最後の一線だ。お金だけは、絶対に盗ってはいけない」

少年は、うなずいた。

雁木の最上段を歩いていくと、「しあわせ亭」と書かれた赤提灯が近づいてくる。

ゆっくりとその前まで行き、二人は店の前で立ち停まった。

「じゃあなヒロ君、また明日だ。ぼくはコンビニに行く」

忽那は手を上げて言った。

「うん。これ、ありがとう」

智弘は、模型をちょっと持ち上げて言った。

「ああ、じゃ」

忽那はそれで回れ右をして、今来た道を戻ろうとした。その背中へ、智弘は言った。

「忽那さん、今日は、ありがとう」

忽那は振り返り、驚いたような顔になった。そして、

「え？　ああ、いいんだ」

と言った。

「忽那さん、あの、ぼくは……」

智弘は、さらに言いかけた。まだ、言葉が足りていないと思ったのだ。

「なんだ、やめとけよ」

笑いながら、忽那は言った。

「いい、今はいいよ、もうそれ以上は何も言うな。一年経ってからだ、また聞くよ。じゃ、おやすみ」

忽那は言って、さっと背を向けた。智弘は、少し忽那を見送ってから、店の正面のガラス戸ではなく、路地を入ったところにある横の木戸を開けた。そこは、二階への入り口でもある。

するとと酔客のざわめきが、どっと耳を打った。まだ時間は早いのに、もうカウンター席はいっぱいになっている。智弘の母はなかなかの美人で、酒好きの漁師たちに人気があるのだ。

客にも母親にも声をかけられたくなくて、智弘は素早く身を隠そうと考えていた。往来の時点から靴を脱いでおき、さっと階段下の上がり縁に乗った。しかし、母親の目ざとい視線に捕まった。

「トモちゃん、帰ったん？」

母親の声がした。あきらめて、脇の出入り口から顔を半分覗かせると、母親の芳江が、カウンターの中で半身を回し、声をかけてきていた。

「ああ、うん」

としぶしぶ答えた。ここで捕まると、たいてい酔客たちのしつこいからかいに巻き込まれるのだ。

「ご飯まだじゃろう？」

と母親は訊いてきた。

「もう食べた」

智弘は答えた。

「ええっ？　どこで！」

母親は目を丸くする。

「忽那さんとこで」

「あらぁ、いっつも悪いなぁ」

母親は言った。その声には、まだ酔いの気配はそれほど感じられない。カウンターにいた半白の客が、立ちあがってよろよろとこっちにやってきた。階段の反対側にはトイレもあるのだ。面倒だなと智弘は思ったが、母親との会話中なので、逃げることができない。すると案の定、酔った大声でこう問われた。

「おい智弘君、それなんじゃ？　手に持っとるの」

智弘は、あきらめて答えた。

「首長竜」

「恐竜か？」

客はすぐそばで訊いた。

「そう」

「ねえトモちゃん、今度忽那さん呼んできてよ、ここに。お礼したいから」

母親が、カウンターの中から声をかけてくる。酔客は、もぞもぞとトイレに入っていった。

「来ないよ、お酒飲まないもん、忽那さん」

智弘は言った。自分が忽那を気に入っているのは、みっともなく酔った姿を見せないことにもある、そう少年は思っていた。

「あらそう。じゃおでんとか」

「ママー、焼酎！」

と大声がした。芳江がそっちを向いて会話を始めたので、智弘は顔を引っ込め、二階に行こうとした。しかしカウンター席の別の客が、こんな大声をかけてきた。

「おい智弘君、それ見たことあるか？　その本物」

母親に、お客さんには無愛想にするなといつも言われていたので、智弘は応じた。

「あるよ、国立博物館で、骨の化石」

「いんやいんや、そういうんじゃのうてな、泳いどるとこ」

と彼は、おかしなことを言った。酔っているのだと思い、こう言った。

「そんなんあるわけない。これもう今はおらんもの。大昔の生き物」

「そうなことないぞ、おるぞ、この海に」

彼は断固として言った。

「おいおっさん、恐竜がか？　この瀬戸内海に」

テーブル席の方から、別の酔客の声がした。

「おる。わし見たぞ」

客は言い張った。

「アホ言え、寝ぼけたこと言うなやおっさん、大昔の生き物じゃ。もう死に絶えとるわ、なあ智弘君」

テーブル席の男は言う。

「うん、白亜紀の恐竜だよ。もういない」

智弘は言った。

「そうなことない、わし、二回も見たで。黒うて大きいぞ。ものすごう大きい、海の中、しゅうーっと泳いどったわ」

と最初の客は言い張る。

「酔うとったんじゃろうが、おっさん」

別のテーブル席の客が言った。

「今は酔うとるが、その時は違う。わしゃ、自分の船引っくり返されるか思うたわ、わしの船の下へ来たけ」

「そんなもんがこのへんにおったら、ネッシー顔負けじゃがの。観光資源になるが」

またどこかから声がした。

「ほうよ、トモシーじゃ。世界遺産よりええわ！」

すると、どっと笑い声が湧いた。

「おったらええのう。ここらへん、ようけ客来るで」

またげらげらと笑い声が続く。

「この先のいろは丸展示館たたんで、トモシー展示館にしょうかの」

別のカウンター席の男が言った。

「ええのー。あそこも最近は、客が伸び悩みじゃけ」

「センベエや、饅頭も作らんといけんのー。トモシー饅頭、トモシーセンベエ、売れるかのー」

また別の男が言った。すると母親の芳江がすかさず応じる。

「うちも飲み屋トモシーじゃな。改名！」

「ええのー」

とまた笑い声。

それを聞いて、一番遠くの席の男が立ちあがり、こう叫ぶ。

「おい、ほんならミス・トモシー選ぼうや、な⁉　町おこしができるで」

すると、賛成の大拍手と歓声が湧く。

「ほならうち、立候補しょうか」

芳江が大声をあげる。すると、拍手と声がちょっとしぼむ。

「いや……、そりゃどうかのー」

　立っている男が言った。

「うち、ミスじゃ、亭主おらん」

　芳江は言いつのる。

「いや、亭主がおらにゃ、それがすぐミスいう話にゃ……」

　と先の男が言う。

　そこに、小便を終えた男が、智弘の横でこう大声をあげた。

「おいおい、逃げられたんと、まだ見つけとらんいうんは、全然違うで、話が」

　言いながら、カウンター席に戻っていく。

「聞いとったんか、おっさん。まあ、やっぱしトウが立っとっちゃのー、ちょっと……。生娘《きむすめ》がえぇのー、二十四までの」

　まだ立ったまま、男が言っている。

「そんなんがどこにおるんね」

　と芳江が不平を言っている。

「こうな狭い街にあんた」

「まあ最近は少ないわのう」

　カウンター席の別の男がしみじみと言う。

「うちはこれから幸せになろう思うとる！」

　と芳江は宣言した。

くだらないと思い、智弘はそろそろと階段を上がりはじめていたのだが、近場の海に首長竜がいるという話が気になって、中途に立ち止まって声だけを聞いていた。

「そいでしあわせ亭か。なんや、そうな宗教団体あったの、どっか、このへんに」

誰かが叫んでいる。

「まあミスの話はもうええわ、それよりトモシーじゃ。ええのー、おったら、この町さびれる一方じゃけ、ここ、ええ港のにのー」

「客寄せのパンダになるで。でもおらんわ、そんなん、おらんおらん！」

「おる。おるで。ぼくも見た」

若者らしい男の声がして、中年男の声が応じる。

「なに？　おい、酔っ払いがまた一人おったか」

「そうなことない。沖でクルーザー止めとったら、船の下をすうっとな、大きい黒い影が通っていったわ。さっきの子が持っとったような、ああいうかたちしとったで。大きいでえ、ありゃ。絶対魚じゃない。ぼくら、何人も見たで、あの時一緒におったもんが」

「ほうじゃろ。わしも見たけ、そういうの。ほかにも見たもんがおる、漁師での。ほんまにおるんじゃけ！」

最初に見たと言った男が、またそう主張している。すると店内は、しばし無言になった。それで智弘は階段をあがり、自室に入った。

智弘は自室に入ると、デスクの上にフタバスズキリュウの骨格模型を置いて、天井を見上げた。もらった時からそう思っているのだが、この模型は天井から吊り下げる以外にない。もう置く場所がないのだ。部屋の隅に置いたカバンを取り、教科書を出して、少し予習をした。それから畳の上に横になり、壁にかけているゴッホの絵を見た。糸杉の上に広がる星月夜だ。何故か子供の頃から、智弘はこの絵が好きだった。画家自身の苦しい生涯にも、共感が湧いていた。

それから天井を向いて、今日忽那から聞いた、いろいろな言葉を思い出した。人間には、越えてはならない一線がある——。

そしてもうひとつ、今強そうに見えているいじめっ子も、ひ弱なおとなになるかもしれない——。そんな言葉だ。

じっと考えていると、なんだか胸が苦しい気がしてきた。気分ではない、本当に苦しいのだ。背中も痛い。最近こういう日が多くなって、結核にでもなったのじゃないかと、恐怖を抱くことがある。結核で血を吐く文学者の物語を、子供の頃読んだせいだ。結核がこの世で一番怖い病気だという思いが、智弘には昔からある。

部屋で静かに横になっていると、階下の酔客たちの騒ぎが聞こえる。もう馴れたけれど、昔はこの胴間《どうま》声《ごえ》がうるさくて、なかなか寝つけなかった。母親の芳江も酒好きで、人一倍騒ぐ女だった。

甲高い母親の声も混じる階下の騒音を聞いていると、不思議なことに、むしろ心が澄んでくる。目を閉じ、じっとしていると、忽那がいてくれてよかったという思いが湧いた。今はまだ解らない。でもきっと、忽那の言う通りなのだと思う。父親がいない自分だが、忽那がいてくれて、本当によかったと思う。明日、またお礼を言おうと思う。

階下では、大音響のカラオケが始まっていた。芳江は、泥酔して得意の演歌を歌っていた。

一番を歌い終わり、間奏が始まると、店内の客たちをぐるりと順に指差しながら、芳江は声を限りにこう叫ぶのだった。

「あんたー、手拍子っ！」

そして芳江は、また大声で二番を歌いだす。客たちは、手拍子と斉唱で加わる。

すると芳江は、何を思ったか、歌いながらカウンターによじ登る。そしてカウンターの上で、踊りながら歌うのだった。続いて、足もとのカウンター席の男たちを指差す。

「あんたー、うち、飛び込むよー。ちょっとカウンター、離れて。離れなさい！　うちが飛び込む場所、作りんさい！」

「おい、やめろ」

カウンター席の一人が、恐怖にかられて言った。

「やめてくれー。危ない！」

別の客もわめく。しかし芳江はかまわず、歌いながら、カウンターの客たちの、腿の上に倒れ込む。

「うわ、うわーっ！」

たまらず椅子ごと後方に倒れる客がいる。後ろのテーブル席の客が、あわててこれを支える。

カウンターに置かれていたグラスや瓶が、次々に床に落ちて割れる。

しかし芳江は、客たちの腿の上でもまだ歌っている。

「おい、まだ歌うとるわ」

テーブル席の男が感心している。

「ホンマじゃ、根性あるのー」

別の客も感心する。

「よっぽど歌が好きなんじゃろ」

「おい、ちょっとじっとしとってくれ！」

カウンター席の、別の男が悲鳴をあげる。

「おい、落ちる落ちる！」

「キャー！」

そして悲鳴とともに、芳江は床に落下するのであった。

第6章 | chapter 6

THE CLOCKWORK CURRENT

第六章

chapter6

1

われわれは黒田課長と一緒に福山市立大学を訪れ、人事課の職員、鈴木の案内で、助教授室に向かって廊下を歩いていた。

「藤井先生のお母さんの方から、昨夜藤井先生が帰宅されないと連絡がありまして」

鈴木は言った。

「その先生は、親御さんと住んでおられる？」

黒田が訊く。

「はい、二世帯住宅とうかがっております」

鈴木は答えた。

「二世帯住宅なのに、帰宅されなかったと解ったのですか？」

御手洗が訊いた。

「朝食はご一緒にとられる習慣だったようで」

「ああなるほどな。独身なんですな？」

黒田が言って、納得した。

「はい。それで大学の方で何かご存じないかとお電話で。親に何も言わずに外泊というのは、これまでに一度もなかったことだそうで。それでわれわれとしても少し心配しておったところに、藤井先生、今朝大学に出ていらっしゃらなかったんです。講義があるのにです」

「無断でですか？」

御手洗が訊いた。

「そうです。こちらにも連絡ありません。それで、これは何かあったかもしれないと判断しまして、助教授室の同僚の先生方とも相談の上で、警察に連絡したようなわけで。今後の様子によっては、捜索願に切り替えてもいいかと思いまして」

「助教授室の先生方は、全員賛成でしたか？　それに」

御手洗が訊く。

「はあ、そういう感じです」

答えて、鈴木は怪訝な顔をした。

「何人なんですか？　助教授室の先生方」

「四人です」

鈴木は言う。

「無言だった先生は？」

御手洗が、またおかしなことを訊く。

「は？　それはまあいらっしゃいましたが、別に反対されたわけではありません。こちらです、藤井先生のデスクのある助教授室」

鈴木の手が示す方を見ると、助教授室と札が下がっている。鈴木がノックした。中から返事があり、

「失礼します」

と声をかけている鈴木を先頭に、われわれは扉を開けて中に入った。

室内には四つのデスクがあり、三人の助教授が机についている。消去法的に、空いているデスクは藤井のものだろう。

われわれ四人が入っていくと、二人の教員が立ちあがるところだった。一人は女性、一人は男性で、こちらに会釈をして廊下に出ていく。

「講義ですか？」

御手洗が、彼らに訊いた。

「そうです」

彼らの声が揃った。

残った一人の女性も立ちあがった。そして会釈をして、廊下に出ようとする。

「滝沢先生。先生も講義ですか？」

御手洗が言った。それで女性は立ち停まり、御手洗を見た。そしてすぐに目を伏せ、そのままの姿勢で言う。

「いえ」

「では滝沢先生は、ここにいらしてください。おうかがいしたいことがあるんです」

御手洗は断定的に言った。

「滝沢先生をご存知で？」

　鈴木が、御手洗の方を向いて問う。

「テレビでお顔を拝見しました。阿部正弘の新資料について語ってらっしゃるのを」

　御手洗が言い、それで私も思い出した。言われてみれば確かに、この女性の顔には見覚えがある。けれどテレビの時とは、かなり印象が違った。

「ああ」

　鈴木は言って、うなずく。

「ではもうけっこうですよ」

　黒田が言った。

「ああ、はい、じゃこれで」

　礼をして、鈴木は廊下に向かっていく。その背中に、黒田がさらにこう言いかけた。

「鈴木さん、ちょっと机の中、見さしてもらいますよ、藤井先生の」

「ああ、はい……」

　わずかに戸惑いながら、鈴木は応える。そのまま会釈して、彼は部屋を出ていく。

　黒田は、藤井助教授の抽斗を引き出して、無遠慮に中を見ている。御手洗も横に立って見おろしている。

そばに立つ滝沢助教授が、ちょっと不快そうな表情をして、自分の椅子に腰をおろした。

　そんな彼女の様子にはまったく気づかず、黒田が無神経な声を出す。

「しかしですなぁ、子供じゃないんだから。大のおとなのことですからなぁ、ひと晩くらい家を空ける程度のことはあるのではと……。わしらの学生時代は、女のところにしけ込んで、ひと晩ふた晩くらいはもうしょっちゅう……」

「その点はいかがです？　滝沢先生」

御手洗がさっと横を向き、滝沢助教授に言った。

「は？」

滝沢助教授は横を向き、びっくり仰天したというふうの横顔を見せた。そんな質問が自分に来ることなど、思ってもいなかったのだ。

「藤井先生が、ひと晩やふた晩、黙って女性のところにしけ込む可能性です」

御手洗は、不必要なほど丁寧な説明をした。助教授はうつむいてしまい、無言になった。

「またダンまりですか？」

御手洗は、妙に加虐的な口調になっている。私はちょっと驚き、口をさしはさもうかと考えた。助教授はうつむき続けている。

「そんなことをしている時ではないのですよ、滝沢先生。藤井先生はそんなことなどはしないと、あなたは知っていらっしゃる。そうですね？」

「おい御手洗、なんだよそれ」

見かねて、私が言った。御手洗の態度は、この若い女性教員をいじめているようにしか見えなかった。

「強い心配がおありのようですね？　話してもらった方が気持ちは楽になるし、藤井先生も早く見つかるでしょう。もっとも、見つかって欲しいならですが」

「どういう意味でしょうか」

滝沢助教授は言った。ようやく口を開いた、といったふうだった。

「これは警察が動きだしている刑事事件なんですよ、滝沢先生。それなのに黙りつづけていると、よけい目だつということです。その不自然さは、何かあることをかえって明瞭にします」

御手洗は言った。口調が、ますますずけずけとしてくる。滝沢助教授は、正面を向いたまま、つまりわれわれには背中を見せたままで言う。

「御手洗先生、お名前は存じあげています。ご本も拝読しました。優秀な方というのは知っています」

その声の調子は冷たく、彼女が逆襲に転じる決意をしたことを語った。

「嫌われてもいますが。あなたからも、そうならないことを願っています」

立ったままの御手洗は言った。

「こんなところまでいらしていただいて、驚きました。本物なんですね？　そうなら、お話ができて光栄です。でも、何もかもご存じだとは思わないでください。そんなの、ただの……」

声が停まるので、

「ただの？」

と御手洗は訊いた。返答が戻らないのでこう続けた。

「うぬぼれですか？」

「そ、そうは申しませんが。私のこと、何もご存じないでしょう」

女性助教授は言った。

「そう思いますか？　そうなら、あなたに会いになどきません」

御手洗は涼しい顔で言う。

「私に？　何もご存じない私にですか？」

助教授は笑いだした。御手洗は、消えた藤井助教授のものと思われるキャスター付きの椅子を手前に引き出し、ゆっくりとそれにすわった。そしていきなり、意味不明の言葉をつらつらと並べたてた。

「猫を飼っていらっしゃる。ペルシャ・チンチラだ。餌は時間で自動的に皿に落ちてくる。しかし、メカがうまく作動するかが心配で、説明書を熟読していらっしゃる」

助教授が笑いをおさめ、コンピューターの手前の印刷物を本で隠した。

「ほかに何を教えて欲しいですか？　ご自身に関して」

女性教員の横顔を見つめながら、御手洗は尋ねた。

「実はまだ、いろいろとあるのですよ」

「私が……」

彼女は戸惑っている。そして、思い切ったようにこう言った。

「私が教えて欲しいことはただひとつです」

「星籠ですね？」

御手洗はぴしゃりと言った。

「しかしわれわれは今、刑事事件の捜査をしています」

「私に関して、いったい何をご存じだというんですか？」

女性助教授は、やや高い、強い声を出した。語尾が少し震えた。泣きそうになっている、と私は思い、はらはらした。

非常識な私の友人は、大学を訪問し、いきなり助教授室を訪れ、そこにいた助教授を詰問して泣かせようとしているのだ。これはほとんど刑事犯罪というものではあるまいか。

「信仰をお持ちだ、いやだった。もうやめて、かなりの時間が経つ。あなたのお顔からそれが解る」

え？　と私は思った。顔からそんなことが解るわけがない。御手洗は、また何か、巧妙なひっかけをやっているのだ。

「私の顔……、ああ」

すると意外なことに、彼女は納得したふうの声を出すのだった。

「そうです。その髪型をテレビで見たので、ぼくはここに来たんです」

髪型？　と私は、思わず声に出すところだった。髪型などからいったい何が解るというのか。

「その宗教は、外国のものであり、宗教団体も外国産であった。日本にはなじみの薄い、異国ふうの礼拝形式を有していた。あなたがそんななじみのない宗教に身を投じたのは、まことに通俗的な理由、理想の配偶者が欲しかったからです。あなたは結婚を強く欲していた。しかし男性への理想がきわめて高く、周囲にはまるで見当たらなかった」

黒田が私の方を向き、目を丸くした。私も、たぶんそうしていた。度肝を抜かれるような気分でいたわれわれは、思わず無言で顔を見合わせた。

「でも女性なら、一般的にそういう傾向はあると思います」

助教授は原則論で応じたが、敗戦濃厚を知る将軍の声のようだった。たった今の指摘に、彼女は強いショックを受けたようだった。それが、声の調子から見て取れた。

「しかし、神様に男性を決めてもらおうとは、みんな思わないですよ」

御手洗がなおも無遠慮に言い、その言葉がまた、彼女を再び打ちのめすようだった。彼女はうつむき、また無言になってしまった。

「しかも、割り当ててもらった男性が気に入らず、宗教を捨てて逃げだすなんてことはしない」

私と黒田は、また顔を見合わせた。思ってもいなかった事実が、今語られている。それは、決して公にしてはならない、女性世界の秘密のようにも感じられた。

「あなたは神に期待した」

おごそかに、御手洗は続ける。

「全能の神なら、自分が思いもしなかった理想の相手を紹介してくれるかもしれない。前世からの因縁を引く、唯一無二の異性を、自分の目の前に連れてきてくれるかもしれないと」

「御手洗先生、そりゃつまり」

横から黒田が、おずおずと口をはさんだ。

「日東第一教会です」

御手洗はぴしゃりと言った。

「集団見合いと、集団結婚式を挙げさせてくれる宗教です」

「え、じゃあ昨夜のあの病院の男は……」

これは私が訊いた。

「教団がこちらの先生に紹介したフィアンセさ」

私の方を振り向いてそう言っておき、御手洗はまた女性の方に向き直り、言う。

「あなたのその判断は愚かだった。いや、あなたも今反省しているように、神もまた失望の相手しか自分に引き合わせなかった、だまされたのだ、だから入るべきじゃなかったと、そんな理由から言っているのではない。あなたたちの男探しで、この団体は今や非合法の大型営利団体にまで成長してしまって、この街に実害をもたらし始めているからです」

「この街に……」

　女性助教授は、かすれた声で、やっと言った。

「フィアンセじゃない……」

「むろんあなたにもね、先生。おかげで、神に保証を与えられた、筋金入りのストーカーが誕生した。この人物に悩まされていたのではありませんか？」

　助教授はまた黙り込む。

「あなたにとって彼はストーカー、彼にとってはあなたはフィアンセです。日夜男が、あなたの行く道の先に立つ。しかしあなたはここに職場があり、ほかの街に逃げることはできない。悩みぬいたあなたに、ナイトが出現した。あなたに思いを寄せ、ゆえにあなたを守ろうとする男性です。そして歩道橋の上で、ついに事件は起こった」

「誰ですか、そのナイトとは」

　黒田が訊き、御手洗は藤井のデスクを、ゆっくりと拳で叩く。

「違いますか？　滝沢先生」

「じゃ、こっちの藤井先生が、そのストーカーを歩道橋から突き落とした？」

　御手洗は、ゆっくりとうなずいた。

「平常時なら、こういうことは、あなた方のプライヴァシィの問題です」

　御手洗は言う。

「そう信じて、あなたのファンも一人、後方でしきりに気をもんでいる。しかし、人が一人死んでいるんです」

　私は胸にぐさっと来ていた。

「犯人は失踪中で、さらに事件を起こすかもしれない。だんまりを続けている時ではないというのが、お解りでしょう」

　聞きながら私は、夜更けの歩道橋を思い浮かべていた。下をタクシーの群れが流れてすぎる歩道橋、その上でさかんに揉み合う二人の男が見える。彼らを背後に置き、手前側に向かって駈けてくる目の前の女性の姿も、ぼんやりと見える気がした。

　助教授が、ゆっくりと御手洗の方を向いた。そして、あきらめたようにこう言った。悄然としたその物腰は、すっかり彼女が、御手洗の軍門に降《くだ》ったことを示していた。

「先生、私、解らないんです。あの男の人がまた立っていて、藤井先生が彼に寄っていって、二人で揉み合いが始まって、私、藤井先生に命じられるままに、怖くなって走って逃げたから、そのあとはどうなったのか……」

「また逃げたんですか？」

　御手洗は、軽蔑するように言った。助教授はうなだれた。そして言う。

「すいません」

「あなたは、楽な方に逃げすぎます」

　御手洗は、まるで道徳の教師のような言い方をした。

「はい、本当にそうです。反省してます」

　すると助教授がそう言ったので、われわれは、思わず失笑を漏らした。

かさにかかった御手洗は、まるで彼女の母親のような説教を始めた。

「男探しは楽じゃない、学問の研究が、全霊で打ち込むことを要求するのと同じです。座布団にすわって祈っていれば、向こうからトクがのこのこやってくるなら、こんな楽なことはない。手ごわい謎からさっさと逃げだせば、研究だって実りはありません」

すると彼女は、反省を全身ににじませて言う。

「はい。私、本当にそういうの、駄目な人間で、弱い自分が嫌になります。あの、それで……、あの男の人……」

「さっき申しあげた通りです。死にました、タクシーの上に落ちて」

「ああ」

助教授は、両手で顔を覆った。そして消え入る声で言う。

「私のせいです、本当にすいません」

御手洗はしかし一向に感じ入る様子もなく、淡々とこう言う。

「ぼくらに謝っても仕方がないですよ先生。今は藤井先生です。彼を助けないと、命の危険もある」

「はい、どのようにすれば」

顔を上げ、助教授は訊く。

「彼が今いる場所に心あたりは？」

するとと彼女はゆっくりと顔を左右に振る。

「私、彼のことは本当に何も知らなくて……」

「あんたに、これほど思いを寄せてくれている男なのに、何も知らない？」

何故か黒田が、横合いから憤然として言った。

「はい」

言って、助教授はまたうつむく。

「冷たいな。人を一人殺したんですぞ、あんたのために」

藤井に同情したか、黒田は興奮して言う。

「あなたが日東第一教会に入っていたことは、藤井先生には？」

御手洗が冷静に訊く。

「言っていません」

「それじゃあ、藤井先生は何も知らずに男と揉み合って⁉」

啞然とした顔つきで、黒田がまた問う。見れば、彼はすっかり気分を害している。身につまされてしまったというふうだ。

「はい」

女性助教授が応え、御手洗が言う。

「滝沢先生、ぼくの方を見てください」

そして彼は、女性教員の顔を覗き込む。

「はい」

彼女は目つきをしょぼつかせ、まぶしそうに御手洗を見る。そしてつい目をそらしがちにする。

「事件のあと、藤井先生から電話がありませんでしたか？」

御手洗が訊く。すると、彼女は今度は断固として首を横に振った。

「私、誓います。この期におよんで、もう決して嘘は言いません。ありません！」

するとと御手洗はうなずき、すぐに立ちあがった。

「解りました。ではこれでけっこうです」


廊下を玄関に向かって戻りながら、御手洗は黒田に訊く。

「鞆署に、日東第一からの弁護士はまだ来ませんか？」

黒田は首を左右に振り、言う。

「それはまだですな」

「では急いで行きましょう、鞆署へ。今のうちだ」

御手洗が言った。

「しかし連中みな、なんも話しませんよ」

黒田はだらだらとした口調で言う。

「やりかたひとつですよ」

御手洗は、妙に自信ありげに言った。

「しかしですな、脅すのは駄目ですよ」

黒田は言い、御手洗は苦笑した。

「そんなことはしませんよ」

彼がそう言った時、駈けてくるスリッパの音が後方でした。そして、

「御手洗先生、すいません！」

と女性の高い声がしたので、私たちは立ち停まり、振り返った。

追ってきたのは滝沢助教授だった。私たちに追いついてくると、彼女は私たちの横に立ち、こんなふうに言う。

「あの、私、日東のことは言いませんでしたが、星籠のことや、阿部さんの新資料のことは私、たびたび藤井先生に話しました。もしかしてこのことが、彼の行方に関わっているかもと……」

「何故です」

御手洗が訊いた。

「藤井先生、自分が謎を解くと」

すると御手洗はうなずいた。

「なるほど」

「このことについて、またあらためてお話しできないでしょうか」

助教授は言った。

「歴史資料に関してなら、長い説明になりますし」

「いいですよ」

御手洗は気軽に応えた。

「御手洗先生なら、星籠の謎も解けるのではと。あの、すいませんが、先生の携帯の番号を教えていただくわけには……」

助教授は言う。

「ぼくの？」

御手洗は言った。

「失礼は承知です。申し訳ありません。先生はかけてくださらないでしょう？　だから」

御手洗は、ポケットから名刺を出した。

「これです」

すると助教授はぱっと、まるで少女のように表情を輝かせた。そしてこう言う。

「わっ、ありがとうございます！」

可愛い人だなと、その瞬間私は、横にいて思った。

2

海沿いの道を、私たちは福山署のヴァンで鞆に向かった。道沿いの防波堤の手前に、底が金網の箱が並び、網の上に小魚が干されていた。

窓の外に広がる瀬戸内海を眺めていると、黒田課長が左前方に見えてきた島を指差して言う。

「あれが仙酔島です。仙人が酔う島と書きます。そのくらい美しい島じゃと、こういうことなんですけどな」

鞆署に入り、私たちはまず地下におりて、留置場前の廊下を進んだ。

薄暗い檻の中に、暗い表情をした被疑者たちがうずくまって入っている。署の警官の案内で、彼らの顔を覗いて歩いていた御手洗だが、たちまち行き止まりに当たった。

「少しでもしゃべりそうな者はいましたか？」

御手洗は警官に訊いた。

「いや、一人もいません。勾留を継続するにしても、そろそろ拘置所に移す必要があります」

彼は答えた。

「あの髪の長い若者と、まず話したい。彼を、一番先に取調室に入れてください」

御手洗は言った。すると制服警官は、びっくりした表情になった。

「あいつか、あれが一番しゃべりませんよ」

言って御手洗の顔を見る。しかし御手洗は、動じなかった。

「かまいません。そして彼がすんだら、一番年かさの男を次に」

そう命じておいて、さっさと取調室に向かう。首をかしげる警官が、その場に残った。


取調室で、御手洗は指名した青年と、二人きりで向き合っていた。私は、さっき案内してくれた制服警官や、黒田と一緒に、マジックミラー越しに、その様子を見ていた。

御手洗が、いきなり外国語で話しはじめた。したがって以下のやり取りは、その場ではまったく理解不能だったのだが、あとで内容を彼に聞いたので、それを思い出しながら、翻訳して書いていくことにする。

御手洗は、まずこう言ったらしい。

「ぼくは君より歳上で、君を助け、導くためにここに来た」

青年は、びっくりして顔を跳ねあげていた。御手洗はさらにこうたたみ込む。

「オモニは、君が福山にいることを知っているのか?」

すると青年はうつむいた。そのまま無言を続ける。御手洗は言う。

「ここに、われわれが話している言葉が解る者はいない。そして、ぼくは君の秘密を守る。君の不利益になることは、警察にも言わないでおく。お父さんは亡くなったのかい？」

　すると青年はまた驚いた顔を上げて、はじめてこう口をきいた。やはり、われわれにはひとことも意味が解らない外国語だった。

「どうしてそれを？」

　御手洗が説明を渋っていると、彼はこう続ける。

「あなたは、ぼくのことを知っているのか？」

「君はお母さんに育てられた。そして、日本語はほとんど解らない」

　御手洗が言うと、青年はうなずき、そしてこのように言う。

「尊師がぼくの父、コンフューシャスは神であり、同時に近しい祖父です。彼らの声と導きで、ぼくは生きていられる」

　御手洗は、その説明には興味を示さず、このように問う。

「国では大きな怪我をしたのかい？　骨折したね？」

　青年が、かすかにうなずくのが見えた。

「勤め先で、二階の屋根から落とされた。しばらく入院した。費用が払えず、尊師が払ってくれた。だからぼくは、その恩を強く感じている」

　御手洗はうなずく。そしてこう問う。

「神の声は聞いた？」

「鏡で」

　青年は応える。

「修行の時に、磨いたのかい？」

青年はうなずく。

「心を込めて磨いた。一心に信じ、祈りながら磨けば、磨きあがった鏡に、神の姿が見えてくる」

「尊師がそう言ったの？」

「そうだ」

青年は、深くうなずいた。

「で、磨いたら、神は見えたかい？」

「見えた。すっかり尊師の言う通りだった。磨き上がった鏡に光を反射させたら、壁にコンフューシャスの姿が映った」

御手洗は、うなずかなかった。そしてこのように言う。

「教会内部に、友達はいるかい？」

青年は、おずおずと首を左右に振る。御手洗は、青年の顔をじっと見て、諭すようにこう言う。

「君は、オモニのもとに帰るべきだ。ここにいては危ない。二度と帰れなくなる」

すると青年も顔を上げ、御手洗の顔をじっと見て、訊く。

「どうして？」

「教会は、薬を売りさばいているね、非合法の薬だ。土地の、非合法な業務をしている業者に」

すると青年は、がくりとうなだれる。御手洗は言う。

「何故なら、大変な金になるからだ。だがこれは犯罪だ」

青年は、下を向いたままで言う。

「ぼくは知らない。もうこれ以上は話せない。神の意志に反する」

　すると御手洗は、涼しい顔でこんなことを言った。

「そうかい？　ぼくは神の意志によって君を助けたい。ここは君のいる場所じゃない」

「黙秘します」

「君の鏡を見せてくれないか。そして、鏡に浮かんだ神の姿を見せてくれ」

　すると青年はうつむきながら言う。

「ウエストポーチを取りあげられた」

「これかい？」

　御手洗は、デスクの下から青いウエストポーチを引き出した。

「ああ、それだ。貸して」

　青年は言ってウエストポーチを受け取り、ジッパーを開いて、中から丸い鏡を引き出した。そしてこれに窓からの太陽光を当て、反射した光を壁に映した。

「ほら、神の顔が見えるでしょう？」

　青年は言った。

「確かに」

　御手洗はうなずく。

「信じましたか？　ぼくはただ磨いただけなんだ。それでも祈りの力によって、あんなふうに神の顔が映る」

「貸して」

御手洗が言い、青年は、御手洗に鏡を手渡した。

「君を助ける。真実を君に告げるよ」

御手洗は言った。そして鏡を持ったまま立ちあがり、そばのデスクに歩み寄って、ハンマーと金属用のノミを取りあげ、持つ。

「ここにハンマーと、ノミがある。これで、この鏡を割るよ」

御手洗は宣言した。青年は顔色を変え、立ちあがった。そして、こう叫んだ。

「やめろ！　駄目だ、なんてことする。神の宿った鏡だぞ！」

するとドアが開き、刑事たちがなだれ込んできた。御手洗に摑みかかろうとする青年を、二人がかりで背後から羽交い締めにした。

「何も宿ってはいない」

御手洗は冷静に言った。

「ただの鉄の塊だ」

「やはりあんたは信じられない。わずかでも信じそうになった自分が馬鹿だった。神の意志が聞いてあきれる！」

叫んで、青年は口から唾《つば》を吐いた。

御手洗は、かまわずデスクの上に鏡を立てて持ち、厚みの部分にノミの切っ先を当てる。そしてこう言った。

「魂を救う薬は、口に苦いものだ」

青年は横を向く。

「よく目を開けて見ているんだ、真実を」

そしてハンマーを振りおろした。二度、三度。青年は、自分の骨が打たれるように体を折り、悲鳴をあげる。

鏡は、ぱらりと二枚の板に分離し、デスクの上に倒れた。御手洗は、その一枚を手に持ち、顔の高さに掲げる。

「見たまえ君。中が空になっているんだ。そして鏡面の裏側には、こんなふうにコンフューシャスの顔が浮き彫りになっている」

青年は、身を羽交い締めにされたまま、目を大きく見開く。

「え、それが？　それがどうしたんだ？」

大声で訊いた。

「浮き彫りのある板の背面を研磨すると、ただ磨くだけで、裏の浮き彫り像の肉厚の影響で、反対側の鏡面に、わずかな凹凸が生じるんだ。その凹凸は自動的なもので、手で研磨する限り、避けることはできない。そしてこれは、裏に付いた像の肉厚の大小によって、必ず裏返しのコピーになる。鏡面に浮いた微妙な凹凸は、肉眼では見えないし、指先にも感じないが、光を反射させると、像になって現れるんだよ」

御手洗が説明し、青年は絶句した。

長い沈黙になった。御手洗は、背後の警官たちに言った。

「いいですよ、もう放しても」

警官たちは、青年を放した。青年は、そのまま立ち尽くした。それからゆるゆると手を伸ばし、半分になった鏡の片割れを、御手洗の手から受け取った。そして、裏面に存在したレリーフを、指先で撫でていた。

「なんてことだ、信じられない……」

ようやく、絞るような声を出した。

「世界は、残酷なものだね」

御手洗は、いたわるように言う。

「救済の神さえも、思惑を背に隠しているんだ」

青年は肩を落とし、混乱に堪えているようだった。

「これはただの物理現象なんだ。信仰心とは関係がない。南無阿弥陀仏と言いながら磨いても、アーメンと言いながら磨いても、結果は同じなんだ」

青年は、沈黙を続ける。

「房に戻って、よく考えるんだ。君、名前は」

「ピョンギル」

「ピョンギル、だが、そばの仲間の声は、決して聞いてはいけないよ。誰とも話さず、一人で考えるんだ。そして、今この時点で人生をやり直すんだ。今日、ここが、君のターニング・ポイントだ」

歳かさの男が、次に取調室に連れてこられ、御手洗の前にすわらされた。今度は日本語で、御手洗は語りかけている。

「君、ぼくの顔を見てくれよ」

すると中年の男は、面倒くさそうにゆるゆると、御手洗の顔を見る。

「金《きん》だ」

御手洗はいきなり言った。すると男は、無言のままきょとんとしている。御手洗は言う。

「なるほど、君は日本人だな。日本人ははずされているというわけだ」

男は、不思議そうな顔になり、無言のままだ。

「教会組織の内部では、外国人と日本人とでは、居住施設も行動も、別々にされているんじゃないかい？」

しかし男は無言で、何も答えない。

「ま、言葉が通じなければ仕方がないね。しかし君は、高い地位にあるのかい？」

男は、変わらず無言。

「だから一生、組織から抜ける気はないって？」

男は、やはり答えない。

「生きるも死ぬも、組織とともにか？　だまされないようにね。君もまだ、鏡の魔法を信じている口かい？」

御手洗は、手に持っていた鏡を持ちあげ、外光を反射させて男の顔を照らす。男は、まぶしそうに、不快な表情をする。

それから御手洗は、光を壁に映して、始祖の顔を映しだす。男は、ちらとそれを目で追うが、やはり無言を続けている。

御手洗は、裏に添えていた手をどけて、男に鏡の裏を見せる。

「コンフューシャスの像は、ここにあらかじめレリーフとして存在していた。これは鋳物《いもの》だ。鏡の片面の裏には、最初から始祖の像の浮き彫りが隠されていたんだ。反対側の面を人力で磨けば、裏の像の凹凸の影響が、自動的に反対側に現れる。信仰の鏡の手品は、そういうタネだ」

御手洗は、鏡をデスクに置く。しかし、男は動じていないように見えた。

「弁護士を待っているのなら無駄だ。東京の弁護士会から手を廻した。資格剝奪を恐れる組織の弁護士は、しばらくは動けない。君たちは拘置所送りになる。だがぼくの質問に答えてくれたら、若者たちは解放される。情報の質によってはあんた自身もだ」

すると男は、じっと御手洗の顔を見た。それから、こう口を開いた。

「あんたは、われわれがあの部屋に入った理由を知りたいのだろう？」

御手洗は、その語尾にかぶせるようにして、こう言う。

「君たちはただ知り合いの部屋に休憩に入った。ベッドに死体があることなどは知らなかった」

男は黙った。

「こんな脚本通りの台詞を口にするなら、君たちは解放されない。短くない懲役刑が待っている」

男は無言を続けている。御手洗の意図を測りかねているのだ。

「そうしているうちに、薬の始末など余罪が発覚すると、刑期は漸次《ぜんじ》延びていく」

そして御手洗は、皮肉な笑みを頰に浮かべた。

「君の一生に届くかもな」

すると男は、今度はこう口を開いた。

「あんたは、われわれがもしも遺体を発見したとして、それをどうするかが知りたいのだろうが……」

「そんなことはもう解っている」

御手洗は、また彼の語尾に、言葉をかぶせた。

「満潮のあと潮が引きはじめる時刻、君らは遺体をボートに乗せ、沖合に漕ぎ出して海に棄てる。身もとを語る心配のない服を着せて。すると引き潮が、死体をいずこへともなく運び去ってくれる」

男は、また無言になった。

「たとえば九月の今、夜の満潮の時刻は十時前後になる。日によってずれていくけれどね。棄てるのはその直後だ。服は着せていても、脱がしていてもいい、どうせ長時間波に揺られれば、着衣は必ず脱げ、遺体は裸になるんだ」

男は、赤い目でじっと御手洗を見つめ、無言を続ける。

「君らは、それを何度も繰り返している。死体は、知られているだけで八人になった。大量だね。前例がないほどに大量だ。それらがみんな同じ場所に流れ着いていたことを知っているかい？」

「なんだって？」

男は、思わず不用意な声を出した。

「君らは、飽きもせず、同じひとつのバスケットに、死体を放り込み続けていたんだ」

「馬鹿な！　嘘だろう」

口をぽかんと開けている。

「バスケットには、輌発、差出人は日東第一と書かれている」

御手洗は、皮肉な笑みをまた浮かべる。

「犯人の名前入りだ。やはり知らなかったんだな？　その場所は今、大騒ぎになっている。騒ぎは間もなく全国規模になり、充分に世間を騒がせるだろう。裁判所が最も嫌う事態だ。楽観はしない方がいいね、今君らの置かれている状況は深刻だ。似た事件が過去にあったのは知っているだろう？」

男は、やはり無言だ。

「だから信仰心が介在しようと、もう容赦はされない。この上さらに彼らの死因や、死亡に責任のある人物の名によっては、君たちの残りの生涯はすっかり檻の中になる。君たちが直接殺していれば、檻の中で生きられるその時間も、長くはない」

「冗談じゃない！　殺してなどいない！」

男は、いきなり大声を出した。

「それを証明できればいいがね」

御手洗は、冷静な口調で言う。

「俺たちは本当に何も知らないんだ。行けと命じられたから、行っただけだ！」

男はわめく。

「死体処理用の便利屋班か？　こき使われているな」

男は言葉に詰まっている。

「それも信仰心のゆえかい？　このインチキ鏡の。薬を買ってもらっている会社の名を、こっそり教えてくれないか」

御手洗は言った。どうやらそれが、この尋問の目的だったらしい。

男はしばしの無言ののち、このように言う。

「あんた、俺を買いかぶっている。下っ端の俺が、そんなこと知るわけもない」

御手洗は相手にせず言う。

「ぼくはもう二度とこの署に来ない。だから解放の特典も今日だけだ。今日を逃せば、君らは永遠に助からない」

男は視線をそらして言う。

「俺には信仰しかない、たとえそれが少々怪しいものであったとしてもだ。この歳だ、もう別の生き方なんてできないよ」

するとと御手洗は、少し感心したように見えた。両手の指をゆっくりと組み合わせながら、このように言う。

「別の生き方でなく、これまで通りの生き方をするって？」

「そうだ」

言って、男はうなずいた。

「それは檻の中だ」

御手洗は言い、男はまた黙る。

「解った」

御手洗は言って、立ちあがった。そのせいせいとした態度は、もうあきらめたといった様子に、私の目からも見えた。

ドアに向かって歩きだした。御手洗の手が、ドアノブにかかった時、男が言った。

「待ってくれ」

御手洗は、振り返った。そして問う。

「何だい」

「草戸《くさど》の『ベック資材』だ」

目を伏せ、男は早口で言った。御手洗はうなずき、言う。

「解った」

するとと男はさらにこう言う。

「尊師の名は訊かないのか？」

「生涯をともにするつもりなんだろう？　そんなに仲間を売るなよ」

御手洗は言って、ドアを開けた。


「御手洗さん、なんで尊師の名前を聞かなんだんですか？」

刑事部屋で、黒田が訊いた。御手洗は言う。

「日本名をどう名乗っているかなどに興味はないです。本名は知っている。ネルソン・パクという男です。年齢は推定五十八。アメリカのテロ対策研究所のリストのすみに載っている。アメリカではウェブサイトでも公開されていますよ。留置場の彼らは、逃がしてやってください」

「え？　そ、そりゃちょっと……」

鞆署の刑事があわてた。

「また、なんでですか」

もう一人の刑事が、顔色を変えて言う。

「事件性はないと、こちらが判断しているように見せるんです。敵はそれで、警戒のレヴェルを下げてくる。彼らの逃げ帰る場所は解っているでしょう？　横島の日東第一教会です。逃亡の恐れもない。どうせここにいる彼らは小物です」

「まあ、今のままでも、大した罪には問えんでしょうが」

鞆署の刑事が言う。

「シッポを出させなくては。怖いのは、その前に尊師が本国に逃げ帰ることです。そうするレヴェルの危機が迫っていると、彼に悟らせないことです。この男、パクを必ず逮捕すべきです。でないと、先でまた問題を起こされる。だからこちらは今、さして問題意識は持っていないように振る舞うことです」

「しかし……」

「この先の、海沿いのマンションで死んでいた女性の身もとや、姓名は？」

御手洗は訊いた。

「宇野芳江。この先の港沿いで、『しあわせ亭』という飲み屋をやっておりました。あのあたりでは、誰もが知る女です」

刑事が答えた。

「ええ女じゃて？」

福山署の黒田が訊いた。

「まあ、けっこう人気があって、店は繁盛しとったようですな。歳はいっとるけど、割りとええ女で、体はちょっと太めじゃけど、色が白うて、顔がええからというて」

「あんた、話したことがあるんか？」

「まあ店、行ったことがありますけぇね」

「みな、ショックを受けますで、死んだ言うたら」

「そうか、そうなええ女じゃったら、いっぺん行っときゃえかったのー」

黒田が言った。

「歌がうまい、いうて……」

「はあ、ほうか」

「もう、歌手顔負けじゃいうて……」

「鑑識班の報告はどうです？」

雑談をさえぎって、御手洗が言った。

「パクを追い詰められそうな、何か決定的な証拠の発見は」

「それが……」

黒田が言いだす。

「なーんもない、いうて」

御手洗は渋い顔になった。

「体液は出なかったと」

「全然」

黒田は首を横に振る。

「パクはこれまでずっとそうだったんです。絶対にシッポを出さない」

「宇野芳江の葬式は、どうしましょう」

轄署の刑事が言った。

「ごく普通に執り行うんです」

御手洗が言った。

「もし信者の葬式は、教会がやると言ったら？」

「やらせたらいい」

　御手洗は言う。

「だがおそらく、言ってはこないでしょう。合同見合いも結婚式も、しばらくは自重するはずです」

　聞いて、刑事たちは無言になる。

「静観して、その間にこちらは徹底して準備を整えるんです。逮捕後、公判を維持できるだけの証拠固めの要がある。麻薬類の処理ルート、そしてできるなら、ネルソンの宇野芳江見殺しの立証です」

「えっ？　宇野を」

　御手洗はうなずく。

「おそらく尊師のパク自身が、彼女のベッドの相手です。彼がじきじきに宇野に会って彼女に触れ、神の力を授けていたんです。だから彼女は感激し、あわててもいた。そういう形跡があります」

「はあ、ほう……」

「もしもこれで当たっているなら、慎重な彼らしくもない失策です。保護責任者遺棄致死罪と、麻薬取締法違反で逮捕できます。世界各地で彼はシッポを出していないが、この街ではじめて失敗をした」

「まあ女は突然死でしょうからなあ、予測ができなかったんでしょうが」

「つまりこちらには大きなチャンスだった。しかし残念ながら、この事件においても、彼はシッポを出さなかった」

「はあ」

「危なそうなものを、すっかり持ち去ったんです」

「はあ、惜しいとこじゃったなー」

鞆署の刑事が言う。

「宇野の魅力にまいったんですかなぁ、好みのタイプじゃったか。まあちょっと歳じゃけど、けっこうぽっちゃり美人じゃし、そそるから」

黒田課長は言う。

「それはどうかな。ああいう女性信者は大勢いたと思いますね」

御手洗は言った。

「そうなのか？」

これは私が訊いた。

「女性の方は自分だけと思っていたろうが。尊師としては、しもじもへのああいうサーヴィスも、必要だったのさ、たまにはね」

「そうなのか」

「それで女性信者は、ますます布教などの活動を頑張るんだ。あの現場の部屋の持ち主は？」

「秋山源三《げんぞう》という男ですが、『ベルエポック』という、何しとるのかわからん会社の経営者で……」

黒田が言った。

「おそらく信者です」

御手洗は言う。

「宇野芳江の検死を、さらに徹底してください。無駄かもしれないが。なんとか強制捜査にまでもっていくんです。あの宗教は、この段階で、潰しておく必要がある」

「はあ、そこまで……」

「手ごわいのですよ。まずはこの町、次は西日本です」

「ホンマですか？」

「それまでは、死んだふりをするんです。とてもむずかしいことだ、信教の自由という大原則があるからです。社会主義国家のようにはいかない」

「しかし、あのオウムいう連中がおるけど、たかが宗教団体ですで……」

鞆署の刑事が言いだし、黒田がうなずき、続ける。

「そう。たかが宗教団体が国家に反逆いうても……」

しかし御手洗は、首を左右に振った。

「今に解りますよ。そしてその時ではもう遅い。本件は外国がからんでいるんです。国境問題で、あちこち反日気運が高まっている現在、まず踏ん切りはつかないでしょう。下手をすれば戦争になる、しかし……」

「まあ、うちのような小さい署が先頭切って強制捜査には、入れんわなあ。どっか大きいとこが動いてくれんと」

言って鞆署の刑事は、ちらと黒田を見る。

「いや、うちもそうなことはようせんわ、前例がないもの」

「だからこの事件は、うやむやになる危険性が高いのです。向こうもそうたかをくっている」

御手洗が言った。

「まあ、この港町の町長さんも信者じゃいうけな」

鞆署の刑事が言った。

「おいほんまか？」

同僚が問う。

「うん、山崎《やまざき》さん」

「ありゃりゃ」

御手洗は首を左右に振る。

「そういうレヴェルじゃない、事態はもっと深刻です。まずマスコミです。それから銀行、政界を調べてください。信者がいるはずです。彼らは工作員なんです」

「は？」

「現代の侵略は、常にこういうプロセスを踏みます。相手には、政権交代がないんです。韓国人の反日気運さえが策動なんです。北系の工作員が南の教育中枢に入り込んで、怨嗟《えんさ》教育を徹底する。すると揺るぎのない反日、反米感情が国民に醸成され、韓国は孤立する。これは韓日、韓米の分断作戦です。すると米軍離韓後、統一がたやすくなる。まだ誰も気づいていない。しかし国防のトップは、事態を見抜いています」

「はあ……、よう意味が解りませんがのう」

「だから、尊師逮捕の要がある。日東第一教会は、某国のコンフューシャス教会が母体です。潰すには、徹底した証拠集めが肝要です。使い走りは逃がしてください。それで教会は警戒態勢を解く。われわれはこれからすぐに、ベック資材に廻りましょう」

御手洗は言う。

3

ベック資材に向かう福山署のヴァンには、鞆署の刑事も一人、同乗してきた。

「おい御手洗、まだ解らないことだらけだ、謎解きの説明してくれよ」

私は言った。

「そーうです」

福山署の黒田課長も深くうなずき、言った。

「みんな説明したと思うが、まだ何かあったかな」

御手洗は言う。

「福山市立大学というのはどうして……」

「そうだよ、滝沢助教授のことはどうして解ったんだ？」

私も横で同意した。

「そんなことは簡単だ。最初の死体の宇野芳江、そして歩道橋から落ちて死んだ男、そして滝沢助教授、それから鞆署の留置場にいたさっきの男たち、これら全員に共通する特徴がある」

「特徴……」

言って、私は腕を組んだ。すると黒田も組む。

「一見して解る特徴だ、解るだろう？」

御手洗は私を見て問う。

「一見しての……、なんじゃろう」

黒田も言った。

「なんだろうな……、解らない」

私は言った。

「おいおい、額だよ。ここのところが、みんな少し赤くなっていたろう？」

御手洗は、自分の額の真中を指で示した。

「ああ！　そういやそうじゃわ！」

黒田が膝を打って言った。

「あれは、祈りの際に額を床に擦りつけるからなんです。これは日本の仏教ではやらない。しかし海の向こうの宗教では多くがやる。チベットの五体投地に似ている」

「ああ」

鞆署の刑事が言った。

「だから外来の宗教だとすぐに解った」

「そういや、イスラム教もやりますな」

黒田が言う。

「これは観察者にとっては実にありがたい行動で、信者であることを示すマークになっている。宇野芳江のものは摩擦の痕跡が真新しく、祈りの儀式はたった今行われたものと解った。こういう肌の変化を嫌う女性が本気になっている。だから尊敬する人物が部屋にやってきたことがわかる。パク自身の可能性があるんだ」

「ははあ、なるほど」

黒田がうなずく。

「逆に滝沢先生のマークは、もう古くなっていた。つまりこのところ、こういう行為はまったく行っていない。だから教会をかなり以前に抜けたと解る、前髪で隠してはいるけれどね。そして抜けた理由は、紹介された男が気に入らなかったからで、しかしあれだけの知的美人を紹介された男の方は、簡単には引き下がらない。彼女へのストーカーとなり、日夜つきまとって、教職者の彼女が、不眠症になるほどこれで悩んでいたことが解った」

「コンフューシャスって何」

私が訊いた。

「孔子《こうし》だよ。だからこの宗教は、儒教の考え方を使って設計されている。それとも、でっちあげられている」

「使って設計……？」

「新しいものは、よくこのやり方をする。たとえばオウムは、今は下火の小乗《しょうじょう》仏教だ」

「金いうのはなんですか。さっき信者への尋問で言われていた」

鞆署の刑事が訊いた。

「ああ、あれは、横島の彼らの共同生活施設の地下で、金が採れている可能性があるんです」

福山署と鞆署の刑事、そして黒田が、いっせいに驚く。

「ええっ！」

「この宗教は、女性たちにしあわせを与えるというのが、うたい文句の第一です。信者になった女性には、尊師が十八金のイヤリングやネックレス、ブローチなどをプレゼントするんですが、日本のものは妙にサイズが大きい。金がふんだんに使われている」

「いつ見たんだ？　そんなもの」

「君も見たろう。駅前の合同結婚式、そしてストーカーの所持品だよ」

「ああ」

そうであった。

「宇野芳江の遺体があった現場からは、こうした金の装飾品が持ち去られている。これは当然、日東第一の存在を語るからだが、滝沢助教授の耳は裸で、イヤリングをしていなかった。そして彼女のストーカーは、バッジは持っていなかったが、ポケットにブローチとイヤリングを持っていた。すべて大ぶりです。滝沢助教授が教会に返納したものを、手渡すべく持ってきていた可能性がある」

「なるほど」

「そして時計店主、小松義久の失踪。時計店は貴金属や、純金を時に扱うこともある。そして信者たちのうち、外国人信者の靴には、島の地下深部のものと思われる土がついていた」

「ははあ」

「日本人信者の靴にはなかった」

「なーるほど。しかし……」

黒田が言いかける。

「御手洗さん、そもそも連中の目的は何ですか？」

運転をやってくれている、福山署の刑事が訊いた。

「ひとつは出稼ぎですよ。彼らの国では、覚せい剤を製造している。これをさばく場所が必要なんです。

そしてここで作った金や貴金属を、本国に持ち帰るんです」

「おい、わしらの町から。そりゃ許せんなー」

福山署の刑事が言った。

「ほんまじゃ、食い物にされとるで。許せん」

鞆署の刑事も憤慨する。


ベック資材のオフィスは、福山市の郊外にあった。周囲には畑が広がり、民家はまばらだ。

オフィス内に入ると、いかつい体つきの男たちが七人、各自大きな背中を見せてデスクにつき、洟《はな》をすすりながらパソコンの画面に見入っていた。ゲームをしているものも多い。

福山署の刑事を先頭に、私たちはオフィスに入っていった。

「福山署だけど、失礼するよ」

福山署の刑事が、少々威圧的な声を出した。

「責任者の人、おる？」

すると、一人のひげ面の男が顔をあげ、立ちあがって愛想よく言う。

「はいはい、私が社長の小松でございます」

優しげな声を出しており、何度もおじぎをするが、慇懃《いんぎん》な態度とは裏腹に、いかにも筋の者という顔つき、体つきをしている。

「本日は何か？　あ、どうぞ、どうぞこちらに」

衝立の向こうのソファに、私たち五人を導いた。凶暴そうな人間たちの中にあって、しかし私はこの人物には好感を抱いた。

「先日、ちょっと女の子が辞めまして。色気ないですが、ああ山田君《やまだ》、ちょっとみなさんにお茶を」

とさらに猫なで声を出しながら、私たちの前のソファに腰をおろした。

「ああ、ええよええよ、お茶はええ、仕事中でしょ？」

黒田課長が言った。

「いや、ぼくはお茶が飲みたいな。すいませんね山田さん、番茶でいいですから、お願いできますか」

驚いたことに、御手洗がこんな無遠慮なことを言った。すると小松と名乗った社長は、優しい声で、こう社員に命じる。

「あ、山田君、ちょっとお茶、お願いするよ。すまないね」

するとひときわ恐ろしげな顔つきの山田が、さかんに吸っていた煙草を灰皿でもみ消しながら立ちあがる。灰皿には、吸いがらが山になっている。

山田は、洟をすすっていた。山田の隣の男も洟をすすっている。ゴリラのような大柄の男たちが、揃って洟をすすっている様子は、少々異様だった。

山田は眼鏡をかけていた。椅子から立ちあがり、巨体を揺すってのしのしと歩きだす。少しふらついてみえる。すると社長が、優しい声でこう言う。

「おい山田君、流しはあっちですよ」

山田は、つと立ち停まり、バックして流しにたどり着くと、魔法瓶から急須にお湯を入れている。無言で作業をするその様子は、お茶汲みなどやらされ、少々気分を害しているようにも見えたから、私としてはお茶は遠慮したい思いだった。

「で、本日は何か」

　社長は、満面の笑みで尋ねてくる。

「お宅の社員で、行方知れずになった人はいませんか？」

御手洗が訊いた。

「は？　行方知れず」

小松は、きょとんとする。

「そうです、失踪してしまって、所在が解らない、連絡が取れない。死亡しているかもしれないと、そんな人です」

するると小松は、首を左右に振った。

「いいやあ、全員無事におりますよ。ここ、この壁に名札かかっておりますでしょう。戸谷《とや》、山田、加藤、吉田、佐藤、守山、それに私小松、七人だけの小さい会社です。全員、このように揃うとります。病欠もおりません」

「ああそうですか、それはよかった。知り合いの会社はいかがです」

御手洗はさらに訊く。

「いいや、そんな話は全然聞きませんわ」

小松社長は言った。

「よかった。最近は、建設関係のお仕事の方々、怪我が多いんです。死亡事故も多くて、労災の運用もなかなか大変のようでしてね」

「いや、うちは資材屋ですから」

社長は言う。

「現場には入られない」

「いや、そりゃなじみのお得意さんからのご依頼でしたらね、下に建設会社入れて、現場で指揮することはあります。でも基本、やりません」

突然、がしゃんと茶碗が割れる音がした。音の方を見ると、山田が失敗して、シンクに茶碗を落としたのだ。

「山田君、気をつけてね」

目をやった社長が、優しく言った。

「いや最近は、暴力団等のこともうるそうてですな、ベックは、組関係とのおつきあい等は……」

黒田課長が訊いた。すると小松社長は目を丸くする。

「とんでもない！　うちは堅気《かたぎ》ですから、もうそのようなことはいっさい、はい」

そして社長は、たった今の自分の言を強調するように、山田に向かってまた猫なで声を出すのだった。

「あ、山田君、大丈夫？　怪我ない？」

しかし山田は無言である。見ると、山田はどうも手が硬直気味だ。小松は言う。

「なんですねぇ、暴力団の人たち、怖いですねぇ。どうしてそういう人たちがこの世におるんかなー、うちはもう、こんなふうにね、堅気で、みんなで優しくね、お互い助け合って。はい、もう、おとなしいもんで」

山田が、盆に茶碗を載せて運んできた。毛の生えたごつい手で、恐る恐るのようにテーブルに茶碗を置く。しかし、その手は震えている。

茶碗を目の前に置かれた御手洗が、いきなりこんな声を出した。

「おお山田さん、その眼鏡、オリバーピープルズじゃないですか。ブラピも愛用、アメリカ製ですな、ぼくも大好きで、ちょっと失礼、見せてもらえませんか」

と手を、山田のいかつい顔の方に伸ばした。すると山田は、どすのきいた重低音で、このようにすごむのだった。

「人のものに手出すんじゃねえ！」

すると小松社長が、同じくどすのきいた低音で、このように叱責する。

「おう山田、お客さまに失礼じゃろが。なんてことぬかしやがるっ！」

そばにいて、私は縮みあがった。ところが御手洗は、いっこうに意に介さず、

「ちょっと失礼」

と言って、山田の顔から眼鏡を奪い取り、自分の顔にかけた。そして言う。

「おお、これは素晴らしいかけ心地だ。ありがとうございます、お返ししますよ」

そして山田の顔を一瞥《いちべつ》する。

山田は、凶暴な顔つきの割りに、気恥ずかしげに下を向いている。ゴリラも驚いて逃げだすような、人間離れのした顔をむき出しにされ、当人は当惑して身をもんでいた。

しかし私は恐怖を感じ、思わず黒田の陰に隠れるようにした。

御手洗は言う。

「風邪引きましたか？　山田さん、はやってますからね、みなさんも、気をつけた方がいい」

山田は、眼鏡をかけて、ゆっくりと席に帰っていく。

「ところで、久松町の時計貴金属店の小松義久さんは、お知り合いでしたね」

御手洗が言うと、小松はぎくりとしたように無言になった。ずいぶん沈黙があり、この間に彼の頭は、いろいろと考えることがあるようだった。

「ああ、まあ、義久は遠縁にあたるんで」

かなりして、しぶしぶのように彼は認めた。

「日東第一教会をご紹介なさったとか」

御手洗はたたみ込む。

「いや……、うーん、そうじゃったかいねぇ、ちょっと記憶が……」

小松は、瞼の上を親指と人差し指で押さえる演技をした。

「どういった仕事内容でご紹介を？」

御手洗は追及をやめない。

「いや、うちはそういうようなことは、もうなーんも聞いておりません」

社長は高い壁を見つめて言う。

「捜索願が出ておりますね、奥さんから」

さらに御手洗は言った。すると小松は、今ようやく思い出したというような、びっくりした顔をした。

「あ、そうですか！　いや知らなんだな。あそことは、ここんとこ、つき合いいうもんがいっさいないもんですからなぁ、こっちとは」

「そうですか。はい、お邪魔しました」

聞いて御手洗は立ちあがり、われわれも、したがって立ちあがった。

オフィスを出て、止めてある車に向かって歩きながら、黒田課長が御手洗に尋ねた。

「御手洗さん、あれだけでええんですか？」

御手洗はうなずく。そして言う。

「いいです。不明点は解りましたので」

「何が解ったんだ？」

私が訊いた。

「うん、あれでなんが解りました？」

黒田も訊いた。

「興居島の六人の死体は、組関係者ではないということがです」

「では誰です」

「信者ですよ、日東第一の」

御手洗は、断定的に言った。

「日東第一の？　そいでなんで捜索願が出んのです」

「日本人ではないからです。死人たちは、某国から、鞆の浦日東第一教会に来ているんです」

「それがなんで死ぬんだよ」

私が言った。

「うんうん、なんで死ぬんですか御手洗さん」

黒田も訊く。

「助教授のケースと同じです。日本女性の理想主義です。日本の女性は、四十をすぎると過度に妥協的になることが知られますが、二十代、三十代では妥協する人は少ない。敬虔《けいけん》な信仰心にもかかわらず、教会に紹介された男性に、どうしても納得できなかった少数の女性がいるのです」

「ははあ、滝沢助教授のように」

黒田が言って腕を組む。

「そうです。しかし無理もない。理由のひとつは、言葉が通じないということです。そして本国ではホームレスであった人、教育を受けていない人も多い。こういう男性にとって、紹介された日本女性は夢のような婚約相手なので、相手の逃亡を許さず、徹底してつきまとうのです。そしてトラブルになり、深刻な事態が起こる」

「滝沢先生の時のようにか？」

私が訊く。

「そうだ」

御手洗はうなずく。

「ははあ、でも、その、生じた死体は……？」

「警戒し、見張っていた信徒が、素早く回収して、横島の沖合に棄ててしまう」

「な、なるほど」

黒田が言う。

「まあタクシーの上に落ちれば、そうも行かないが」

「ちょ、ちょっと待ってください。その殺した相手は、みんな男ですか？　女性を守って」

鞆署の刑事が問う。

「それが多いと思うが、女性がということもあるでしょう。自殺もあるかも知れない、調べてください」

御手洗は言った。

「その犯人は今、どうしているんです？　逃亡しとるんですか？　そうなら、やはり捜索願が出てもいい、その家族から」

福山署の刑事が訊く。

「出たケースもあるんじゃないですか」

御手洗が言い、黒田が否定した。

「いや、出とりません。小松だけです。そしてこの男には女房がいる」

すると御手洗も、首を左右に振った。

「それは取り下げられたからです」

「なんでです？　なんで取り下げられたん」

黒田が問うた。

「本人が連絡してきたからです、家族に、無事だと、教会から」

「え？」

黒田も、刑事たちも、啞然とする。

「どういうことだ？」

私が訊く。

「つまり犯人は、横島の、日東第一教会の村に逃げ込んだのです。そして現在、教会の庇護のもとに暮らしている。信者になったのです」

「えっ？」

「逃げ込んできた犯人に向かい、教会の尊師が、あなたには罪はないと宣告し、警察に出頭せずに、生き延びる権利を保証したからです」

「はっはあ、そういうことか」

黒田がうなずき、さらに問う。

「そいじゃあ市立大の藤井先生も」

「可能性はありますね」

御手洗は言う。そして車のドアを開け、こう命じる。

「次は、小松時計貴金属店に廻ってください」


小松時計店に向かう車内で、黒田はなおもこう訊いてくる。

「御手洗さん、シャブのことはえかったんですか、小松社長に訊かんでも」

すると御手洗は言う。

「そんなこと訊いても、連中は何も言いませんよ。そっちで秘匿捜査をやってください」

しかし黒田は言う。

「でもどうしてシャブのこと、ひと言も言われなんだんです？　言やあ多少はビビッたじゃろうに」

「言えば教会に伝わる危険があるからです。すると尊師のパクに国外に逃げられる危険性が出る。強制捜査に入るまで、こちらは徹底して無能のふりを続けるんです。何も気づいていないと思わせるんです」

するると黒田は腕を組み、深くひとつうなずく。

「まあ、言うちゃなんじゃけど、そんなら自信があるわなぁ」

するると運転している福山署の刑事が、強い口調でこう言った。

「課長、そうなことを言うちゃあいけんでしょうが！」

するると課長は力なくうなずく。

「ああうん、そうじゃな」

御手洗は言う。

「パクを逮捕できる千載一遇の機会を、われわれは今目前にしています。西日本侵略の危機と引き換えにです。世界中の警察から感謝されますよ。福山署が名をあげるチャンスです」

「はあ、ほうですか」

黒田は、さして関心がなさそうに言う。この男の性質には、功名心というものが、先天的に備わっていないように見えた。

「だから証拠です、今のわれわれにはそれが必要です」

御手洗が言い、運転している刑事が応じる。

「そうですなあ、でもなーんも出ませんで」

「手ごわいのは解っています。世界中の警察が逃げられ続けているんだ。パクは、頭も切れれば語学も堪能です。しかし、われわれはやらなくてはなりません。福山藩は幕末時、日本防衛の最前線だったのでしょう？」

「はあ、ほうですか」

　黒田が驚いたように言った。

「歴史は再び巡ってきたのです。宇野芳江の徹底検死と、ベックの秘匿捜査をお願いします。半グレ集団も見逃さないで」

「半グレ？」

　黒田は目を丸くした。

「暴走族上がりなどの、暴力団でもないが、堅気でもないという集団です。この頃は彼らの方がフットワークがよく、資金力もあるんです。関西の半グレあたりが要注意です。ベックが、こういう集団とつき合いを持っている可能性があります。覚せい剤をさばいている事実を、徹底して立証しなくてはなりません。証拠固めをお願いします」

「はあ、承知しました」

　黒田はうなずくが、運転している刑事は言う。

「しかし、足摑ませんためじゃろなあ、半グレ言うなら」

「どうしてです？」

　私が訊いた。

「あいつら、地域に密着定住しとりません。やばい、思うたら、バイクでどこまでも逃げよります、日本中」

「まああいつら、バイクが得意じゃからのう。そいで今は日本中、どこでもアパートが借りられるけの」

　鞆署の刑事も言った。御手洗は、渋い顔をしていた。

「パクはモスクワでも、あともう一歩というところでうまく逃げのびているんです。手ごわい男だ。しかしここは狭い島です、なんとしても、証拠を摑むんです」

「シャブねぇ……」

黒田がつぶやき、御手洗は言う。

「シャブのことなど訊くまでもない、あの山田という社員など、シャブをやっているのは一目瞭然です。足もとが落ち着かず、風邪もひいていないのに、社員に洟をすすっている者が多かった」

「ああ」

黒田は言う。

「ああいう症状が出る者がいます。加えて山田のおじさんは、煙草をやたらに吸っていた。禁断症状が出はじめているんです。だがなにより目だ。裸眼を見たら、瞳孔は開いて、目がイッてしまっていた」

「なあるほど、それでブラッド・ピットのなんたらいう眼鏡ですか」

感心したように、黒田は言った。

4

小松時計貴金属店の、店内すみのソファにかけ、私たちは小松夫人と話した。御手洗は、またいきなりおかしなことを訊いた。

「小松義久さんは、歯医者に通ってはいらっしゃいませんでしたか？」

すると夫人は、大きな声で言う。

「ああ、はい。通うとりました」

御手洗はうなずく。

「そうですか。どちらの歯医者でしょう」

すると夫人は、大きく手をあげて、店の外の通りを示している。そしてそのまま左右に大きく振った。

「このずっと先の、本通り沿いにある、油木《ゆき》いう歯科です」

御手洗が目配せし、黒田は懐から手帳を抜き出して、メモを取る。このあたりの呼吸が、二人は妙に合いはじめている。

「奥さん、ご主人の仕事の内容は、聞いておられましたか?」

御手洗は訊く。すると夫人は、大きく首を左右にうち振る。なんでも動作が大きい女性だった。

「それがうち、なんも聞いとらんのですが。言うてくれませんもの、主人」

彼女は言う。

「日東第一教会という名前は?」

「聞いとりません」

御手洗はうなずき、さらにこう訊く。

「小松さん、信仰はお持ちでしたか?」

すると夫人は、ちょっと天井を見てから、視線をさげてこう言う。

「うちは仏教ですけど、信仰を持ついうほどじゃあ……」

「ベック資材という名前は」

「さあ……」

夫人は絶句し、首をひねる。

「小松さんが、仕事関係の書面などをまとめて入れていた場所など、ご存じありませんか?　あるいは、その場所を聞いたことなどありますか？」

「はい、部屋に金庫があるようなですが、でも私らにゃあ触らせません」

夫人は言った。

「ロックされていますか？　それは」

「ロック……」

「鍵がかかっとる？」

黒田が訊いた。

「と、思いますけえど、うち、触りませんからなぁ」

夫人は言った。

「ちょっと見せてもらえますか？」

御手洗が言う。

「はい」

小松夫人は言って、立ちあがる。


私たちは、店内の奥で靴を脱いでスリッパに履き替え、案内されて奥の廊下に入った。

廊下は、中庭を巡るようにしてつけられている。夫人のあとについてこれを進んでいき、私たちは和室に通された。

夫人が畳の上をさらに進んで奥に向かい、床の間の横に置かれた金庫を指差した。

「これが主人の使うておりました部屋で。これが金庫ですが」

夫人は、立ったまま足もとの金庫を示す。御手洗が、さっとその前にうずくまった。扉を持ち、開けようとするが、予想通りロックされていた。

御手洗の横に、夫人も刑事たちも膝をついた。御手洗は金庫から目を離し、体を回して横の庭を見る。そしてこう言った。

「中庭が見えて、いい部屋ですね」

「はあ、そうですか？」

夫人は言った。

「とてもいい。最高の部屋です。あちらの部屋は？」

中庭に植わった南天越しに見えている、向かいの部屋の障子を指差す。

「主人の母が使うております」

夫人は答える。

「お義母《かあ》さん、まだご健在ですか？」

御手洗は訊く。金庫のことなど忘れてしまったようだ。

「ええもう元気元気。主人は母親の言いなりでなぁ。私らにはもう、小言ばあっかりでね」

夫人は言った。

「お義母さんは、何月何日の生まれです？」

「さあ、知りませんわなあ……」

夫人は言った。

「生まれ年は昭和二年じゃったと思いますが、日にちまではなあ」

「訊いてきてもらえませんか」

御手洗は言い、

「は？」

と言って、夫人は目を見開いた。

「今ですか？」

「はいそうです」

御手洗はうなずく。それで夫人は立ちあがり、小さな中庭を迂回して、向こう側の廊下に行く。やがて彼女の姿が庭の南天越しに見えて、向かいの部屋の障子を開けて、中に入っていった。

すぐにまた障子が開いて夫人が現れ、いそいそと歩いて、われわれのいる部屋に戻ってきた。

「八月二十四日です」

夫人は言った。聞いて御手洗は金庫に向いてダイヤルを回し、さっと扉を開いた。

「あら開いた。簡単」

黒田が言った。頭を低くして中を覗くと、書類の束が見え、奥の隅には鍵がある。御手洗がこれを引っぱり出した。

「鍵ですな。どこの鍵じゃろう」

黒田が言い、刑事たちも首をひねっている。御手洗は鍵は黒田たちに託し、書面の束をざっと調べながら、

「駅のコインロッカーですよ」

と言った。

「ああそうか、こりゃコインロッカーじゃ。番号札が付いとる。一四三五。しかしもう時間経っとるなー、中身はもうないじゃろうなあ。小松さん、ご主人おらんようになったんは……」

　黒田が訊く。

「去年の十二月です」

　夫人も、御手洗の横に膝をつきながら答えた。そうならもう半年以上が経っている。

「よし、ここはいいでしょう」

　御手洗が言って、さっと立ちあがる。

「あの、主人は……」

　追って立ちあがりながら、夫人が訊く。

「まだなんも解りません、現在鋭意捜索中でして」

　黒田が答えた。

「あのう、うち、息子のこともありますんで。今後の計画たてんと。もうはっきり言うてください」

　夫人は言う。顔に、ある決意が浮いている。

「歯科医には去年も？」

　御手洗が訊いた。

「はい。通うとりました」

　夫人は言う。

「ではまもなく解ることがあります」

　御手洗は言った。

「はい、あの……」

夫人は心配げに御手洗の顔を見る。

「覚悟されていた方がよいでしょう」

御手洗は、冷酷に言った。

「はあ、そうですか」

言って、夫人は肩を落とした。

これは、御手洗の意図しているところが私にも解った。以前関わった事件で知っている。歯科医は、歯型を含む診療記録を、通常五年間保管する。去年もかかっているなら、記録は確実に残っている。興居島に漂着した死体のひとつに、油木歯科に残る診療記録と合致する歯を持ったものがあれば、それは彼女の夫だということだ。そういう事情なら、すぐにこの確認ができると、御手洗は言っているのだ。私は、胸が痛んだ。


福山駅構内に、私たちは向かった。

構内に入り、コインロッカー前を刑事たちが歩いて、キータッグに書かれている番号の箱を探した。

「一四三五、ここじゃここじゃ」

見つけて黒田が、キーを挿し込む。

「ありゃ、開かんわ。そんなら遺失物係じゃな」

と言った。私たちは次に、遺失物係の倉庫に廻った。

パイプチェアにかけて待っていると、係官が戻ってきた。そして、

「一四三五の中身。これですね」

と言って、小さなカバンをカウンター・テーブルの上に置く。

「ありゃ、また鍵がかかっとるわ」

カバンのファスナーを開けようとして、黒田が言った。

「カバンに、カバン型の錠前がかかっとるわ」

「こんなものはプライヤーで簡単に切断できます。署に持って帰って切りましょう」

御手洗が言った。

「はあ、ほうですなあ。ほいじゃあ」

黒田が言って、カバンを持つ。

福山署の刑事部屋にカバンを持ち込み、黒田が部下に金属切断用の工具を持ってこさせ、先端でカバン型の鍵の、アーム部分をはさんでバシンと切断した。

チャックを引き開け、黒田がカバンの中に手を差し入れて、白い紙の袋を引き出し、中を覗く。そして、

「ほう！」

と声をあげた。

「なんです？」

刑事が訊く。

「なんじゃ思う」

「金塊でしょ？」

御手洗が言った。

「大当たりぃ」

　そして黒田は、金の塊を摘み出した。

「横島の、日東第一の敷地から採れる金ですよ。これをこの街で金に換えようとして、覚せい剤をさばかせているベックに、小松時計貴金属店を紹介してもらった。しかし何らかのトラブルがあり、小松義久は殺された」

　御手洗が言った。

「ははあ、なるほど。これで全体が読めましたな」

　黒田が言う。

「つまりぼくの仕事は終わりました。あとはみなさんです。本通り沿いの油木歯科の小松さんの診療カルテをあたって、松山署にある漂着遺体の頭骨の歯と照合してください。そのほかの各事件も、細部の証拠を徹底的に集めることとです。宇野芳江の体に遺るものも、小松義久殺しもです」

「ちょ、ちょっと待ってください」

　黒田があわてて言った。

「これで東京に帰ると言われるんですか？　そ、そりゃあちと……」

「おい御手洗、まだ事件は終わってないだろう」

　私も言った。

「これからですで、事件は」

　鞆署の刑事も言う。

「手を引くと言っているんじゃありません。また戻ってきます。いったん横浜に帰って、世界中から情報を集めたいんです。相手が大物と解った。パクならここに、簡単に証拠を遺すようなやつじゃない」

「御手洗、海外の警察も掴みきれていないいんだろう？」

私は言う。

「今さら海外にもないよ、証拠なんて。この街で探すべきだ」

「わしもそう思います」

黒田が言い、刑事たちもうなずいている。

「インターポールとの協力も必要になる、連絡を取っておく必要があるんです。すべてを立件できる態勢を整えたら、横島に一挙に強制捜査に踏み込んで、ネルソン・パクを逮捕するんです。徹底殲滅《せんめつ》させる必要があります、逡巡の時間などはありません。パクの逃亡には厳重注意です。強制捜査の判断が難航するようなら、内閣情報調査室の佐々木という人に相談してください」

御手洗が言った。

「内閣情報調査室？　佐々木さん？」

「この事件は朝鮮、満州時代の阿片戦の因縁を引いています」

「はあ？」

黒田はぽかんと口を開けた。

「彼らの正義はそこにある。これはあの再現であり、報復なんです。では行こう石岡君。まだ横浜へ帰る最終新幹線には間に合うと思うよ」

黒田が、腕時計を見ながら、

「はい、残念でございました御手洗さん。あと十分じゃ、もう間に合いません」

と嬉しそうに言った。

「御手洗さん、こりゃわしらの手にゃ、とても負えそうもありません。今の話も、なんやらちんぷんかんぷんで。そうな事件、わしら、扱うたことがありません。もうちょっとここにおってください」

「そうだよ御手洗」

「えらいスケールが大きいわ。どえらいことじゃで。今帰られちゃ、わしらどうしてええか解りません。途方に暮れますわ」

　刑事たちもうなずいている。

「今夜は鞆に一泊してですな、ゆっくり観光するとか……」

「そんなことをしている時間はありません」

　御手洗はびっくりして言った。これには私も少しびっくりした。黒田は、事態がよく解っていないようである。

「ほいじゃ、ともかく今晩は、うちと鞆署の方で一席設けますけ。ちょっとお礼がしたいですわ。それから今後の英気を養う、いうことで。なんぼなんでもこのままじゃいけません、こんだけ世話になって、このまま帰したとあっちゃ、福山の名おれですわ」

「これからの作戦も立てんといけんでしょう」

　福山署の刑事も言う。

「仙酔島の錦水《きんすい》国際ホテルあたりで、瀬戸内の海の幸と、日東第一の風景を堪能していってください。今晩みなで、ビールででも乾杯さしてください。戦《いくさ》の前の骨休め、ということで」

仙酔島に渡る船の甲板に立ち、潮風に髪をなぶらせながら、御手洗は私に言う。

「国家間戦争の記憶は、体罰の問題と似ているな。殴った方はすぐに忘れる。しかし殴られた方は、一生忘れることはないんだ。生涯、報復だけを考えてすごす。これからの日本は、半島や大陸の連中の積年の復讐心を、引き受けなくてはならない。今や彼らは殴り返せる体力をつけた。ぼくらは、自分にはまるで憶えのない彼らの報復心に、対処するんだ」

しかし黒田は相変わらず能天気に、こんな観光案内をする。

「昔、朝鮮からの通信使が、日東第一形勝と絶賛したのはこのあたりの海です。あっちの、対潮楼という崖の上の寺の、窓からの眺めなんですわ」

5

翌朝、錦水国際ホテルでの目覚めは、すこぶる快適だった。仙酔島には自動車が一台もいないので、その種の騒音がなく、ヴェランダの表に広がる渚に、静かに寄せる波の音で目が覚めた。

ヴェランダに出てみると、陽光が白々と照らす早朝の砂浜に、人の姿はない。排気ガスの臭いもないから、空気は凜《りん》と澄んで、純粋な潮の香りだけがする。

プールのように凪《な》いだ海から、わずかな高さの波が寄せてきていた。その音はあくまで静かで、砂を優しく洗って去る。白波の下の海は厚ガラスのような緑色で、まだ夢の中にいるようだった。人里の喧騒を遥かに離れた楽園で、私は目覚めていた。

浴衣の上にどてらを着て階下のレストランに行くと、海の幸や、味付け海苔の添えられた和風の朝食が、われわれを待っていた。

朝食を楽しみながらふと窓の外を見て、びっくり仰天した。五、六匹のタヌキたちが勢ぞろいして、じっとこちらを見ていたからだ。

「あれぇ、なんだこれ、タヌキだよ。タヌキたちが来てる。朝食くれって言ってるよ」

私が言うと、御手洗も体を回してタヌキを見た。彼らは、窓ガラスを叩いたり引っかいたりして催促するでもなく、じっとすわって待っている。

「ほんとだ。どれどれ、この魚やってみよう」

御手洗は窓を開け、焼き魚を放ってやる。するとわっとやってきて、みなでそれを食べている。

「食べてるぞ、おいうまいか」

御手洗は訊いた。当然ながら、返事はない。

「静かだなーこのタヌキ、全然吼《ほ》えないぞ」

私が言うと、

「そりゃそうだ。犬じゃない、タヌキは吼えない」

御手洗は言う。

しかしタヌキたちの顔は、色といいかたちといい、犬によく似ていた。痩せていて、昔の絵本に出てきたように、お腹がぽってり膨んではいない。だが考えてみれば、タヌキがどんな声をたてるのかを私は知らない。

「この卵焼きもいけるぞ。食べるかい？」

御手洗は、続いて卵焼きも放る。

「お腹減ってんだよ、石岡君、早く君もやりたまえ」

御手洗は、私の方に向いて命令した。

「ぼくは食べたいんだけどな」

私は少々空腹だった。

「贅沢《ぜいたく》言ってはいけない、世の中は助け合いだ、どうせ警察の金じゃないか」

御手洗が言うので、私もおかずを投げてやった。

「しかし静かだなー、この島、自動車が一台もいないものな、今朝、窓から波の寄せる音で目が覚めた。いいところだな」

私が言うと、

「自動車がいないから、こんなタヌキたちも生きていけるんだな。轢《ひ》かれないものな」

と御手洗が言った時、彼の携帯電話が鳴り、出た。

「はい、はいそうです御手洗です。ああ先生、どうしました？　え？　先生、今、鞆にいるんですか？」

などと言っている。

鞆の船着き場に渡し船がゆっくりと近づいていくと、改札口のところで右手を高く掲げ、左右に振っている女性の姿が見えてきた。滝沢助教授だ。

私たちは、連れだって、鞆旧市街の石敷きの道を歩いた。道が石段にかかると、彼女は言う。

「私、実家がこのすぐ近くなんです。だからこの街で育ちました。今日明日は、大学お休みなんです。ですので、是非先生方にご相談したいことがあって」

「藤井先生からご連絡は？」

御手洗が訊いた。

「はい、そのこともあって……。まだないです」

滝沢助教授は言った。

「鞆を、ご案内いただけるとか？」

御手洗が訊く。

「はい、是非ご案内させてください」

助教授は言う。

石段を登りきると門があり、入ると対潮楼の前庭に出る。前庭の土を踏んで、私たちは建物の入り口に向かっていった。

「これが対潮楼ですか？　坂本龍馬も来たっていう」

私が訊いた。

「はいそうです。正式には福禅寺《ふくぜんじ》といいます。亀山社中のいろは丸が、紀州藩の船にぶつけられて沈没した時に、ここで一回目の賠償交渉を持ちました」

滝沢助教授はそう教えてくれる。彼女は日本史の専門家だ。

対潮楼へのあがり口は石段になっていて、最上段で靴を脱いで、縁側のような場所にあがる。そして右手にある下駄箱に靴を入れ、そのまま進めば廊下になる。

廊下の左手に現れるのは畳敷きの大広間で、入れば正面の頭上に「日東第一形勝」と書かれた大板が掲げられている。助教授は、私たちを板の下に導いていき、説明する。

「これが、『日東第一形勝』っていう、有名な書きつけです。朝鮮使節がここに宿泊した時に、あの大窓からの眺めに感動して書いたものです」

彼女は右手を指差す。そこには、私たちが宿泊した仙酔島の方向に向かって開いた大窓があった。

「日東第一というのは、どういう意味でしょうか」

私が訊いた。

「朝鮮から東の世界で、一番美しい場所っていう意味です」

「へえ！」

「そのくらい一行は感動したんです。これは、使節の中の、李邦彦という人の筆です」

「問題の宗教団体の名称も、ここから採ったものですね？」

私が訊くと、滝沢助教授は、複雑な表情をしてうなずいた。

私たちは、「日東第一形勝」の大窓に向かって、畳の上を歩いていった。

「ほう」

と思わず声が口をついて出た。確かに、箱庭のような美しさが窓の外に広がった。緑に覆われた大小の島、手前の小島の上には二重の塔が立ち、その足もとには海が広がる。

助教授に示されて、窓の手前の座布団に腰をおろした。まだ時間が早いせいか、見学客の数は少ない。

「琴の調べが聞こえますね」

私が言った。録音が流されている。

「『春の海』です、宮城道雄《みやぎみちお》の」

助教授が答えてくれた。

「ああそうか、聞いたことあると思った」

　私は言った。

「道雄は、八歳で失明する前まで、この付近で祖父母に育てられたんです。だからこの世界的に有名な曲のイメージは、鞆の浦だって言われています。真中あたりのメロディは、鞆の漁の様子を表現しているんだそうです」

「すごいな、この眺め、この大きな窓枠で切り取られた絵みたいだな」

「はい。みなさんそうおっしゃいます。手前のあの小さい島は、弁天島《べんてんじま》です。その向こうの大きな島が仙酔島、昨夜泊まられた島ですね」

「泊まりました。タヌキがいました」

　私は言った。

「この海、さっき渡し船で通ったあたりの海ですね？」

「そうです。昔はこの崖の下が、すぐに海でした」

　彼女は、澄んだきれいな声で解説する。

「あの小島、緑とその下の白っぽい岩場、そして上に建つ建物、バランスが絶妙だなあ。そしてこの島々の配置、完璧ですね、広大な庭園か、箱庭のようです」

「夜になって、月が出る時刻もきれいですよ。こちら、真東にあたります。だから月が出て空に昇っていく場所、それに朝日が顔を出す場所も、この窓の範囲で、右に左に動いていくんです、季節によって」

「ふうん、あっちに行って、戻ってくる」

　私は手で示した。

「そうですね」

「で、この枠から出ない」

「はい、そうですね」

「この窓、カレンダーにもなっているんですね」

「そういうことですね」


丘の上に建つ対潮楼から、私たちは港におりてきて、石敷きの広場を歩いた。

「これが、安政の時代に造られた常夜灯です」

助教授は、石の広場の端にある、巨大な石の灯籠のような構造物のところまで、私たちを導いていって言う。

「安政の大獄の頃ですか?」

私は訊いた。

「はいそうです。鞆は古代から、よく良港として文献に名前が出てきますが、それは潮待ちの港だっていうことととともに、常夜灯、雁木、たで場、防波堤といった、古代からの良港の条件を、すべて持っていたからなんです。それらは、今もすっかり遺っています」

「雁木って?」

「それは階段状の船着き場のことです。これです、どうぞこちらに」

言って、彼女は歩きだす。

石段を、先にたって彼女はおりていった。下方には、石段に寄せる海がある。

「ここは、潮の干満の差が大きい港なんです。ですから、干潮の時は船が下の方に行ってしまって、荷物のあげおろしができないんです。それでこういうふうに階段状にしてあります。これなら干潮満潮に関係なく、荷物の積みおろしができます」

「雁木っていうのは……」

　私が訊くと、彼女は手で足もとを示しながら、

「それは昔、こういう階段は木材で作っていて、その板をとめる金具の頭が、群れをなして飛んでいく雁みたいに、Vの字のかたちに並んでいたから、そういう呼び名がついたんです」

「ああそういうこと。たで場っていうのは？」

　さらに私は訊く。

「それは、船の修繕のためのドックのことです、古代からの」

「ここ、ドックがあったんですか？」

「ただの斜面です、石敷きの。そこに船を入れて、支えをかませておいたら、潮が引いた時に船底が露出するから、その間に修理したり、こびりついた貝殻をそぎ落としたり、草を焼いて、船底をいぶしたりしたんです。いぶすことを、この地の古い方言で、『たでる』って言うんです」

「ふうん、そういうことですか」

　私は納得した。

「たで場の遺跡は、この入江の、あっちの方にあります」

　滝沢助教授は、手を上げて西の方角を指差した。

「龍馬が沈みかけているいろは丸を、遠いこの港まで曳《ひ》いてきたのは、ここにはたで場があったためと考えられます。修理しようとしたんです」

助教授は言う。

6

私たちは、港町を巡り歩いて、潮工房というちょっと洒落た珈琲屋を見つけて入った。ここにはサンドウィッチもあって、注文を取りに来たウェイターに、御手洗は間髪を入れずにミックス・サンドウィッチとミルクティーを注文した。

ウェイターは、黒いエプロンをして、髪をリーゼントふうにした、一見タレントふうの垢抜けた風貌の男性で、見ていると、カウンターの中に戻って、真剣な表情でサンドウィッチを作りはじめた。助教授も、ちらちらと彼を見ている。

やがてできあがり、紅茶と一緒に盆に載せて、彼は私たちの席まで運んできた。運ばれてくるが早いか御手洗は手を伸ばし、猛然と食べはじめた。滝沢助教授が、驚いて見ている。

「この人は、朝ごはんをみんなタヌキにあげたんで、お腹がすいているんです」

私が説明した。

「ああタヌキ」

滝沢助教授は言う。御手洗は、サンドウィッチをほおばりながら問う。

「相談というのは何ですか？」

「阿部正弘の『星籠』のことです」

助教授は言った。

「『星籠』」

御手洗は頰を膨らませ、不明瞭な声音《こわね》で訊く。

「はい。今説明します。藤井先生も、今どこかで、この言葉を追いかけているはずなんです。歴史上の謎なんです。私、どうしてもこの不明点を解きたいと、あの人に言ったものですから」

そして、かたわらに置いていたバッグを膝の上に取り、中から印刷物などを取り出して、テーブルに並べた。そして説明を始める。

長い、熱のこもった説明で、その中には、村上水軍の軍備に関する細かな解説も、織田信長の巨大鉄船に関する説明もあった。私のような歴史好きには、非常に刺激に充ちた、魅力的な内容だったといえる。

ひと通り講義が終わった時、御手洗のサンドウィッチの皿はからになり、紅茶も飲み干されていた。そして真剣に聞いて疲れたのか、御手洗は椅子の背もたれにそり返り、ぐったりしていた。それから身を起こして言う。

「つまりは、ペリーの黒船と戦争が起こらなかったから、その『星籠』って言葉が謎になったわけですね」

助教授はうなずき、言う。

「はい。そうなりますね」

「戦争になったら、この『星籠』が使われていたはずだものね」

私が補足した。助教授は言う。

「ここ、私の専門領域で、今大学で学生に教えている内容ですから、ちょっと細かすぎて、ご退屈なさったかもしれませんが」

「いいえ」

御手洗は即座に言った。

「足りないくらいです」

「御手洗先生」

　すると助教授は言った。

「なんです？」

「先生はどのように……」

　御手洗は少し沈黙し、このように問い返す。

「『星籠』に関してですか？」

「はいそうです」

「材料はこれだけですか？」

「はい」

　すると御手洗は、いきなり両手を打ち合わせてシェイカーのようにうち振った。そして言う。

「信じられないことだ！　あなたの今のお話は、あの瀬戸内海のように、端正で限定的です。まるで何ものかの意志が働いているかのように」

「何ものか？」

　助教授は、御手洗の顔を見る。

「あなたではないでしょうね？　材料を絞ったのは。誰かが解答というコインを手のひらに隠して、ぼくを試しているんだ。こんなふうに」

　御手洗は、ポケットから五百円玉を出して手のひらに置き、ゆっくりと握ってから開く。

「ほら消えた」

助教授は、何もない御手洗の手のひらを見つめ、視線をあげて御手洗の顔を見る。

「だが、答えはここにある」

御手洗は、隠れていたコインを見せ、ぱちんと音をたててテーブルに置いた。

「限定された世界、ストーリーは明白だ。信じがたいほどに明瞭です」

彼女は、無言で御手洗を見つめる。

「どんな三流でも解答にいたれるということです。信長の巨大鉄船こそがポイントです」

「と、言われますと……」

「ああ、はい、やはり……」

聞いて助教授は、目を輝かせた。

「中国大返し《おおがえ》により、信長から政権を引き継いで天下を獲った秀吉は、力をもてあます強力な大軍を用い、次に中国大陸への侵攻、制覇をもくろみますね」

「はい」

「その時に、大量の船が必要になる。上陸用艘艇です」

御手洗は言う。案外知っているんだなと、私は思う。

「はい。でも宣教師たちも中国に野心を持っていて、秀吉にはろくな船を提供せず、怒った秀吉が『伴天連《ばてれん》追放令』を出します。以後のキリスト教禁教令というのは、実はこれが原点、本当の理由とも言われています」

「それで秀吉は、朝鮮半島にあがるしかなかった。そうですね？」

「はいそうです」

「この朝鮮侵攻作戦の時も、巨大鉄船は話に出てこないのですね？」

「出てきません。これ、足が遅いとも言われていますが、強力な大砲を積んでいましたから、秀吉の作戦にも有効に思いますが」

「ではもう沈められていたんでしょう」

御手洗は言った。

「やっぱり。でも誰が、いったいどうやって沈めるのでしょうか」

「今のあなたのお話からすると、その能力を持つ者は村上水軍以外にないでしょう。一度信長に敗退した彼らが、報復したんです」

「でもどうやって沈めるのでしょうか。鉄板でくまなく覆われた船です。そんな方法があるでしょうか」

「ないですか？」

「当時、なかったように思うんです。船への攻撃は、燃やすことが基本です。燃やす方法がないのですから。そして近づく船は、ことごとく大砲で沈められます」

「それでは無敵になってしまいます」

「はい、そうだと思います」

「事実そうなら、この船以降、軍船はみんな鉄甲船になってしまったと思います。実際にはそうなっていません」

「うーん、そうですね」

「鉄船には、実のところ大きな欠陥があったのだと思います」

「足が遅いということが知られます」

「何故ですか？」

「重いからではないでしょうか」

「世界の船舶の歴史は、木造船から鉄製の船、そして鋼鉄船という経過をたどります。木造船が鉄の船に取って代わられた理由はご存知ですか？」

「重いからでは？」

「違います」

「木材は腐る……」

「鉄も錆びますよ。軽いからです。鉄の船は、総重量で木造船より軽いのです。鉄船への転換の理由は、それ以外にありません」

「ああ、はい、そうなんですか」

「しかし木造船の上に鉄板を貼り廻すと、重くなる上に、不安定になります」

「不安定に……」

「ひっくり返りやすくなったり、沈没しやすくなると思います」

「ああ、はい」

「図面などは遺っていないでしょうが、鉄板は、水上に出ている部分にのみ貼っていたと思います」

「はい、きっとそうでしょう」

「そうなら、水中になっている木材むき出しの部分に穴が開けば、通常の木造船以上にもろいかもしれません」

「はい、そうかも」

「この時期の村上水軍の大将は誰です？」

「村上武吉です」

「では武吉やその周辺の者の手紙類を、徹底してあたることです。天下最強の信長の新兵器を打破したとなれば、必ずどこかに自慢が見つかるはずです。戦略家とはそういうものです」

御手洗は言う。

「そうでしょうか。どこをあたればいいかなあ」

助教授は言った。

「能島ではないですか？　能島に、村上水軍資料館があったでしょう」

「ああ、あります」

「ここの学芸員に協力してもらうんです」

「ああ……、連絡先、解るかな」

「福山歴史博物館の富永さんに頼めば一発ですよ」

「ああそうか、そうですね」

助教授はうつむいて考え込み、御手洗はこう続ける。

「藤井先生が能力を持つ学者なら、彼もここに向かうとぼくは思いますね」

御手洗は言う。滝沢助教授ははっとした表情になり、いっとき宙を見てからこうつぶやく。

「能島、村上水軍資料館……」

そしてさっと御手洗に視線を戻す。

「では、私はどのようにすれば……」

「出かけるお心積もりを、しておいた方がよいでしょう」

「先生は……」

助教授は御手洗に言った。

「警察というものがありますよ、滝沢先生」

御手洗は言った。

「でもその文献調査で、何が解るのでしょうか」

助教授は、思いつめたような表情になり、尋ねる。

「ある言葉に行きあたるかもしれない」

「言葉？　どんな言葉でしょう」

すると御手洗はくすくす笑った。

「どんな？『星籠』以外の何があるっていうんです」

助教授は、口を開いて啞然とした。


私たちは喫茶店を出て、医王寺へ向かう石敷きの坂道を登っていた。

「あの御手洗先生、では村上武吉が、『星籠』を使って信長の巨大鉄船を沈めたと、そうおっしゃるんですか？」

助教授は訊く。

「あなたのお話からは、そう聞こえましたよ。それ以外には聞きようがない」

「『星籠』は村上水軍の……？」

「村上水軍の強さの秘密は、科学力でしょう？　手スマル、投げほうろく、長く燃える火矢、小早船……」

「では『星籠』も……」

「そういう進んだ科学力の延長線上に造られた新兵器」

「ええっ！」

言って、助教授は絶句する。

「そういう可能性はあるでしょう？」

「でも先生はさっき、信長の鉄甲船の弱点は、水中にある木材がむき出しになった部分だと……」

御手洗はうなずく。

「そう思いますね」

「では、でも、すると……、あの……、どうなるのですか？」

「『星籠』は、そこを攻撃するために開発した兵器、ということになりますね」

御手洗は淡々と言う。

「ただひとつの目的に向け、瀬戸内の覇者、村上水軍が、持てる先進の科学力や経験、ノウハウ、さらには高い能力を持つ海兵、そういうすべてを動員して開発した新兵器、という話になりそうです」

われわれの足は石敷きの坂を登り詰めていて、だからわれわれ三人は、肩を並べて医王寺の境内に踏み込んだ。歩きながら、御手洗は続ける。

「阿部が老中を務めていた幕末、江戸幕府の軍事力は最低だったはずですね」

助教授はうなずき、答える。

「はい、だから大軍による長州征伐でも、最新装備の長州藩に簡単に敗退するんです。幕府軍の装備は、基本的に関ヶ原当時のままですから」

「水上戦闘に関しても同様ですね？」

御手洗は訊く。

「はい。そもそも海軍がありません」

『星籠』が新兵器とすれば、海戦のための新兵器です」

「はいそうですね」

「海軍を持たない阿部時代の江戸幕府が、海戦用の新兵器を開発できたはずはないです。そんな発想もなかったはず。またたとえ思いついても、開発の軍事費などない」

御手洗は言う。

医王寺の境内を進み、私たちは塀際に歩み寄って、眼下を見おろした。医王寺は高台にあるから、そこからは予想通り鞆の町並みと、瀬戸内海が見渡せた。

「わぁ、すごいな、いい眺めだね」

感激して、私は言った。

助教授が言ってくれる。しかし御手洗は、私の言など無視して続けた。

「はい、本当に」

「それがもしも軍事兵器なら、完成品が、外部から阿部のもとに持ちこまれたと考えるしかない。そして海に浮かぶ大船を撃破できるような新兵器となると、江戸の頃にそんな戦略構想を持ち得た者は、この特殊な内海を知り尽くして覇王となった、村上水軍関係者以外にはないでしょう」

「はい。そう考えたら確かに、戦国のあの時代に、すでにアメリカからの黒船に似た、強力な大型船が存在したのですわねー」

「信長は、世界最高水準の軍事発想を持っていましたからね。彼の鉄砲隊の火器の量は、当時世界一です」

「ああ、はい。そうですわね、確かに」

助教授はうなずく。

「軍艦もです」

「ああ、確かにあの大船、日本初の軍艦だ」

御手洗はうなずく。

「そしてこの瀬戸内海は、日本最大の内海です」

「はい、そうですわね」

「そこを村上は、まるで自分の家の庭のように駆使した」

「はい」

「そして、黒船のようなこの無敵の鉄甲船を、村上水軍は見事に沈めた」

「はい、そうなんですねー」

助教授は、言ってため息を吐いた。その横顔は妙にセックスアピールがあって、私はぎくりとした。

「そういう村上だから、できたんでしょう」

御手洗は言い、

「ああ、そうかもしれません。いえ、そう考えるしかありませんわね」

助教授は、感に堪えないような声を出した。この瞬間私は、この女性の恋人は歴史なのだなと実感した。

こうした歴史上の新解釈が、彼女に常に、一種のエクスタシーをもたらすのだろう。

助教授は、うっとりとしたふうの視線を海の彼方にすえ、じっと見詰めている。彼女のうちで、時間は今、百五十年という距離、巻き戻っているものに相違ない。

御手洗は続ける。

「そしてこの町の藩主は阿部です。阿部は今、日本代表として江戸城に詰め、国土防衛の最前線にいる。そして夷狄《いてき》アメリカの無敵の大船を眼前にして、苦悩の淵にある。祖国は国難のただなか、彼は内心、開戦を決意している」

「そうですわね、はいそうです」

助教授は、あきらかに興奮した声を出す。呼吸も荒くなっている。

「彼我の軍事力の差は絶望的です。勝てない戦《いくさ》になるかもしれない。それは隣国、中国の惨状を見れば明らかです」

「はい」

御手洗は、眼下の鞆の家並みを手で示した。

「それを知ったなら、この下の町にいた村上水軍の末裔が、かつて信長の無敵軍艦を沈めた秘策を、急遽江戸城に伝えても、不思議はないかもしれませんね」

「ああ」

「自分の殿様なんですからね、江戸城にいるのは」

「そうですわねー」

助教授は言って、身をもむような仕草とともに微笑んだ。嬉しくてたまらないという気分が、体中から発散された。

「信長の巨船に勝利した秘策なら、黒船に対しても有効という判断ですわね」

御手洗はうなずく。

「鎖国によって、日本の船造りの技術や操船の技術は、むしろ退化しますね」

「優秀と言われた朱印船の時代からすると、そうですわね、確かに」

専門家としての知識を動員して、助教授はしっかりと同意する。

「幕末、日本人はもう、あんな船は造れなくなっていた。海戦の技術も、信長対村上の時代の方が上ですよ」

「そうです」

「そして対黒船、ほかに策はないんです」

「はい……」

言って、おそらく別の種類のため息を、助教授は吐く。これは、阿部の絶望に思い入れてのものだ。

「そうなら試す以外にないでしょう」

助教授は、静かにうなずいている。しばらく考え込んでいたが、やがてこう言った。

「さすがですわ、御手洗先生」

「はあ？」

と御手洗は言った。

「あれだけの材料で、こんなに短時間に、こんなふうに見事にお答えを出されるなんて……」

御手洗は、顔の前でひらひらと手を振る。

「あなたの説明が上手だったからですよ、先生。村上水軍は、その後どうなります？」

そのあたりのことは、彼は知らないようだ。

「秀吉が海賊禁止令を出して、因島村上は毛利の家臣になり、能島の武吉は秀吉に嫌われて周防の大島で没します。来島村上は解体されて、九州豊後国《ぶんごのくに》という陸、玖珠《くす》郡にあがらされます」

「それが彼らの末路ですか？」

「そうです」

「ほかに、有力な水軍はいませんでしたか？　この海に」

「あともうひとつ、忽那《くつな》という水軍がいましたね。これも秀吉に滅ぼされますが。村上と交流があったと言われています」

助教授は言う。

『星籠の海』下巻に続く

星籠《せいろ》の海《うみ》上《じょう》

2013年10月3日　第1刷発行
2013年10月21日　第2刷発行

著者……………………島田荘司《しまだそうじ》

N.D.C.913　444p　19cm
ISBN978-4-06-218589-9

発行者……………………鈴木 哲
発行所……………………株式会社講談社
東京都文京区音羽2-12-21
〒112-8001
電話……………………編集部　03(5395)3506
販売部　03(5395)3622
業務部　03(5395)3615

本文データ制作……凸版印刷株式会社
印刷所……………………凸版印刷株式会社
製本所……………………黒柳製本株式会社

の海 下

驚嘆せよ。
御手洗潔、
国内編最終章！

古代より栄えた港町、鞆を舞台に、
連続する奇怪な事件と、
かつて瀬戸内を制した
海賊の謎が絡み合う——
すべてが明らかにされるとき、
奇跡が起こる!?